电脑不过如此

丛书总策划：姜校春（中关村在线执行总编）
　　　　　　杨　品

电脑快速入门

未名书屋　编著

化学工业出版社

·北　京·

本书通过丰富的实例，以图文并茂的形式循序渐进地讲述了电脑基础知识及综合应用技能。全书共分 12 章，主要内容包括：认识电脑、Windows Vista 轻松上手、键盘和汉字输入法、管理文件和文件夹、使用 Windows Vista 的附件、更改 Windows Vista 的系统设置、管理 Windows Vista 中的软件和硬件、使用 Word 2007 编辑文档、使用 Excel 2007 处理电子表格、使用 PowerPoint 2007 制作幻灯片、轻松上网、电脑娱乐。

本书注重基础知识和操作技能的紧密结合，语言通俗易懂，操作步骤清楚明晰，学起来轻松，上手容易，力求使读者真正达到一学就会，即学即用。

本书面向电脑初学者，适用于在校学生、电脑办公人员、各种电脑培训班及不同年龄阶段的电脑爱好者学习和参考。

图书在版编目（CIP）数据

电脑快速入门/ 未名书屋编著．—北京：化学工业出版社，2009．1
　（电脑不过如此）
　ISBN 978-7-122-04358-0

　Ⅰ．电… Ⅱ．未… Ⅲ．电子计算机-基本知识，Ⅳ．TP3

　中国版本图书馆 CIP 数据核字（2008）第 198297 号

策划编辑：王思慧　　　　　　　　　　　　装帧设计：尹琳琳
责任编辑：周天闻　王思慧

出版发行：化学工业出版社(北京市东城区青年湖南街 13 号　邮政编码 100011)
印　　装：三河市延风印装厂
787mm×1092mm　1/16　印张 21　字数 521 千字　2009 年 1 月北京第 1 版第 1 次印刷

购书咨询：010-64518888(传真：010-64519686)　售后服务：010-64518899
网　　址：http://www.cip.com.cn
凡购买本书，如有缺损质量问题，本社销售中心负责调换。

丛 书 序

对于普通大众来说，要想能熟练地操作电脑并灵活应用，并不是一件容易的事情。如何能在最短的时间内达到精通的目的呢？我认为好的方法是找一些非常好的教材，有空的时候在电脑旁边看书边操作，在实践中轻松掌握电脑。

那如何去选购一本适合自己的图书呢？

首先要看其内容是否能满足自己的需求，是否能解决日常工作、学习和生活中的各种应用问题。这就要仔细考量一本书的内容取舍是否得当了，而不能以书的厚薄来取舍，一定要仔细阅读内容简介、目录和部分章节，避免浪费时间和金钱。

其次是要看该书是否容易让读者学习。因为在电脑的学习中实际上机操作非常重要，所以该类书一定要图文并茂，最好是看图就能学会操作，而且还要简洁明了，这样才能让读者一目了然。

最后还要看该书是否能提纲挈领，举一反三。因为电脑及软件越来越智能化和人性化，且其中的大多数操作都具有相似性和相关性，如Windows Vista中的资源管理器的使用、Office 2007中各软件的文本设置等，只有抓住电脑操作的精髓，学会了其中典型的操作方法，类似的问题也就能融会贯通。

最近非常荣幸地应化学工业出版社的邀请，仔细审读了由中关村在线执行总编姜校春和网络营销专家、数码摄影专栏作家杨品任总策划的《电脑不过如此》丛书，我个人认为，该丛书不能说是目前市场上包装最精美（或者价格最低廉）的图书，但它却是一套非常易学、非常好用、内容最全面的图书，是一套能帮助广大电脑爱好者快速打开电脑之门的金钥匙。

之所以向大家推荐这套书，是因为本套丛书具有以下特点：

❖ 轻松易学　图文并茂的方式直接指明操作步骤要点，让读者轻松看图就能掌握常用的操作方法和技巧。

❖ 学以致用　书中大多数内容讲解均采用广大电脑用户经常应用的案例，读者只要参照书中的步骤进行操作，即可快速解决电脑应用中的各种常见问题。

❖ 活学活用　书中的案例讲解都非常具有典型性，能起到举一反三的效果，这样就能让读者融会贯通，不仅能学会书中的操作，更能灵活应用。

❖ 系统全面　本套丛书包含了《电脑快速入门》、《电脑轻松上网》、《五笔字型打字速成》、《电脑办公应用》、《电脑选购、组装与维修》、《电脑故障排除速查手册》、《常用工具软件一点通》、《系统快速安装与重装》、《Windows Vista入门与应用技巧》、《Excel 2007 入门与应用技巧》、《Word 2007入门与应用技巧》、《Access 2007入门与应用技巧》、《PowerPoint 2007入门与应用技巧》等几十种实用书籍，相信这套丛书一定能够成为读者的良师益友。

一套好的教材会让我们的学习更加快捷，但要学好电脑，还要经常上机操作，巩固所学知识，并在实践中摸索电脑的操作要领。

学问学问，学而问之，读者如果在学习或电脑操作中遇到各种问题，可以发电子邮件至yangpin_0_2000@sina.com.cn和本书的作者进行交流探讨。

最后，衷心希望这套凝聚着作者和出版社心血的《电脑不过如此》丛书能带领每一位读者轻松成为电脑应用高手。

腾讯网科技频道主编　李立宏

2008 年 11 月

前　言

　　随着计算机技术和网络技术的发展，越来越多的人已经认识到学会使用计算机的重要性，人们迫切希望掌握计算机的基础知识和操作技能，以便适应现代社会发展的需要。

　　本书以当前软件的发展、应用的最新水平为出发点，主要介绍了电脑初学者需要了解的计算机基础知识和应掌握的基本操作技能。全书内容包括认识电脑、键盘和汉字输入法、Windows Vista 常用操作、Word 2007 基本操作、Excel 2007 基本操作、PowerPoint 2007 基本操作、轻松上网、电脑娱乐等。掌握这些基础知识和应用软件的操作技能，能给自己的工作和学习带来很大的帮助。

　　全书共分 12 章，主要内容如下：

　　第 1 章　认识电脑：包括计算机概述、电脑的组成、启动和关闭电脑。

　　第 2 章　Windows Vista 轻松上手：包括初窥 Windows Vista、操作窗口、认识菜单、认识对话框、"开始"菜单的应用、添加系统图标、在桌面上使用快捷方式、排列桌面图标、寻求帮助。

　　第 3 章　键盘和汉字输入法：包括使用键盘、Windows 语言栏、选择输入法、使用输入法、添加/删除输入法。

　　第 4 章　管理文件和文件夹：包括文件和文件夹概述、浏览计算机中的文件资源、Windows 资源管理器窗口、使用"资源管理器"管理文件、创建文件夹、重命名文件或文件夹、移动或复制文件、删除文件夹或文件、隐藏文件或文件夹、重新显示被隐藏的文件或文件夹。

　　第 5 章　使用 Windows Vista 的附件：包括写字板的使用、计算器的使用、画图的使用、边栏程序的使用。

　　第 6 章　更改 Windows Vista 的系统设置：包括定制桌面外观、定制任务栏、定制"开始"菜单、设置日期和时间、设置用户账户、设置鼠标、设置字体。

　　第 7 章　管理 Windows Vista 中的软件和硬件：包括安装和删除软件、管理硬件、打印机的安装与设置、设备管理器。

　　第 8 章　使用 Word 2007 编辑文档：包括启动与退出 Word、Word 的工作界面、输入和编辑内容、设置字符与段落格式、设置页面格式、使用表格、插入对象、打印文档。

　　第 9 章　使用 Excel 2007 处理电子表格：包括启动 Excel、Excel 界面介绍、创建与保存工作簿、创建与编辑工作表、格式化工作表、管理工作表数据。

　　第 10 章　使用 PowerPoint 2007 制作幻灯片：包括启动 PowerPoint、PowerPoint 的工作界面、创建一个相册、设置幻灯片的切换效果、放映幻灯片、打包幻灯片。

　　第 11 章　轻松上网：包括使用局域网、畅游因特网、使用搜索引擎查找资料、下载资料、收发电子邮件。

　　第 12 章　电脑娱乐：包括欣赏图片、听音乐、看电影、QQ 聊天、玩游戏。

本书图文并茂，层次结构清晰，语言通俗易懂，操作步骤简洁明了，只要你跟随本书一步步地学习，就能轻松学会并熟练掌握这些技能。本书适合作为电脑初学者的自学教程，也可以作为各类计算机培训班的培训教程，对广大电脑爱好者也有较高的参考价值。

　　除了未名书屋的成员外，杨品、刘君、刘征、肖建芳、田煜、王为、胡凯、陈强华、邱怀东、傅大志、文仕江、吴荣彬、林燕、杨琪、姚全、吕文超、杨悦来、杨从明、温世豪、杨未冰、林明军、书虫、黄懿、孔令辉、蔡伟雄、肖世杰、梁江涛、杨晶、杨涛、杨上、王健等同志也参与了本书的编写工作，在此一并表示衷心的感谢。

　　由于编者水平有限，书中难免存在疏漏和不足之处，恳请广大读者批评指正。

编　者

目　录

第 *1* 章　认识电脑 1

1.1　计算机概述 1
　　1.1.1　计算机的发展 1
　　1.1.2　计算机的应用 2
　　1.1.3　计算机系统概述 2
1.2　电脑的组成 3
　　1.2.1　主机 4
　　1.2.2　显示器 6
　　1.2.3　键盘 6
　　1.2.4　鼠标 7
　　1.2.5　音箱 7
　　1.2.6　其他常见电脑设备 7
1.3　启动和关闭电脑 9
　　1.3.1　启动电脑 9
　　1.3.2　关闭电脑 10

第 *2* 章　Windows Vista 轻松上手 11

2.1　初窥 Windows Vista 11
　　2.1.1　启动 Windows Vista 11
　　2.1.2　Windows Vista 的桌面 12
　　2.1.3　使用鼠标 13
　　2.1.4　退出 Windows Vista 15
2.2　操作窗口 16
　　2.2.1　打开和关闭窗口 16
　　2.2.2　认识窗口界面 17
　　2.2.3　调整窗口大小 19
　　2.2.4　移动窗口 20
　　2.2.5　排列窗口 20

2.2.6　切换窗口 21

2.3　认识菜单 23

2.4　认识对话框 26

2.5　"开始"菜单的应用 29

2.5.1　打开相应的应用程序 29

2.5.2　运行应用程序 30

2.6　添加系统图标 32

2.7　在桌面上使用快捷方式 33

2.7.1　创建快捷方式 33

2.7.2　改变快捷方式的属性 36

2.7.3　删除快捷方式 39

2.8　排列桌面图标 40

2.8.1　移动桌面上的图标 40

2.8.2　排列桌面上的图标 41

2.9　寻求帮助 41

第 3 章　键盘和汉字输入法 45

3.1　使用键盘 45

3.1.1　认识键盘 45

3.1.2　正确使用键盘 49

3.2　Windows 语言栏 50

3.2.1　移动语言栏 50

3.2.2　最小化/还原语言栏 51

3.3　选择输入法 52

3.4　使用输入法 52

3.4.1　输入文字 53

3.4.2　输入词组 55

3.4.3　输入法工具栏 56

3.5　添加/删除输入法 57

3.5.1　安装 Windows Vista 提供的输入法 57

3.5.2　安装其他输入法 60

第 4 章　管理文件和文件夹 63

4.1　文件和文件夹概述 63

4.1.1　认识文件名与扩展名 63

4.1.2　文件夹与文件的关系 63

4.1.3　电脑中的文件类型 64

4.2　浏览计算机中的文件资源 64

4.2.1　查看各个驱动器下的文件 64

4.2.2　查看文件大小 65

4.2.3　查看文件内容 67

4.3　Windows Vista 资源管理器窗口 67

4.3.1　搜索栏 68

4.3.2　地址栏按钮 69

4.3.3　动态缩略图 72

4.3.4　面板和窗格 73

4.4　使用"资源管理器"管理文件 73

4.4.1　改变显示环境 74

4.4.2　选定文件或文件夹 75

4.4.3　展开和折叠文件夹 77

4.4.4　打开文件 78

4.5　创建文件夹 79

4.5.1　在资源管理器窗口中创建文件夹 79

4.5.2　在对话框中创建文件夹 80

4.6　重命名文件或文件夹 82

4.7　移动或复制文件 83

4.7.1　从硬盘向 U 盘复制文件 84

4.7.2　使用命令移动或复制文件 84

4.7.3　使用鼠标拖曳法移动或复制文件 86

4.8　删除文件夹或文件 87

4.8.1　将文件夹或文件放入回收站 87

4.8.2　从"回收站"中恢复文件 89

4.8.3　永久删除 89

4.9　隐藏文件或文件夹 91

4.10　重新显示被隐藏的文件或文件夹 92

第 5 章　使用 Windows Vista 的附件 **94**

5.1　写字板的使用 94

5.1.1 启动写字板……94

5.1.2 写字板窗口……95

5.1.3 在文档中插入特殊字符……99

5.1.4 移动插入点……102

5.1.5 插入日期和时间……103

5.1.6 设置字符格式……104

5.1.7 设置段落格式……106

5.1.8 退出写字板……108

5.2 计算器的使用……109

5.2.1 使用计算器进行简单的计算……109

5.2.2 使用标准型计算器……110

5.2.3 使用科学型计算器……111

5.3 画图的使用……112

5.3.1 启动"画图"程序……112

5.3.2 设置画布大小……113

5.3.3 颜色的设置……114

5.3.4 工具箱的使用……115

5.3.5 保存图形……117

5.3.6 图片的编辑……118

5.4 边栏程序的使用……121

第 6 章 更改 Windows Vista 的系统设置……124

6.1 定制桌面外观……124

6.1.1 更改 Windows 的桌面背景……124

6.1.2 使用桌面屏幕保护程序……125

6.1.3 设置屏幕分辨率或监视器的刷新频率……127

6.2 定制任务栏……129

6.2.1 移动任务栏的位置……129

6.2.2 改变任务栏的大小……130

6.2.3 设置任务栏的属性……131

6.3 定制"开始"菜单……132

6.3.1 将程序图标附加到"开始"菜单……132

6.3.2 调整"开始"菜单常用程序列表中显示的程序数目……133

6.3.3 自定义"开始"菜单的右窗格……134

6.3.4 从"开始"菜单清除最近使用的项目 ……………………………… 136

6.3.5 切换到传统的"开始"菜单 ……………………………………… 137

6.4 设置日期和时间 …………………………………………………………… 138

6.5 设置用户账户 ……………………………………………………………… 140

6.5.1 创建新的用户账户 ………………………………………………… 140

6.5.2 更改用户账户的设置 ……………………………………………… 142

6.5.3 删除已有的用户账户 ……………………………………………… 146

6.6 设置鼠标 …………………………………………………………………… 147

6.6.1 按钮配置 …………………………………………………………… 147

6.6.2 指针方案 …………………………………………………………… 149

6.6.3 移动速度和轨迹 …………………………………………………… 151

6.7 设置字体 …………………………………………………………………… 152

6.7.1 查看字体效果 ……………………………………………………… 152

6.7.2 安装新字体 ………………………………………………………… 154

6.7.3 删除字体 …………………………………………………………… 155

第 7 章 管理 Windows Vista 中的软件和硬件 ………………………… **156**

7.1 安装和删除软件 …………………………………………………………… 156

7.1.1 关于软件的安装 …………………………………………………… 156

7.1.2 影响应用软件的因素 ……………………………………………… 156

7.1.3 安装软件的全过程 ………………………………………………… 157

7.1.4 卸载软件 …………………………………………………………… 161

7.2 管理硬件 …………………………………………………………………… 163

7.2.1 关于即插即用 ……………………………………………………… 163

7.2.2 硬件的安装 ………………………………………………………… 164

7.2.3 更新驱动程序 ……………………………………………………… 166

7.2.4 卸载驱动程序 ……………………………………………………… 168

7.3 打印机的安装与设置 ……………………………………………………… 169

7.3.1 安装打印机设备 …………………………………………………… 169

7.3.2 安装打印机的驱动程序 …………………………………………… 170

7.3.3 设置默认打印机 …………………………………………………… 173

7.3.4 设置打印机属性 …………………………………………………… 173

7.4 设备管理器 ………………………………………………………………… 176

7.4.1 启用设备管理器 …………………………………………………… 177

7.4.2　查看设备和资源设置..............................178

7.4.3　查看设备状态..................................178

7.4.4　禁用设备....................................179

7.4.5　启用设备....................................180

7.4.6　卸载设备....................................180

第 8 章　使用 Word 2007 编辑文档..............................181

8.1　启动与退出 Word..............................181

8.2　Word 的工作界面..............................181

8.2.1　标题栏.....................................182

8.2.2　功能区.....................................183

8.2.3　标尺......................................185

8.2.4　编辑区.....................................185

8.2.5　滚动条.....................................185

8.2.7　状态栏.....................................186

8.2.8　视图栏.....................................186

8.3　输入和编辑内容..............................186

8.3.1　输入文本和数字..............................186

8.3.2　输入特殊符号和日期...........................188

8.3.3　选择文本...................................190

8.3.4　修改文本...................................193

8.3.5　移动与复制文本..............................193

8.4　设置字符与段落格式..............................194

8.4.1　用工具栏设置字符格式.........................194

8.4.2　用"字体"对话框设置字符格式....................197

8.4.3　设置段落对齐格式............................198

8.4.4　设置段落缩进...............................199

8.4.5　复制格式...................................201

8.5　设置页面格式..............................202

8.6　使用表格..............................203

8.7　插入对象..............................206

8.7.1　插入智能图形...............................206

8.7.2　插入图片...................................207

8.7.3　插入艺术字.................................209

8.8 打印文档 210

    8.8.1 打印预览 210

    8.8.2 开始打印 212

第 9 章　创建与编辑 Excel 工作表 **213**

9.1 启动 Excel 213

9.2 Excel 界面介绍 214

    9.2.1 标题栏 214

    9.2.2 功能区 215

    9.2.3 编辑栏和名称框 215

    9.2.4 行标题栏 216

    9.2.5 列标题栏 216

    9.2.6 工作表区 216

    9.2.7 工作表标签栏 217

    9.2.8 滚动条 217

    9.2.9 状态栏 218

    9.2.10 视图栏 218

9.3 创建与保存工作簿 218

    9.3.1 创建默认的空白工作簿 218

    9.3.2 根据模板创建工作簿 220

    9.3.3 保存新建的工作簿 221

    9.3.4 保存已有的工作簿 222

9.4 创建与编辑工作表 223

    9.4.1 移动单元格指针 223

    9.4.2 输入数据 224

    9.4.3 自动填充数据 228

    9.4.4 编辑单元格数据 230

9.5 格式化工作表 232

    9.5.1 重新命名工作表 232

    9.5.2 设置单元格数据的格式 233

    9.5.3 设置数据的对齐方式 237

    9.5.4 设置列宽和行高 237

    9.5.5 使用自动套用格式 239

9.6 管理工作表数据 240

9.6.1 排序数据 240

9.6.2 筛选数据 242

9.6.3 创建图表 245

第 10 章　使用 PowerPoint 2007 制作幻灯片 248

10.1 启动 PowerPoint 248

10.2 PowerPoint 的工作界面 248

10.2.1 标题栏 249

10.2.2 功能区 250

10.2.3 "模式切换"选项卡 250

10.2.4 工作区 251

10.2.5 占位符 251

10.2.6 滚动条 251

10.2.7 备注窗格 251

10.2.8 状态栏 251

10.2.9 视图栏 252

10.3 创建一个相册 252

10.3.1 插入照片 252

10.3.2 保存文件 254

10.3.3 格式化幻灯片 255

10.3.4 添加幻灯片 257

10.4 设置幻灯片的切换效果 260

10.5 放映幻灯片 263

10.6 打包幻灯片 264

第 11 章　轻松上网 267

11.1 使用局域网 267

11.1.1 开启文件共享 267

11.1.2 设置公用文件共享 267

11.1.3 共享特定文件夹 268

11.1.4 使用共享资源 270

11.2 畅游因特网 272

11.2.1 基础知识 272

11.2.2 认识 Internet Explorer 273

11.2.3　打开与浏览网页 274

11.2.4　保存网页中有用的资料 277

11.3　使用搜索引擎查找资料 280

11.4　下载资料 283

11.4.1　下载软件 283

11.4.2　下载音乐 284

11.5　收发电子邮件 286

11.5.1　申请电子邮箱 286

11.5.2　撰写并发送新邮件 289

11.5.3　接收和阅读邮件 290

11.5.4　回复邮件 293

11.5.5　转发邮件 294

11.5.6　删除邮件 295

11.5.7　在写信时添加附件 297

第 12 章　电脑娱乐 299

12.1　欣赏图片 299

12.2　听音乐 300

12.2.1　播放 CD 唱盘 301

12.2.2　播放 MP3 或 WMA 文件 303

12.3　看电影 304

12.3.1　播放 VCD 或 DVD 影碟 304

12.3.2　播放视频文件 305

12.4　QQ 聊天 306

12.4.1　下载 QQ 软件与申请 QQ 号码 307

12.4.2　登录 QQ 308

12.4.3　添加好友 309

12.4.4　开始聊天 312

12.4.5　传送文件 314

12.5　玩游戏 316

12.5.1　Windows Vista 自带的游戏 316

12.5.2　QQ 游戏 318

第1章 认识电脑

计算机（Computer）是一种高度自动化，以数值计算、程序存储和顺序执行为特征的，对各种数字化信息进行高速处理的电子设备。

计算机是信息处理的重要工具，是人类历史上最重大的发明之一。目前，它已被广泛应用于工业、金融与商业、军事、科研、教育、信息服务、医疗卫生等领域，对人类社会的发展产生着极其深刻的影响。

1.1 计算机概述

计算机的发展日新月异，特别是现代化网络和通信技术的发展，使得计算机已成为当今社会各个行业不可或缺的工具，人与计算机的关系变得越来越密切。

1.1.1 计算机的发展

1. 计算机的发展阶段

自从 1946 年在美国宾夕法尼亚大学研制成功世界上第一台电子计算机（ENIAC）以来，在短短的几十年里，计算机系统和计算机应用得到了飞速地发展。计算机的发展依据组成中央处理器（CPU）逻辑元件的不同，大致经历了以下几代。

（1）第一代计算机（1946～1957）

逻辑元件采用电子管，主存储器采用延迟线或磁鼓，辅助存储器采用磁带机，主要应用于科学计算和军事方面。代表机：1946 年美籍匈牙利人数学家冯•诺依曼（Von Neumann）设计的存储程序计算机 ENIAC。

（2）第二代计算机（1958～1964）

逻辑元件采用晶体管，主存储器由磁芯组成，辅助存储器采用磁盘，适用于科学计算、数据处理和过程控制。代表机：IBM-7094，CDC1604。

（3）第三代计算机（1965～1971）

逻辑元件采用中、小规模集成电路，主存储器采用半导体存储器，辅助存储器采用磁盘，适用于科学计算、数据处理和过程控制。代表机：IBM-360，PDP-8。

（4）第四代计算机（自 1972 年开始）

逻辑元件采用大规模集成电路和超大规模集成电路，主存储器采用半导体存储器，辅助存储器采用磁盘，适用于科学计算、数据处理和过程控制。代表机：IBM-PC 机系列。

以上四代计算机都是由控制器、运算器、存储器、输入设备和输出设备五部分组成，称为冯•诺依曼体系结构的计算机。

（5）新一代计算机

新一代计算机是智能计算机，属于非冯·诺依曼体系结构，其逻辑元件具有更高的集成度，采用智能接口，能直接使用自然语言，可以具有声音识别、图形识别等能力。20世纪90年代以来，微机进入网络化、多媒体化以后，微机可以同时处理和重现文字、图形、图像、声音、动画等多种媒体，使计算机更广泛地深入到人们的生产和生活之中。

2．微型计算机的发展史

微型计算机简称为微机或电脑（Computer），相对于传统计算机而言，具有体积小、重量轻、功耗低、价格廉、可靠性高、环境要求低、易学易用等一系列优点，因此获得了极广泛的应用和发展。微型计算机的产生和发展，完全得益于微电子学和超大规模集成电路的发展，它每隔几年就更新换代一次，至今已经历了四代的演变，进入了第五代。微型计算机的升级换代，通常是按其CPU的字长的位数和功能以及主频、CPU的制造工艺等因素来划分的。

3．计算机的发展趋势

计算机的硬件基础将从近期的超大规模集成电路向极大规模集成电路和高速集成电路方向迈进，它的主导技术也从电子线路设计技术转变为逻辑设计技术，整体结构向超高速和并行处理方向发展。

计算机发展的重点从以硬件为主转向以软件为主，软件的开发向工程化、工厂化、标准化、工具化、自动化、商品化、系列化和易用化的方向发展。

计算机正从以大型机产品为主流向以微型机产品为主流方向发展，计算机产业将从以计算机制造为主向以信息服务为主这个方向发展。

1.1.2　计算机的应用

早期的计算机主要应用在军事方面，现在计算机的应用非常广泛，如天气预报、石油勘探、军事研究、人造卫星等大量的复杂计算；航空器的飞行控制、工业自动化控制、办公自动化、机器人的信息识别；火箭、卫星发射的实时控制；计算机辅助教学、计算机辅助设计、计算机辅助制造、计算机辅助测试等。

计算机在我们的工作学习和日常生活中的应用有：电脑办公、电脑绘图、上网浏览和查找信息、远程教学、看电影、听音乐、玩游戏、网上购物、网络聊天、打可视电话等等。

1.1.3　计算机系统概述

一个完整的计算机系统由硬件系统和软件系统两部分组成。

计算机硬件是组成计算机的物理设备的总称，由各种器件和电子线路组成，它们可以是电子的、机械的、光／电的元件或装置。硬件是计算机完成各种工作的物质基础。

计算机软件是在计算机硬件设备上运行的各种程序及相关文件的总称。例如，汇编程序、编译程序、操作系统、数据库管理系统、工具软件等等。没有软件的计算机通常称为"裸机"，"裸机"是无法工作的。如果将硬件比作人的"躯体"，是系统的物质基础，则软件可比作人的"大脑"，是系统的控制中心，二者相辅相成、缺一不可。硬件和软件只有相互依存，才能构成一个可用的计算机系统。其结构如图 1.1 所示。

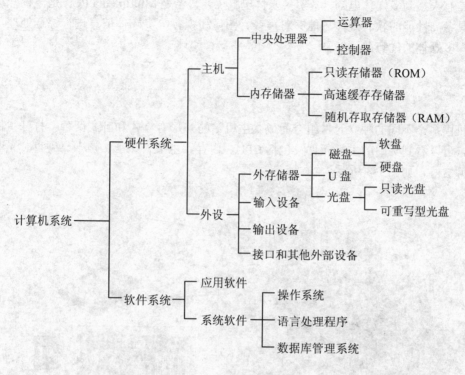

图 1-1　计算机系统的结构

1.2　电脑的组成

从外观上看，一台电脑主要由主机、显示器、键盘、鼠标、音箱等组成，如图 1-2 所示。

图 1-2　电脑的组成

另外，许多用户会根据需要为自己的电脑配置一些其他外部设备，如麦克风、耳机、摄像头、刻录机、打印机或扫描仪等。

经常有人提到多媒体电脑，其实多媒体电脑（英文名是 Multimedia PC）是一种升级的电脑，它具备高性能的软、硬件，能够对声音、图像和视频等多媒体信息进行综合处理，可以充分发挥多媒体的优势。

1.2.1　主机

主机由多个不同的独立元件组合而成。主机箱的外形有立式和卧式两种。打开主机箱的盖子后，可以看到其中的主机元件，包括 CPU、内存、主板、显卡、声卡、硬盘、光驱、软驱、电源盒等，如图 1-3 所示。

图 1-3　主机内部的元件

下面来简单认识一下各个元件。

1．CPU

CPU（Central Processing Unit）的中文名称叫"中央处理器"，是组成计算机的核心部件，负责数据计算、数据处理和统一控制指挥电脑的所有部件。CPU 是一块内含超大规模集成电路的芯片。它的性能很大程度上决定了计算机的性能。CPU 的运行速度有快有慢。衡量其性能的一个重要指标是"主频"，它是 CPU 内核工作的时钟频率。现在主频用 GHz 计算，如奔腾 3.2GHz 的 CPU，其主频就是 3.2G。生产 CPU 的厂商主要有 Intel、AMD 等。

2．内存

内存，也被称为"主存储器"。它是高速的 CPU 和低速的硬盘之间的缓冲区。

内存大小用"兆字节（MB）"和"吉字节（GB）"来计算。现在常见的内存配置有 512MB（1MB=1024KB）、1GB（1GB=1024MB）、2GB、4GB 等。计算机的内存是用大规模集成电路芯片（内存芯片）制成的，将多颗内存芯片焊接在一小块电路板上，就是常见的内存条。

3．主板

主板（其英文名称为 Mainboard 或 Motherboard）是主机箱内最大的一块电路板，它上面有各种插槽和复杂的电路。主板的主要作用是为 CPU、内存、显示卡、声卡、网卡等硬件的安装提供插座、插槽使其相互连接并为它们供电；为各种存储设备、打印和扫描设备、数码相机、摄像头和外置调制解调器等提供接口。

4．显示卡

显示卡简称"显卡"，它负责将 CPU 送来的影像数据处理成显示器能够接收的信号，再送到显示屏幕上形成影像。由于显示卡是连接 CPU 与显示器的纽带，所以显示卡性能的好坏直接关系到图形、图像的最终显示效果。现在有些主板上也集成了显示卡。

5．声卡

声卡是多媒体计算机的标准配件之一。它主要的作用是将电脑的声音处理后"告诉"音箱，它还兼备了声音的采集、语音识别、网络电话等功用。现在许多主板上都集成了声卡。

6．硬盘

硬盘一般安装在主机箱内，它是计算机中非常重要的存储设备，它对计算机的整体性能有很大的影响。硬盘具有存储容量大、读写速度快和稳定性好等特点，目前微型机上使用的硬盘容量常见的有 80G、120G、160G、250G 等。硬盘的外观如图 1-4 所示。

图 1-4　硬盘的外观

7．光驱

光盘驱动器简称"光驱"，主要用来读取各种光盘。光盘具有存储容量大、可靠性高等特点。一张普通 CD-ROM 的容量只有 650MB 左右，而一张 DVD-ROM 的容量则可高达十几 GB。光盘及光驱的外观如图 1-5 所示。

图 1-5　光盘及光驱的外观

8. 电源盒

电脑主机通常工作在 3～12 伏电压下。主机箱内的电源盒负责将交流电进行变压、整流和滤波后输出直流电，供应给主板、硬盘、光驱等元件。

1.2.2　显示器

显示器是计算机的主要输出设备，它的外观很像电视机，是用来将系统信息、计算机处理结果、用户程序及文档等信息显示在屏幕上。

显示器按工作原理可分为普通显示器（CRT）、液晶显示器（LED）及等离子显示器（PDP）。CRT 显示器色彩艳丽、动态显示效果好，但体积大，辐射量也要大一点；液晶显示器体积小、辐射低，但观看时有可视角度的问题；PDP 是真正的平面、超薄型显示器，价格也是最为昂贵的。如图 1-6 所示为几种显示器的外观。

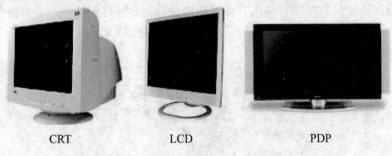

CRT　　　　　　　　LCD　　　　　　　　PDP

图 1-6　显示器的外观

1.2.3　键盘

键盘是主要的输入设备之一，是实现人机对话的重要工具。通过它可以输入程序、数据、操作命令，也可以对计算机进行控制。如图 1-7 所示为几种键盘的外观。

超薄防水键盘　　多媒体键盘　　红外线遥控键盘　　密码键盘　　人体工学键盘

图 1-7　键盘的外观

1.2.4 鼠标

鼠标也是输入设备的一种，它主要用于控制显示器上的光标并通过菜单或按钮向系统发出各种操作命令。鼠标有不同的分类标准：按接口形式分为 PS/2 和 USB 两种；按信号采集原理分为机械和光电鼠标两种；按是否有连接线分为有线和无线鼠标两种。如图 1-8 所示为几种鼠标的外观。

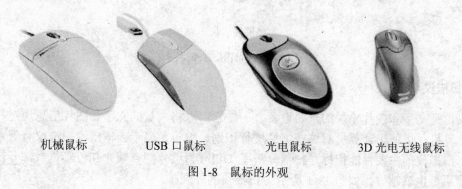

机械鼠标　　　　USB 口鼠标　　　　光电鼠标　　　3D 光电无线鼠标

图 1-8　鼠标的外观

1.2.5 音箱

音箱是多媒体电脑不可缺少的部分。计算机系统的声音通过声卡告诉音箱，再由音箱播放出来。如图 1-9 所示为音箱的外观。

图 1-9　音箱的外观

1.2.6 其他常见电脑设备

除了前面介绍的元件和设备之外，我们还会见到以下电脑设备中的一种或多种。

1. 打印机

打印机是计算机的输出设备，提供可长久保留的可阅读的信息。打印机分为针式打印机、喷墨打印机、激光打印机。常见的品牌有 HP（惠普）、EPSON（爱普生）和 Canon（佳能）等。如图 1-10 所示为几种打印机的外观。

针式打印机

喷墨打印机

激光打印机

图1-10　打印机的外观

2. 扫描仪

扫描仪是文字和图片输入的重要设备之一。它可以将大量的文字和图片信息通过扫描方式输入计算机，以便于计算机对这些信息进行识别、编辑、显示或输出。扫描仪有黑白和彩色两种。扫描仪的主要性能指标是扫描分辨率 DPI（每英寸的点数）和色彩位数，分辨率越高，扫描质量也就越好。如图1-11所示为扫描仪的外观。

图1-11　扫描仪的外观

3. U 盘

U盘是采用闪存芯片作为存储介质的一种移动存储设备，因其采用标准的 USB 接口与计算机连接而得名。如图1-12所示为 U 盘的外观。

图1-12　U 盘的外观

U盘具有体积小、重量轻、数据保存期长、便于携带等优点。U 盘在 Windows XP、Windows Vista、Mac OS X 等操作系统下均不需要驱动程序，可以即插即用。

4. 移动硬盘

移动硬盘是现在广泛使用的移动存储设备，它通过一根 USB 转接线与电脑的 USB 接口连接。移动硬盘一般的容量为 20GB～500GB 不等。如图1-13所示为移动硬盘的外观。

图 1-13 移动硬盘的外观

5．调制解调器

调制解调器（Modem）俗称"猫"，是个人用户连接到因特网（Internet）的一种设备。它处于电脑和电话线之间，通过两条电缆把电脑和电话网连接起来。它将电脑中的数据代码转换成可以在电话线传输的高调制音频信号，在另一端电脑的调制解调器再将该音频信号转换为电脑数据代码。如图 1-14 所示为两种调制解调器的外观。

图 1-14 调制解调器的外观

6．数码照相机

数码照相机简称数码相机，它是光、机、电一体化产品，它与传统相机的最大区别是不需要胶卷。用数码相机拍摄的照片可以直接导入到电脑中，进行查看、编辑加工、保存或打印。如图 1-15 所示为数码相机的外观。

图 1-15 数码相机的外观

1.3　启动和关闭电脑

启动和关闭电脑非常简单，但还有一些注意事项要提醒一下。

1.3.1　启动电脑

第一次启动电脑，要记住以下的开机顺序：

（1）将主机、显示器及其他外围设备的电源线插头插到电源插座（也叫接线板）上，并保证插座已经接通了电源。

（2）打开显示器和其他外围设备的开关。

（3）按下电脑主机上的电源开关按钮（Power 键，一般带有 ⏻ 标志），就可以打开电脑。过一会儿，就会自动进入操作系统的界面。

1.3.2 关闭电脑

关闭电脑并不等同于简单地断开电脑的电源。如果您贸然断电的话，可能会对电脑的软、硬件造成一些不必要的损害。

关闭电脑要遵循特定的过程，在此进行简要介绍。

1．关闭电脑主机

对于 Windows XP 操作系统，关机的过程示意如下：

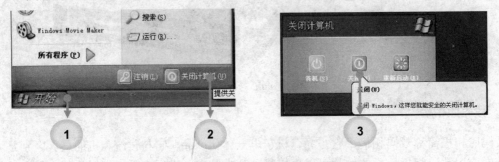

对于 Windows Vista 操作系统，关机的过程示意如下：

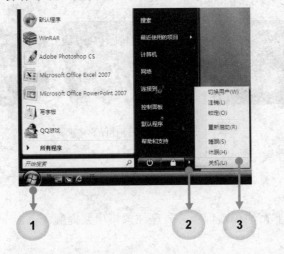

2．关闭其他设备

关闭了电脑主机后，别忘了还有其他设备（如显示器、打印机、音箱等）也需要断电。

第 2 章　Windows Vista 轻松上手

Windows Vista是Microsoft（微软）公司推出的一款操作系统，与以前版本的Windows相比，它具有更强大的功能、更高的安全性、更好的娱乐性等优点，等待大家去体验。

2.1　初窥 Windows Vista

首先，让我们一起来认识 Windows Vista。

2.1.1　启动 Windows Vista

只要计算机中安装了Windows Vista操作系统，那么启动它将是一件很简单的事情。

（1）首先接通主机电源，然后按下机箱上的电源按钮，启动电脑。

（2）启动之后，等待一会儿，出现 Windows Vista 登录画面，如下图所示。

（3）如果在安装Windows Vista时设置了用户密码，则需要在"密码"框中输入密码，然后按Enter键；如果在安装Windows Vista时没有设置用户密码，直接按Enter键。这样就能直接进入Windows Vista的桌面了。

> **提示**
>
> 　　如果计算机上安装了多个操作系统，则会出现操作系统列表以供选择，这时先按键盘上的方向键选择 Windows Vista 操作系统，然后按 Enter 键即可启动 Windows Vista 操作系统。

2.1.2 Windows Vista 的桌面

成功启动Windows Vista后，呈现在我们面前的整个屏幕区域称为桌面。桌面是Windows的工作平台，就像我们办公室中的办公桌一样，我们的一切工作都在桌面上完成。

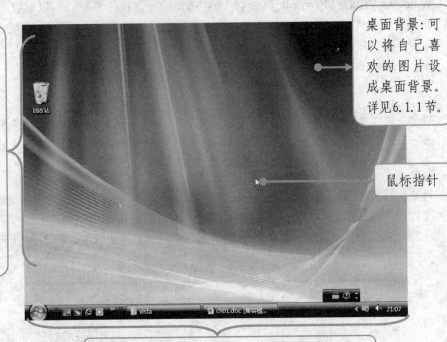

桌面图标：双击这些快捷图标，就可以打开相应的窗口或运行相应的程序。拖动图标可以改变它的位置。

桌面背景：可以将自己喜欢的图片设成桌面背景。详见6.1.1节。

鼠标指针

任务栏：是由"开始"按钮、快速启动工具栏、任务按钮、语言栏和系统栏等组成的长条。

"开始"按钮：单击它，将弹出"开始"菜单。

快速启动工具栏：包含"启动 Internet Explorer 浏览器"、"显示桌面"等快捷图标按钮。

任务按钮：每次启动一个应用程序或打开一个窗口后，任务栏上就有代表该程序或窗口的一个任务按钮。用户可以通过单击相应的任务按钮在已打开的窗口之间切换。

语言栏：用来显示当前系统的语言，或切换当前输入法等。

系统栏：包括一些系统图标。可以在这里调整系统音量或修改当前日期和时间等。

2.1.3　使用鼠标

鼠标是控制屏幕上光标运动的手持式输入设备。通常鼠标有两个键（有的鼠标有3个键，但中间的键一般很少用），分别为左键和右键。那么鼠标该如何正确使用呢？

应该用右手握住鼠标，将食指轻放在左键上，中指或无名指轻放在右键上，大拇指和小拇指抓住鼠标的两侧。

1．鼠标的基本操作

鼠标的基本操作方法有以下几种。

◇　指向

移动鼠标直到鼠标指针停留在某个对象上，通常会显示相关对象的提示信息。

◇　单击

指向一个对象后，按下鼠标的左键一次并放开，通常用于选定所指向的对象，被选择的对象呈高亮显示。

✧ 双击

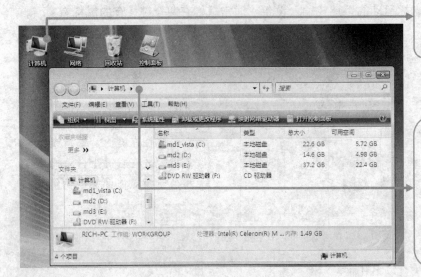

1 指向一个对象后，快速地连续按下鼠标左键两次后放开。

2 双击操作通常用于打开或运行选定的对象。例如，双击"计算机"图标，就能打开"计算机"窗口。

✧ 右击

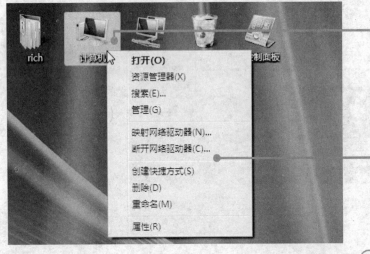

1 按下鼠标右键一次后放开。

2 通常会显示选中对象的快捷菜单。

✧ 拖动

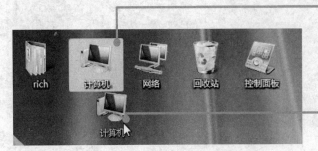

1 指向一个对象后，按下鼠标左键不放，同时移动鼠标。

2 拖动的对象会呈虚影显示。拖到目标位置后，放开鼠标左键。通常用于移动对象。

2. 鼠标指针的含义

鼠标指针是指在屏幕上出现的反映鼠标操作状态的图标，当握住鼠标在桌面上移动时，屏幕上跟着移动的箭头就是鼠标指针。鼠标指针会随着指向目标和执行状态的不同而呈现不同的形状。表2-1列出了Windows Vista 默认的鼠标指针形状及其所代表的含义。

表2-1　Windows Vista 默认的鼠标指针形状及其所代表的含义

鼠标指针形状	含义	鼠标指针形状	含义
↖	正常选择	⊘	不可用
↖?	帮助选择	↕	垂直调整
↖⏳	后台运行	↔	水平调整
⏳	系统忙	⤢ 或 ⤡	沿对角线调整
＋	精确定位	✥	移动
Ⅰ	文本定位	👆	链接选择

2.1.4　退出 Windows Vista

当您想关闭电脑时，切不可直接按下电源开关，需要先正确地退出Windows Vista。

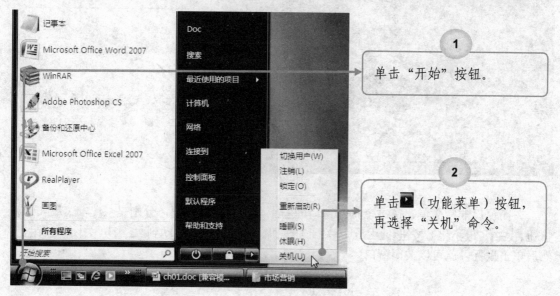

1　单击"开始"按钮。

2　单击 ▶（功能菜单）按钮，再选择"关机"命令。

如果在上图中选择"重新启动"命令，则会重新启动计算机。

提示

关闭计算机后，需要断开计算机主机、显示器、音箱等设备的电源，这样才能完全的安全关机。

2.2　操　作　窗　口

Windows 的中文含义是"视窗"或"窗口"，这很形象地说明了它的基本结构，整个 Windows Vista 操作系统可以说是由大大小小的各种窗口组成，这些窗口是用户与计算机进行交互联系的纽带。可以说，正是通过各种"窗口"，才展开了大家的视线，进入到计算机的世界中。

2.2.1　打开和关闭窗口

在桌面上的"回收站"图标上双击鼠标，会出现一个典型的窗口。

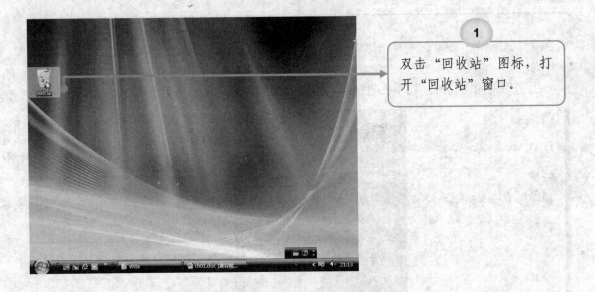

1 双击"回收站"图标，打开"回收站"窗口。

关闭窗口非常简单，在每个打开窗口的右上角都有三个按钮，分别是：▣（最大化）按钮、▭（最小化）按钮和 ☒（关闭）按钮。将鼠标指针移动到 ☒（关闭）按钮上，然后单击鼠标，就可以关闭窗口。

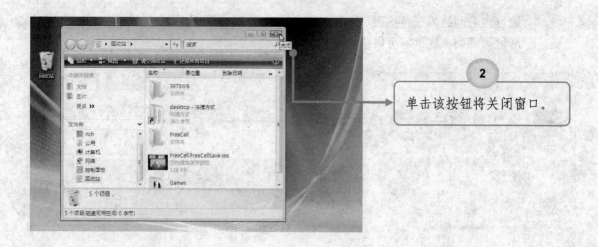

2

单击该按钮将关闭窗口。

2.2.2 认识窗口界面

打开 Windows Vista 的窗口界面，您会发现与以前 Windows 版本的窗口界面有了很大的改变，首先是标题栏没有了，菜单栏也不见了，而且还增加了新的窗格和面板，下面我们就来认识一下 Windows Vista 的窗口界面，如下图所示。

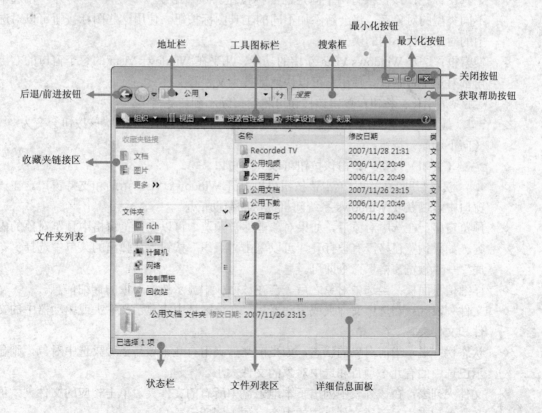

◇ 地址栏：通过地址栏中的按钮，可以指定文件夹的位置。在 Windows Vista 中单击

地址栏右侧的黑三角按钮，弹出的是地址列表，如下图所示，曾经访问过的文件夹、网址等都列在这里，可供我们选择访问。

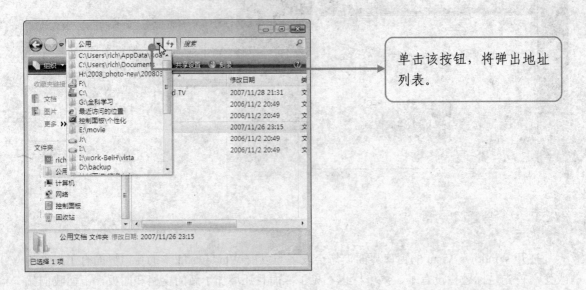

单击该按钮，将弹出地址列表。

❖ **工具图标栏**：该栏中有两个固定的图标按钮——"组织"、"视图"；另外，在选中不同类型的对象后，将会新添加不同的工具图标按钮。使用这些图标按钮可以对选中的对象进行不同的操作。

❖ **搜索框**：这是 Windows Vista 新增的功能，几乎在 Windows Vista 的每个窗口的右上角都有这个搜索框。使用它可以快速地搜索文件和文件夹。

❖ （最小化）按钮：单击该按钮可将窗口缩小到任务栏中。

❖ （最大化）按钮：单击该按钮可将窗口放大到整个屏幕。这时，该按钮会变为 （向下还原）按钮。

❖ （关闭）按钮：单击该按钮可以关闭窗口。

❖ （获取帮助）按钮：单击该按钮可以打开 Windows Vista 帮助和支持窗口。在该窗口中可以获取 Windows 系统随机提供的帮助信息。

❖ **预览窗格**：在选中对象后，如果对象能够被预览，可以在预览窗格中预览对象的内容。如果预览窗格没有被打开，可以单击"组织"按钮，从弹出的菜单中选择"布局"→"预览窗格"命令即可。

❖ **详细信息面板**：当选中对象之后，会在该面板中显示选中对象的详细信息。

❖ **文件列表区**：在选中文件夹或驱动器后，在该区域中将显示文件夹或驱动器中的文件和文件夹。

❖ **状态栏**：显示当前对象的状态，如当前文件夹下有几个项目，如果选中对象，则显示已选中的有几个项目和选中对象的文件大小。

❖ **文件夹列表**：在该列表中列出了本地磁盘中所有的文件夹，单击相应的文件夹，可在文件列表中显示该文件夹中的内容，如下图所示。

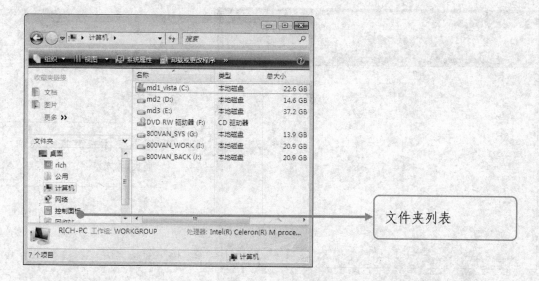

文件夹列表

◇　收藏夹链接区：在该区域中的文件夹都是链接文件夹。通过收藏夹链接区中的文件夹可以直接进入到相应的文件夹中。使用这些文件夹可以管理我们常用的文件或图片等，从而方便我们快速地找到所需的文件夹。

◇　后退/前进按钮：当在同一个窗口中多次打开了文件夹后，通过单击"后退"或"前进"按钮可以切换到上一文件夹视图或下一文件夹视图。

2.2.3　调整窗口大小

下面介绍两种调整窗口大小的方法。

1. 利用窗口控制按钮

在窗口的右上角有一组按钮，分别为 ▭（最小化）按钮、▢（最大化）按钮或 ▣（向下还原）按钮、▨（关闭）按钮。通过这组按钮可以最小化窗口到任务栏中，或者最大化窗口到整个屏幕，或者关闭窗口。把窗口最大化到整个屏幕后，▢（最大化）按钮将变为 ▣（向下还原）按钮，单击该按钮将还原到小窗口。

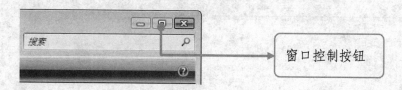

窗口控制按钮

2. 手动调整

除了通过窗口的控制按钮来调整窗口的大小以外，我们还可以手动随意调整窗口的大小。将鼠标指针停留在窗口的四边或四个角上的某个位置，指针会变为如下几种形状之一：↕、↔、⬂、⬈，按下鼠标左键，然后拖动鼠标即可随意调整窗口的大小。

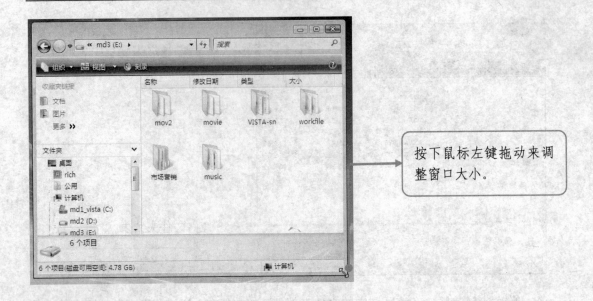

按下鼠标左键拖动来调
整窗口大小。

2.2.4 移动窗口

　　移动窗口的方法是：将鼠标指针移动到窗口的标题栏区域，然后按下鼠标左键拖动窗口
到指定的位置，放开鼠标即可实现窗口的移动。

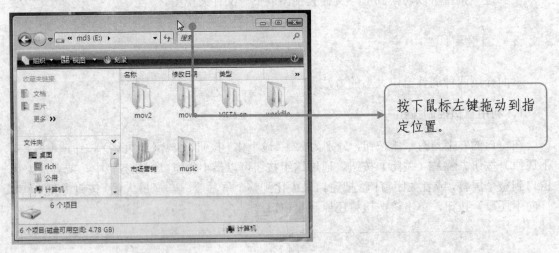

按下鼠标左键拖动到指
定位置。

2.2.5 排列窗口

　　当打开多个窗口后，有可能一个窗口被另一个窗口所覆盖。除了通过最小化窗口来显示
别的窗口外，可以通过移动窗口来显示被覆盖的窗口。
　　如果想在桌面上按自己的意愿排列这些窗口，可以使用移动窗口功能，将窗口移动到指
定的位置，然后再调整窗口的大小，再逐个进行排列即可。也可以使用系统提供的三种方式
（层叠窗口、堆叠显示窗口、并排显示窗口）自动排列窗口。

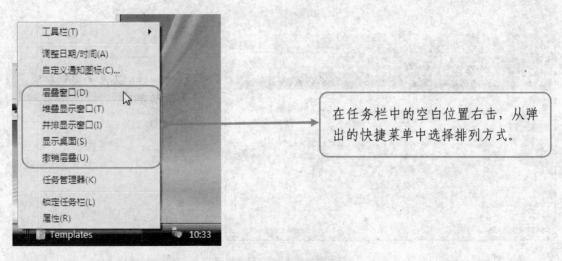

在任务栏中的空白位置右击，从弹出的快捷菜单中选择排列方式。

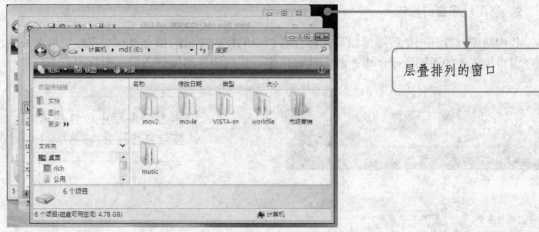

层叠排列的窗口

2.2.6　切换窗口

Windows Vista 是一个多任务的操作系统，通常都需要同时打开多个窗口进行操作，当前操作的窗口称为活动窗口。那么，如何使一个窗口变为活动窗口呢？这就需要对窗口进行切换，使我们需要的窗口变为活动窗口才能进行操作。有以下两种方法来切换窗口。

1. 利用键盘

熟悉 Windows Vista 操作系统的读者都知道，按快捷键 Alt+Tab，可以打开一个窗口切换界面，如下图所示。在 Alt 键处于按下的状态下，不停地按 Tab 键，可以在打开的窗口间进行切换，选中需要的窗口后放开 Alt 键，选中的窗口即被激活，成为当前活动窗口。

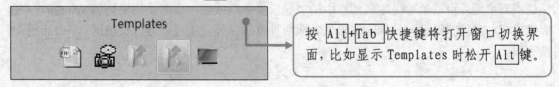

按 Alt+Tab 快捷键将打开窗口切换界面，比如显示 Templates 时松开 Alt 键。

Templates 文件夹窗口就成为活动窗口。

2. 利用程序窗口按钮

我们知道，打开一个程序窗口后，在任务栏中的程序按钮区都会显示与程序窗口对应的程序窗口按钮，如下图所示，单击相应的程序窗口按钮即可切换到该程序窗口中。

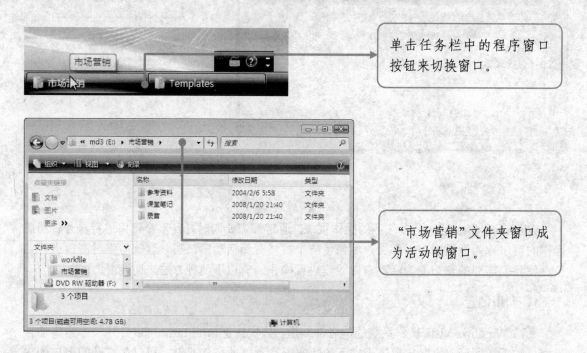

单击任务栏中的程序窗口按钮来切换窗口。

"市场营销"文件夹窗口成为活动的窗口。

在 Windows Vista 中，桌面已经被作为一个普通窗口对待了。在以前的 Windows 版本中要切换到桌面，可以单击快速启动栏中的"显示桌面"按钮，或者使用快捷键 Windows（徽标键）+D。而在 Windows Vista 中除了上面两种方法以外，还可以通过快捷键 Alt+Tab 来切换到桌面。

2.3 认识菜单

在 Windows XP 及以前的 Windows 版本中，当打开 Windows 窗口时，您会发现有一个菜单栏。而在 Windows Vista 中这个菜单栏却找不到了，这个菜单栏真的没有了吗？不是，它只是处于隐藏状态而已。对于习惯于菜单操作的用户也可以开启菜单栏。以下是显示菜单栏的操作方法。

1．显示菜单

其操作步骤如下：

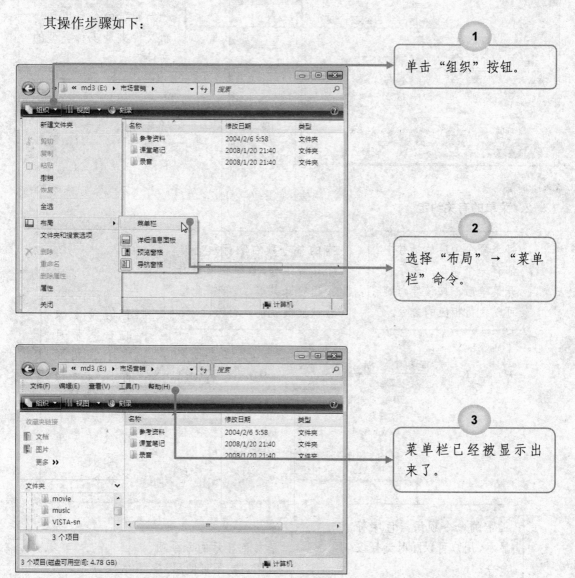

1 单击"组织"按钮。

2 选择"布局"→"菜单栏"命令。

3 菜单栏已经被显示出来了。

提示

如果只是临时使用菜单栏，可以按一下 Alt 键，菜单栏将自动显示出来，当使用完后，菜单栏又自动被隐藏。

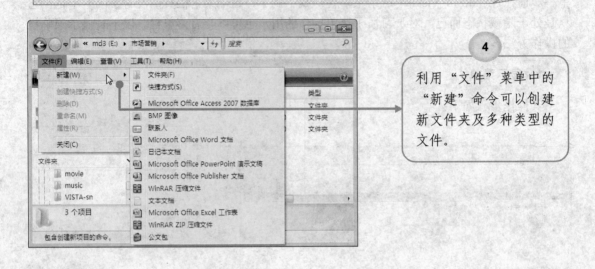

④ 利用"文件"菜单中的"新建"命令可以创建新文件夹及多种类型的文件。

2. 菜单的有关约定

每个命令项后的括号中都有一个字母，表示打开菜单后，按该字母键可以执行相应的命令。

有的命令项右侧标示有一个按键组合，表示在窗口内不用打开菜单，直接按此组合快捷键就能执行该命令。

有的命令项的右侧带有一个三角形标记，表示该命令有下一级级联菜单，在级联菜单中还有若干子命令。

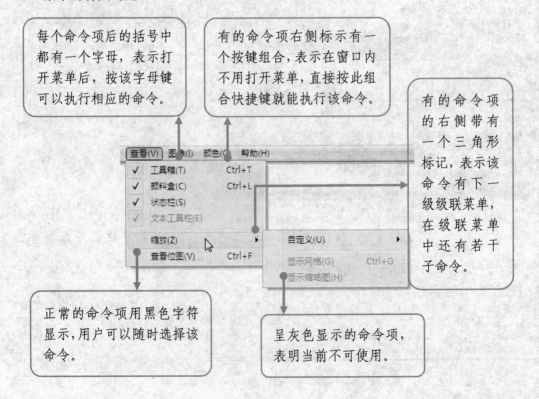

正常的命令项用黑色字符显示，用户可以随时选择该命令。

呈灰色显示的命令项，表明当前不可使用。

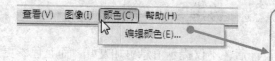

若选择带有省略号的命令项，将弹出一个相应的对话框，要求用户进行某些设置。

带有"✓"标记的命令项允许用户在两种状态之间进行切换。例如，"状态栏"命令前面出现"✓"标记，表示在当前窗口中显示状态栏。

再次选择该命令，前面的"✓"标记消失，表示取消状态栏的显示。

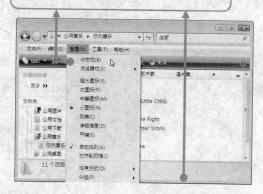

在状态栏中可以看到相关提示，建议不要关闭状态栏。

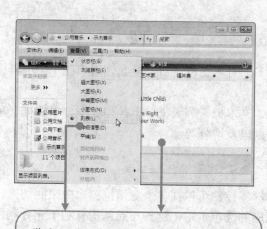

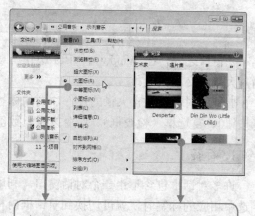

带有"·"标记的命令项表示该命令已经选用。在同组命令中，只能有一个被选用。例如，"列表"命令前出现"·"标记，表示当前是以列表的形式显示项目。

如果选择"大图标"命令，则会以大图标的形式显示窗口中的项目。

2.4 认识对话框

在 Windows Vista 中，对话框经过重新设计后，不仅提示信息更加友好，而且色彩更为丰富，字体也更大，可供的选择也更多。

例如，在 Windows Vista 中复制一个文件，当有重名的文件时，对话框中会有三种选择：一是"复制和替换"，二是"不要复制"，三是"复制，但保留这两个文件"，如下图所示。可见对话框中的提示更友好，界面操作更直观，让我们更容易明白执行该操作后的结果是什么。

除窗口之外，在 Windows Vista 中使用最多的是对话框，对话框允许用户在一个屏幕中输入大量的交互数据。

典型的对话框包含大量的控件，例如标签、文本框、列表框、下拉列表框、单选框（单选按钮）、复选框（检查框）、命令按钮、数值框以及滑杆等。

1．标签

许多对话框包含不止一个对话窗口，利用标签控件可以在多个对话框窗口中来回切换。当选中相应的标签时，就可切换到对话框内相应的选项卡中，这种布局结构有利于充分利用有限的空间，来显示尽可能多的信息。

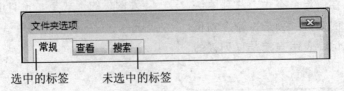

选中的标签　　　　未选中的标签

2．文本框

文本框控件允许用户直接在其中输入文字。

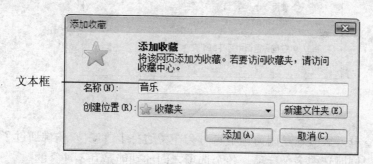

3．列表框

列表框由一个方框、一些位于方框中的项目列表以及方框旁边的滚动条组成，通过使用滚动条或是单击滚动箭头可以上下滚动翻阅项目列表。当然，如果项目列表可以在方框内完全被显示出来，则滚动条会呈无效状态。

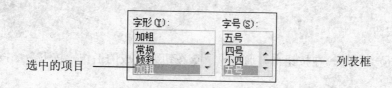

4．下拉列表框

下拉列表框通常以一个只显示单行内容的列表框形式出现，单击该框右边的下三角按钮可以打开一个下拉列表，然后用户可以在其中进行选择。

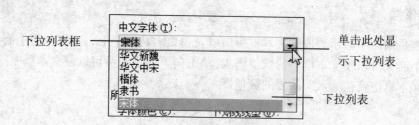

5．单选框

单选框又叫单选按钮，它模仿一些老式收音机上的频段按键，按下一个按键的同时会弹起以前被按下的按键。也就是说，在同一组选项中，一次只能有一个单选按钮被选中。

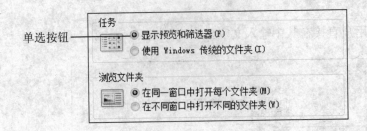

6. 复选框

复选框又叫检查框，大概这是因为选中它时会在旁边打上"√"，仿佛通过了检查一般。复选框的特点是可以同时选中多个选项，各个选项之间的功能是互不冲突的。

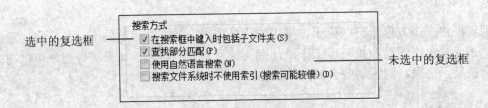

7. 命令按钮

命令按钮最为普通，在按钮上方通常显示该按钮要完成的工作，按下命令按钮就执行了相应的命令。

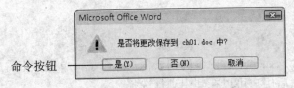

8. 数值框

数值框是由一个显示数值的文本框窗口以及窗口右边两个上、下方向的小箭头组成。单击向上的小箭头可以使文本框中的数值增大，单击向下的小箭头可以使文本框中的数值减小，也可以在文本框中直接输入所需要的数值。

9. 滑杆

滑杆由一个横条和一个滑块组成，拖动滑块可以选择所需的数值或尺寸。

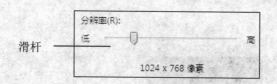

滑杆

2.5 "开始"菜单的应用

在新版本的 Windows Vista 中已经看不到"开始"字样的按钮了，取而代之的是一个圆形的图标按钮<span></span>。单击该按钮即可打开"开始"菜单。

2.5.1 打开相应的应用程序

在 Windows 系统中，安装的所有应用程序都可以在"开始"菜单中找到。在安装应用程序时，有些软件可能会在桌面上创建启动程序的快捷方式。如果在桌面上没有程序的快捷启动方式，那么，可以通过"开始"菜单来启动相应的应用程序。

操作步骤如下：

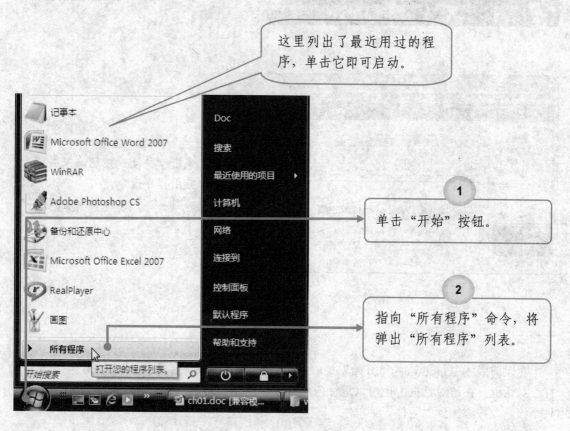

这里列出了最近用过的程序，单击它即可启动。

1 单击"开始"按钮。

2 指向"所有程序"命令，将弹出"所有程序"列表。

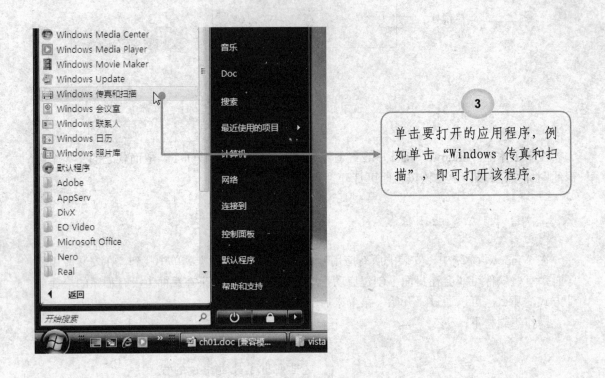

3

单击要打开的应用程序，例如单击"Windows 传真和扫描"，即可打开该程序。

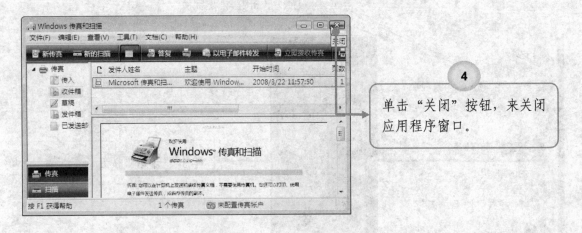

4

单击"关闭"按钮，来关闭应用程序窗口。

2.5.2 运行应用程序

在以前版本 Windows 的"开始"菜单中有一个"运行"命令，执行该命令后会弹出"运行"对话框，在该对话框中也可以运行应用程序。在 Windows Vista 中也保留了这个命令，只是该命令被添加到"附件"菜单中了。

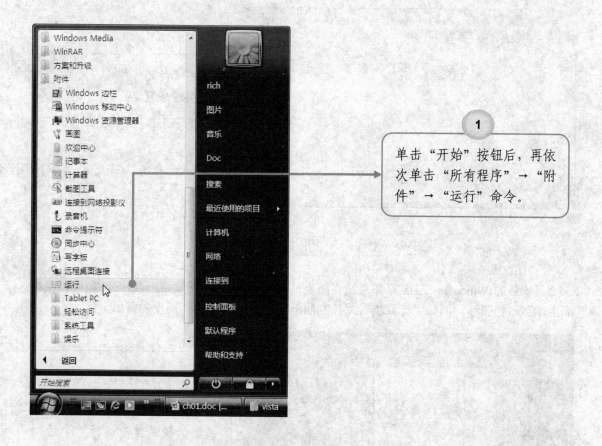

单击"开始"按钮后,再依次单击"所有程序"→"附件"→"运行"命令。

1

提示

按快捷键 Windows(徽标)+R键可以打开"运行"对话框。

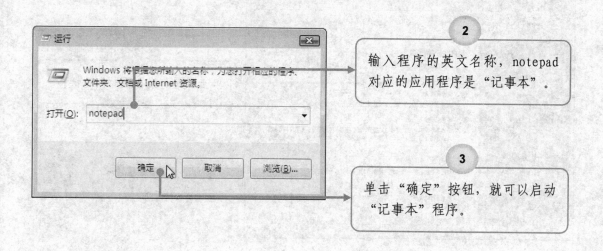

输入程序的英文名称,notepad 对应的应用程序是"记事本"。

2

单击"确定"按钮,就可以启动"记事本"程序。

3

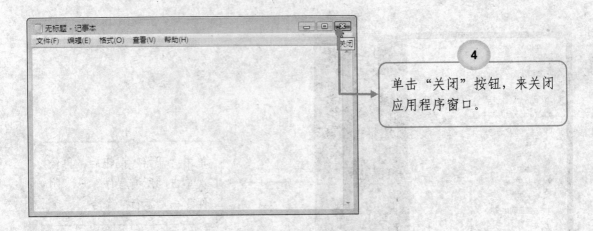

4

单击"关闭"按钮，来关闭应用程序窗口。

2.6　添加系统图标

新安装的 Windows Vista 操作系统桌面上只有一个图标（"回收站"图标），如果要在桌面上添加系统图标，例如"计算机"、"控制面板"、"网络"等，其操作步骤如下：

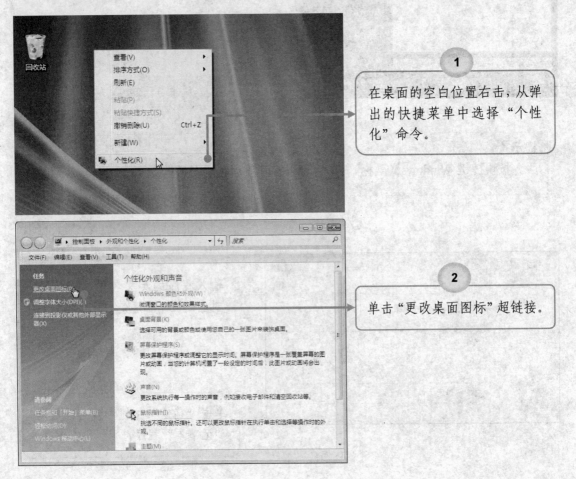

1

在桌面的空白位置右击，从弹出的快捷菜单中选择"个性化"命令。

2

单击"更改桌面图标"超链接。

把这几个复选框都选中。

单击"确定"按钮。

可以看到，现在的桌面上显示有刚才我们选择的多个图标了。

2.7　在桌面上使用快捷方式

　　在安装应用程序时，程序会自动在桌面上创建该程序的快捷方式图标。当桌面上的图标太多时，查找起来很不方便，这时就需要删除一些图标。本节介绍在桌面上使用快捷方式的有关知识。

2.7.1　创建快捷方式

　　对于经常要调用的应用程序，可以在桌面上创建该程序的快捷方式图标，这样，双击桌面上的图标就可以快速地启动应用程序。

　　下面以创建 Word 程序的快捷方式图标为例，来介绍添加应用程序快捷方式图标的方法，其操作步骤如下：

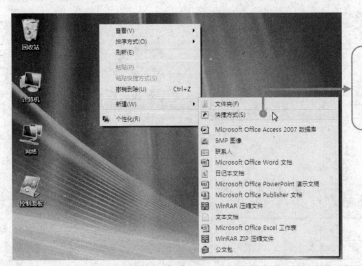

1
在桌面上的空白位置右击，从弹出的快捷菜单中选择"新建"→"快捷方式"命令。

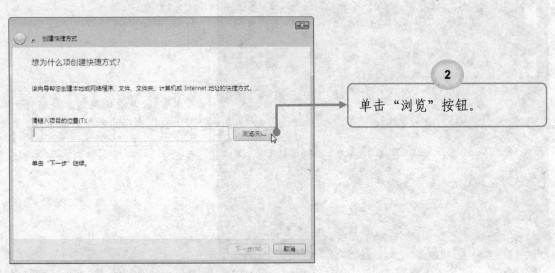

2
单击"浏览"按钮。

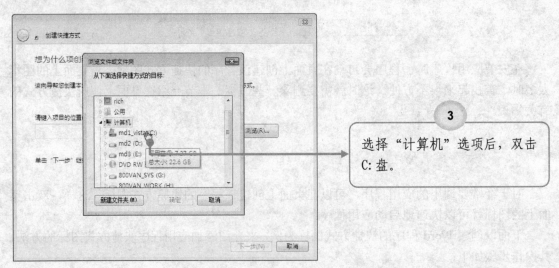

3
选择"计算机"选项后，双击C:盘。

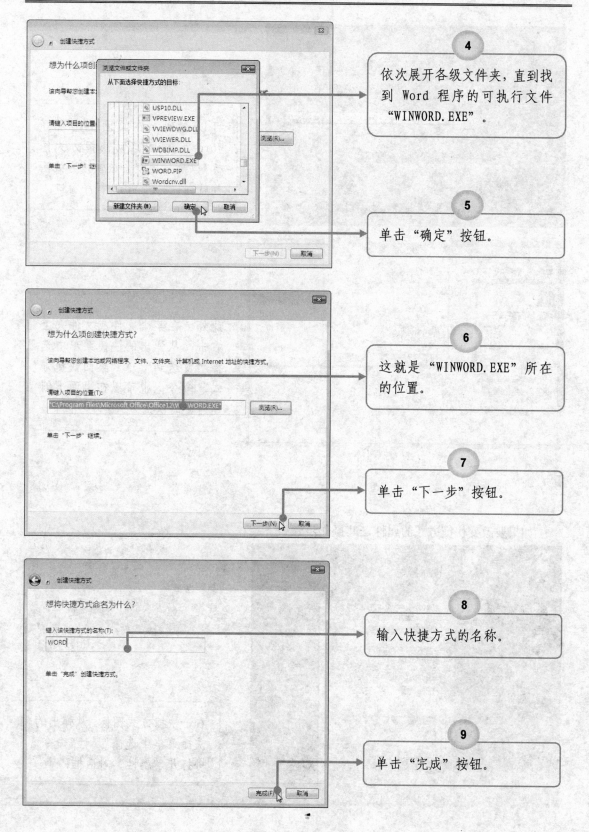

4

依次展开各级文件夹，直到找到 Word 程序的可执行文件"WINWORD.EXE"。

5

单击"确定"按钮。

6

这就是"WINWORD.EXE"所在的位置。

7

单击"下一步"按钮。

8

输入快捷方式的名称。

9

单击"完成"按钮。

10

可以看到，在桌面上出现了 Word 程序的启动快捷方式图标。以后只要双击该快捷方式图标就可以打开 Word 程序窗口。

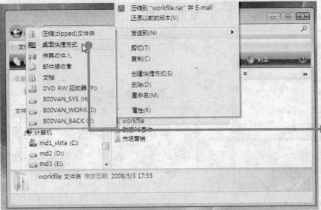

11

此外，在某个文件或文件夹上右击，从弹出的快捷菜单中选择"发送到"→"桌面快捷方式"命令，也可以在桌面上创建对应的快捷方式。

2.7.2 改变快捷方式的属性

如果要改变快捷方式的属性，其操作步骤如下：

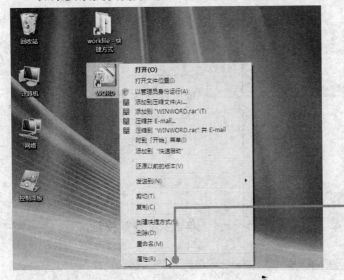

1

右击快捷方式图标，从弹出的快捷菜单中选择"属性"命令，将打开"属性"对话框。

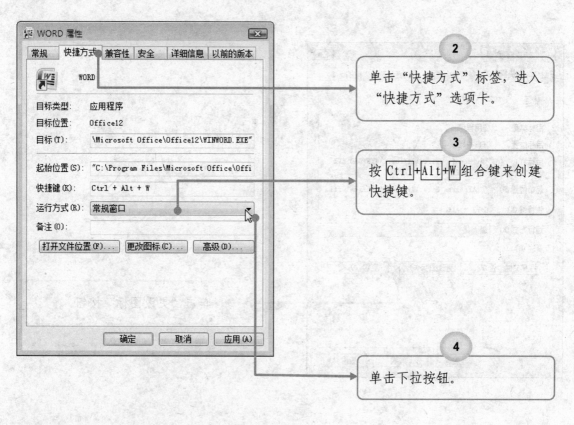

2 单击"快捷方式"标签，进入"快捷方式"选项卡。

3 按 Ctrl+Alt+W 组合键来创建快捷键。

4 单击下拉按钮。

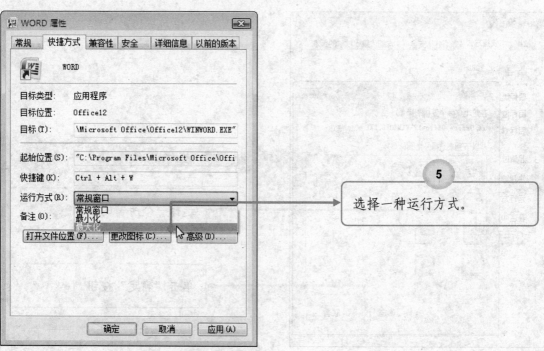

5 选择一种运行方式。

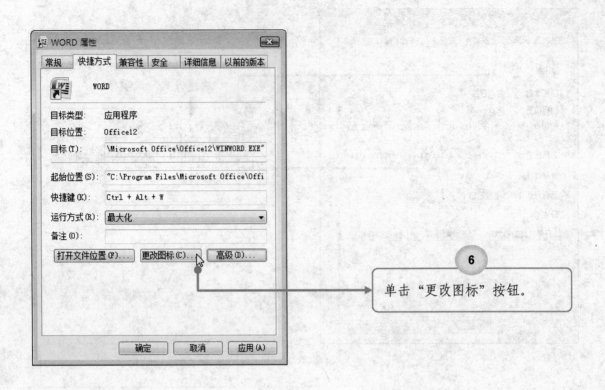

6

单击"更改图标"按钮。

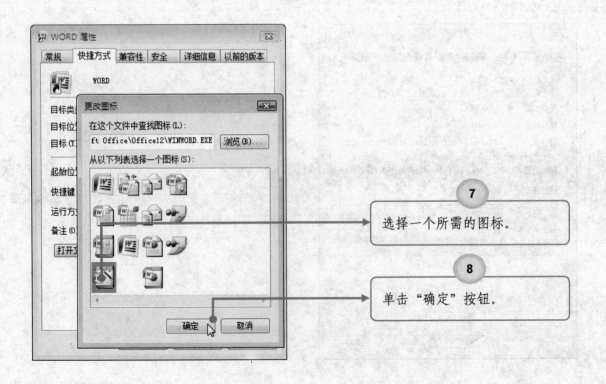

7

选择一个所需的图标。

8

单击"确定"按钮。

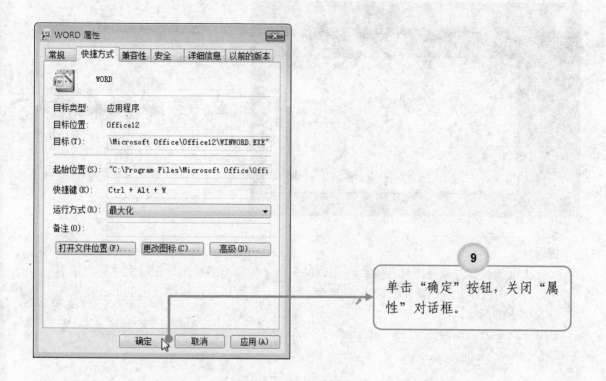

9

单击"确定"按钮,关闭"属性"对话框。

2.7.3　删除快捷方式

桌面上的图标太多,查找起来很不方便,如果是不用的桌面图标,可以将其删除掉。要删除桌面图标,其操作步骤如下:

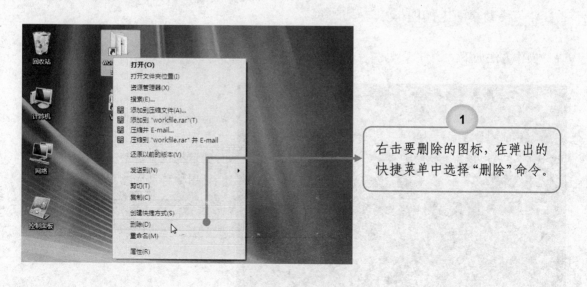

1

右击要删除的图标,在弹出的快捷菜单中选择"删除"命令。

2

单击"是"按钮，将删除选定的图标。

提示

上面的操作只是将图标删除到"回收站"中，如果不想将图标删除到"回收站"中，可以在执行上面的操作前按下 Shift 键。另外，还可以直接按键盘上的 Del 键来删除桌面上的图标。

2.8 排列桌面图标

随着电脑使用时间的增加，桌面上可能会增加很多图标，有安装程序时创建的图标，也有我们创建的文件或文件夹等图标。为了更好地利用好桌面图标，用户可以对桌面图标进行一些操作，例如，移动图标、排列桌面图标等。

2.8.1 移动桌面上的图标

操作方法如下：

在图标上按住鼠标左键，拖拉到目标位置后松开鼠标，即可将图标移动到指定位置。

2.8.2 排列桌面上的图标

桌面上的图标多过，会使得桌面很乱，不利于我们对桌面图标的操作。在这种情况下，我们可以对桌面图标进行排列。要排列桌面上的图标，其操作步骤如下：

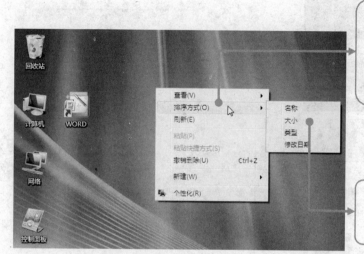

1

在桌面上的空白位置右击，从弹出的快捷菜单中选择"排序方式"命令，会出现一个级联菜单。

2

从中选择一项，即按对应的方式进行排序。

3

右击桌面，然后选择"查看"→"自动排列"命令，桌面上的图标便会自动调整各自的位置。如果想以手动拖拉的方式来排列图标，那么请不要选择"自动排列"命令。

2.9 寻求帮助

如果在使用Windows Vista的过程中遇到任何问题和不解之处，都可以通过Windows Vista的"帮助和支持中心"来获取帮助，它是我们学习使用Windows Vista的好助手。其操作步骤如下：

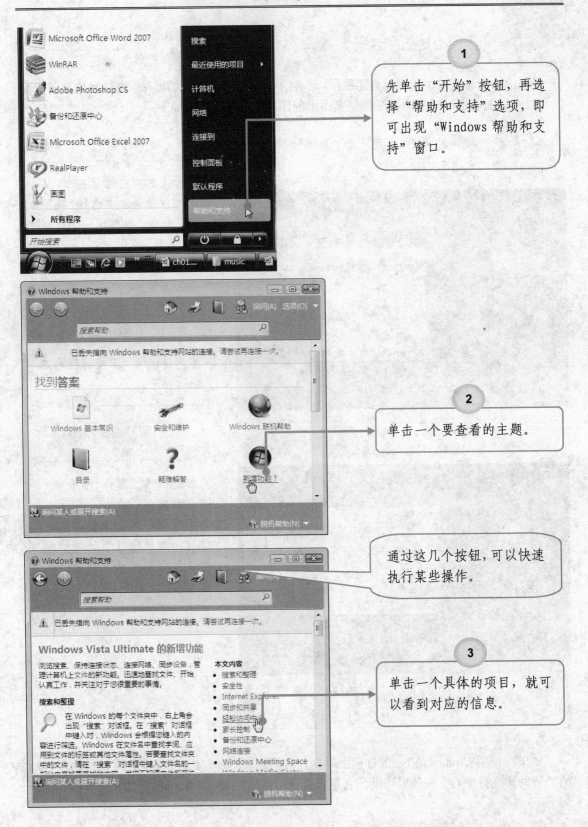

1
先单击"开始"按钮，再选择"帮助和支持"选项，即可出现"Windows 帮助和支持"窗口。

2
单击一个要查看的主题。

通过这几个按钮，可以快速执行某些操作。

3
单击一个具体的项目，就可以看到对应的信息。

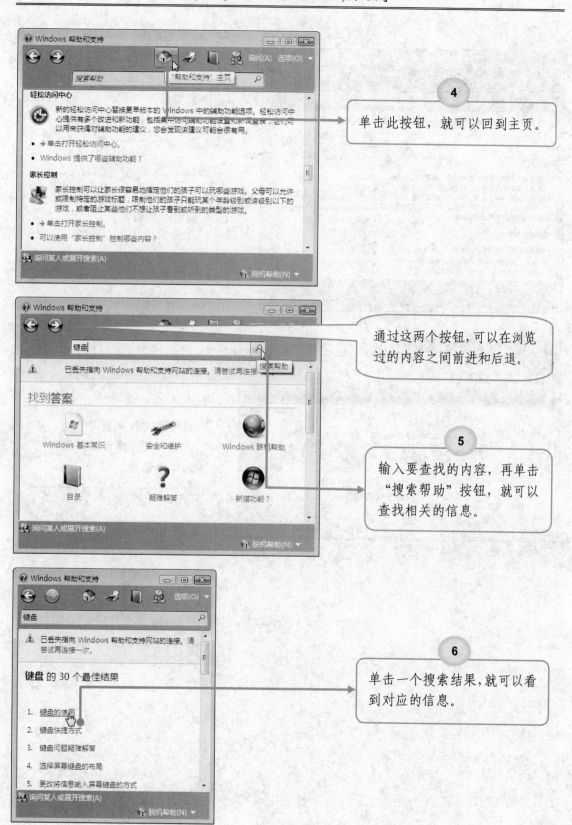

4

单击此按钮，就可以回到主页。

通过这两个按钮，可以在浏览
过的内容之间前进和后退。

5

输入要查找的内容，再单击
"搜索帮助"按钮，就可以
查找相关的信息。

6

单击一个搜索结果，就可以看
到对应的信息。

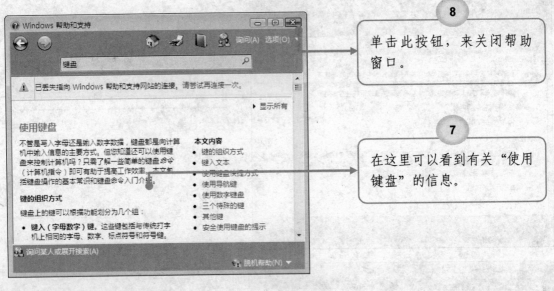

8 单击此按钮，来关闭帮助窗口。

7 在这里可以看到有关"使用键盘"的信息。

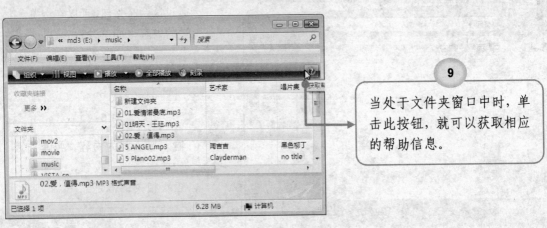

9 当处于文件夹窗口中时，单击此按钮，就可以获取相应的帮助信息。

第3章 键盘和汉字输入法

利用计算机进行文字输入，是掌握计算机技能的基本要求，也是熟练使用计算机的基础。本章就将介绍键盘和汉字输入法的相关知识。

3.1 使用键盘

键盘作为计算机中最基本、最重要和最早使用的输入设备，在计算机的发展史中起着举足轻重的作用。

3.1.1 认识键盘

107 键键盘是一款常用的键盘，其外观如图 3-1 所示。

图 3-1　107 键键盘的外观

根据键盘功能的不同，可以把键盘划分为 4 个区域：功能键区、打字键区（也是主键盘区）、光标控制键区和数字键区。

1. 功能键区

功能键区一共有 16 个键，位于键面的顶端，排列成一行。最左边的是 Esc 键，中间的 12 个键从左至右依次是 F1~F12。此外，还有 Wake Up 键、Sleep 键和 Power 键。它们的功能如表 3-1 所示。

表 3-1　功能键及其说明

按　键	名　称	说　明
Esc	强行退出键	Esc是英文Escape的缩写。它的功能是取消当前的操作、退出当前环境、返回原菜单等
F1 到 F12	特殊功能键	这12个功能键在不同的应用软件和程序中有各自不同的定义。但一般情况下将F1键设为帮助键
Wake Up	唤醒键	按下此键,可以使计算机从睡眠状态恢复到初始状态(此功能需要操作系统和计算机主板的支持)
Sleep	睡眠键	按下此键,可以使计算机处于睡眠状态(此功能需要操作系统和计算机主板的支持)
Power	关机键	按下此键,可以关闭计算机电源(此功能需要计算机主板的支持)

2. 打字键区

打字键区是整个键盘的主要部分,位于功能键区的下方,并且是4个键区中键数最多的,其中包括26个字母键、21个数字符号键、14个控制键。

（1）字母键

字母键的键面刻有英文大写字母,从 A~Z。只要按一下某个字母键,就可以输入相应的字母。运用 Shift 键可以对字母键进行大写和小写切换。字母键是学习打字必须要熟练掌握的。

（2）数字符号键

数字符号键的键面上都刻有一上一下两种符号,故又称双字符键。上面的符号称为上档符号,下面的称为下档符号。主要用于输入阿拉伯数字和常用的标点符号。

（3）控制键

控制键主要用于辅助执行某些特定操作。控制键中的 Shift、Ctrl、Alt 和"开始菜单"键各有两个,它们在打字键区的两边呈基本对称分布。它们的功能如表3-2所示。

表 3-2　控制键及其说明

按　键	名　称	说　明
Back Space	退格键	按下该键可使光标左移一个位置,同时删除原来位置上的字符
↵ Enter	回车键	按此键表示开始执行所输入的命令;在进行录入操作时,按此键后,光标移至下一行
Tab ↹	制表键	Tab是英文Table的缩写。按下此键,光标向右移动一个制表符的距离（默认为8个英文字符）

续表

按　键	名　称	说　明
Caps Lock	大写锁定键	按下该键时，可将字母键锁定为大写状态，而对其他键没有影响。当再按下该键时即可解除大写锁定状态
↑ Shift	上档键（也叫换档键）	该键应与其他键同时使用，按下此键后，输入的字母均处于大写字母状态，双字符键处于上档符号状态
Ctrl	控制键	Ctrl是英文Control的缩写。该键用于和其他键组合使用，可完成特定的控制功能
Alt	转换键	Alt是英文Alternating的缩写。该键不单独使用，在与其他键组合使用时产生一种转换状态。比如，在Windows Vista中，按下Ctrl+Alt+Del组合键将打开系统任务列表
田	"开始菜单"键	该键键面上印有Windows窗口图案，在Windows Vista操作系统中，按下该键后会打开"开始"菜单
📋	"快捷菜单"键	该键位于打字键区右下角的"开始菜单"键和Ctrl键之间，在Windows Vista操作系统中，按下此键后会弹出相应的快捷菜单
	空格键	键盘上最长的键，按下此键便输入一个空格，同时光标右移一个字符

3. 光标控制键区

光标控制键区一共有 13 个键，位于打字键区和数字键区之间。它们的功能如表 3-3 所示。

表 3 - 3　光标控制键区的按键及其说明

按　键	名　称	说　明
Print Screen Sys Rq	屏幕复制键	按下此键可将当前屏幕复制到剪贴板，然后用Ctrl+V组合键可以把屏幕图片粘贴到目标位置
Scroll Lock	屏幕锁定键	在Windows Vista中基本不怎么使用
Pause Break	暂停/中止键	同时按下Ctrl键和Pause Break键，可强行中止程序的运行
Insert	插入键	此键用来进行插入和改写状态的转换。按一下该键进入"插入"状态，再按一下进入"改写"状态，多用于文本编辑操作
Home	起始键	按下此键，光标移至当前行的行首。同时按下Ctrl键和Home键，光标移至首行行首

按　键	名　称	说　明
End	终点键	按下此键，光标移至当前行的行尾。同时按下Ctrl键和End键，可将光标移至末行行尾
Page Up	向前翻页键	按下此键，可以翻到上一页
Page Down	向后翻页键	按下此键，可以翻到下一页
Delete	删除键	每按一次此键，便删除光标所在位置的字符并使光标后的字符向前移
↑	光标上移键	按下此键，光标移至上一行
↓	光标下移键	按下此键，光标移至下一行
←	光标左移键	按下此键，光标向左移动一个字符位
→	光标右移键	按下此键，光标向右移动一个字符位

4. 数字键区

数字键区主要用于数据的输入和处理，也叫小键盘区或副键盘区。实际上，键盘有两个数字键区。位于键盘左边的数字键区是人们常用的数字键区。输入数据时，要求双手输入，即像按字母键一样，手指按完数字键后仍要返回基准键位上。

在需要输入大量的数字时，使用键盘左边的数字键输入速度比较慢，因此，在右边设计了小键盘区，主要是为了财会和银行工作人员操作方便。输入时，要求右手单手输入，它们的具体功能如表 3-4 所示。

表 3-4　数字键区的按键及其说明

按　键	名　称	说　明
Num Lock	数字锁定键	按下该键，数字指示灯亮起时，副键盘的输入字符均视为数字；数字指示灯熄灭时，副键盘作为光标控制键
+	加号键	进行加法运算
−	减号键	进行减法运算
*	乘号键	进行乘法运算

续表

按　　键	名　　称	说　　明
/	除号键	进行除法运算
. Del	小数点/删除键	作为小数点键使用时，用于输入小数点。作为删除键使用时，其作用与 Delete 键相同

5．键盘指示灯区

在计算机键盘的右上方有 3 个指示灯，分别是 Num Lock 、 Caps Lock 、 Scroll Lock 。其中 Num Lock 和 Caps Lock 分别表示数字键盘的锁定与大写锁定， Scroll Lock 一般没有用。

3.1.2　正确使用键盘

正确的打字方法是"触觉打字法"，又称"盲打法"。所谓"触觉"是指打字时敲击按键靠手指的感觉而不是靠用眼看的"视觉"。采用"触觉打字法"，就能做到眼睛看稿件，手指管打字，各司其职，通力合作，从而大大提高打字的速度。

1．正确的操作姿势

正确的键盘操作姿势对初学者至关重要。如果姿势不当，则在输入的过程中容易疲劳，也会影响输入速度。

在桌子和椅子的高度适合的前提下，正确的键盘操作姿势是：上臂和肘部应靠近身体，下臂和腕略向上倾斜，与键盘保持相同的斜度。手指微曲，轻轻放在与各手指相关的基准键位上，座位的高低应便于手指操作。双脚踏地，切勿悬空。为使身体得以平衡，坐时应使身体躯干挺直而微前倾，全身自然放松，如图 3-2 所示。

图 3-2　正确的操作姿势

2．基准键位和手指分工

位于打字键区第 3 行的 A 、 S 、 D 、 F 和 J 、 K 、 L 、 ; 8 个字符键称为基准键。其中的 F 键和 J 键称为原点键。这 8 个基准键是左右手指固定的位置。手指在基准键上的定位如图 3-3 所示。

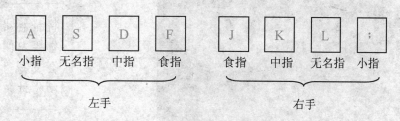

图 3-3　手指在基准键上的定位

49

手指定位后，不得随意把手指移开，更不能放错位置。在打字过程中，每个手指只能击打指法所规定的字符键，击完键后，手指必须立刻返回到对应的基准键上。

手指在打字键区的分工如图3-4所示。

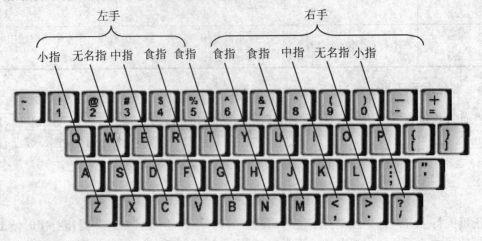

图 3-4　手指在打字键区的分工

大拇指专门击打空格键。当左手击完字符键需按空格键时，用右手大拇指击打空格键；反之，则用左手大拇指击打空格键。

3.2　Windows 语言栏

Windows Vista中有一个可以随意移动的语言栏，通过语言栏可以选择中英文输入法、查看输入帮助和设置输入法选项等。

3.2.1　移动语言栏

当语言栏处于浮动状态时（即未嵌入任务栏时），可以将其移动到屏幕上的任意位置。

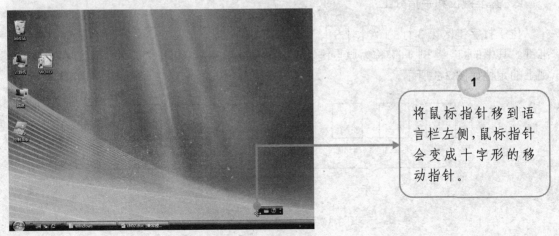

1

将鼠标指针移到语言栏左侧，鼠标指针会变成十字形的移动指针。

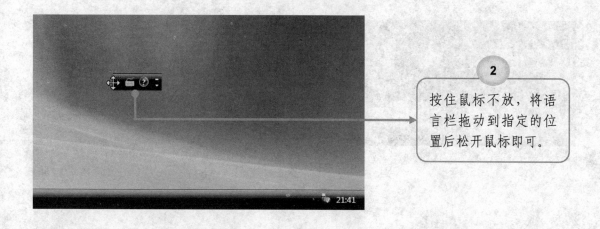

2

按住鼠标不放，将语言栏拖动到指定的位置后松开鼠标即可。

3.2.2　最小化/还原语言栏

如果觉得语言栏占用屏幕空间，可以将其最小化为任务栏中的一个图标，需要时还可以将其重新显示出来。

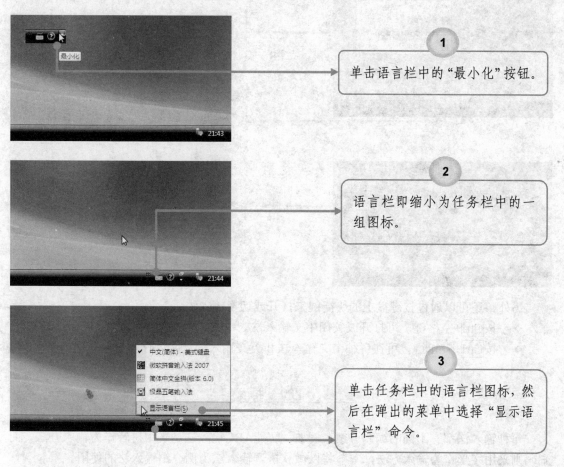

1

单击语言栏中的"最小化"按钮。

2

语言栏即缩小为任务栏中的一组图标。

3

单击任务栏中的语言栏图标，然后在弹出的菜单中选择"显示语言栏"命令。

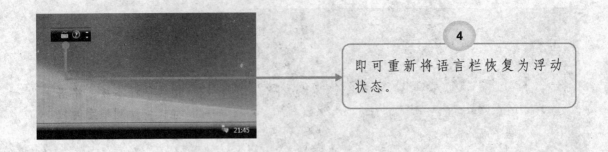

即可重新将语言栏恢复为浮动状态。

3.3 选择输入法

中文Windows Vista自带有微软拼音输入法、智能ABC输入法、全拼输入法、郑码输入法等几种中文输入法。默认状态下，Windows Vista处于英文输入方式的状态。要输入中文，首先要选择一种中文输入法。

使用鼠标选择输入法的方法如下：

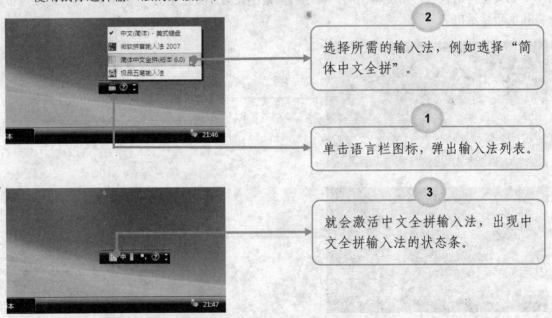

选择所需的输入法，例如选择"简体中文全拼"。

单击语言栏图标，弹出输入法列表。

就会激活中文全拼输入法，出现中文全拼输入法的状态条。

另外，还可以通过按键盘上的快捷键来打开或切换输入法。

❖ 按 Ctrl +空格键，可打开或关闭中文输入法。

❖ 按 Ctrl + Shift 键，可在各种中文输入法和英文输入法之间进行顺序循环切换。

3.4 使用输入法

每种输入法都有不同的编码方案，例如，智能ABC输入法是采用拼音作为输入方法，而郑码则采用字形作为输入方法，本节将以微软拼音输入法为例介绍输入法的使用。

3.4.1　输入文字

下面将在"记事本"窗口中练习如何输入文字。操作步骤如下：

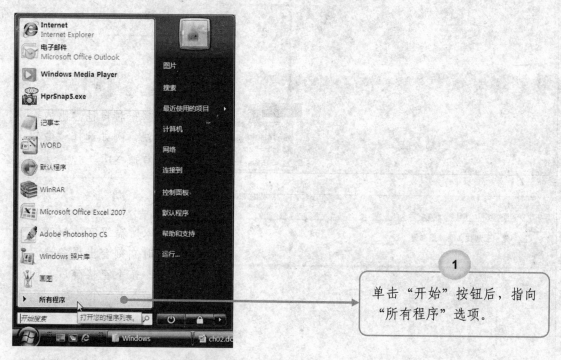

1

单击"开始"按钮后，指向"所有程序"选项。

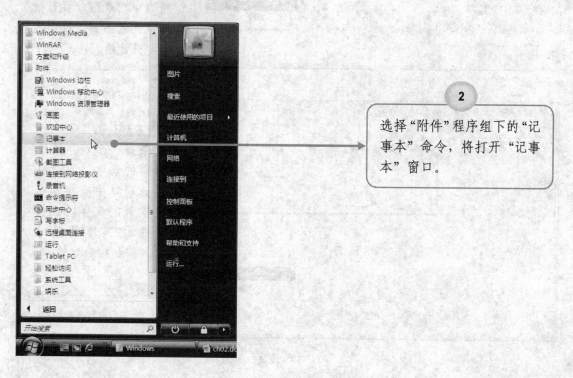

2

选择"附件"程序组下的"记事本"命令，将打开"记事本"窗口。

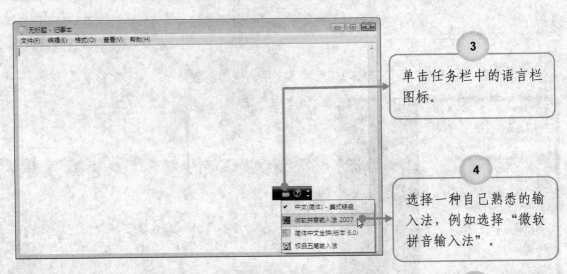

3 单击任务栏中的语言栏图标。

4 选择一种自己熟悉的输入法，例如选择"微软拼音输入法"。

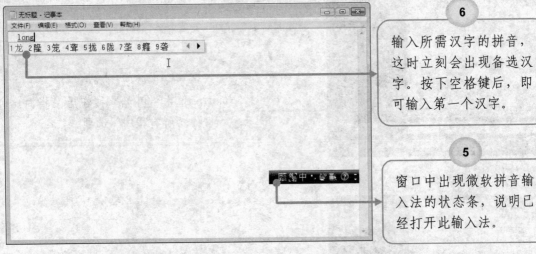

6 输入所需汉字的拼音，这时立刻会出现备选汉字。按下空格键后，即可输入第一个汉字。

5 窗口中出现微软拼音输入法的状态条，说明已经打开此输入法。

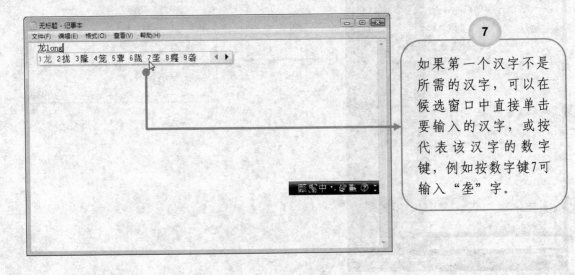

7 如果第一个汉字不是所需的汉字，可以在候选窗口中直接单击要输入的汉字，或按代表该汉字的数字键，例如按数字键7可输入"垄"字。

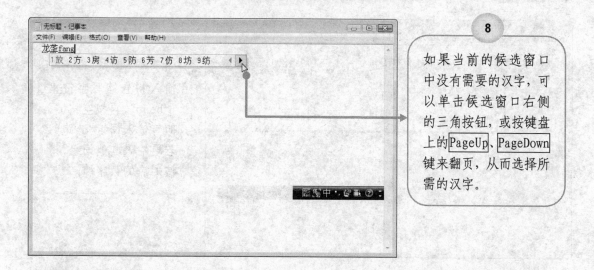

8

如果当前的候选窗口中没有需要的汉字，可以单击候选窗口右侧的三角按钮，或按键盘上的 PageUp、PageDown 键来翻页，从而选择所需的汉字。

提示

　　有些汉字的拼音无法输入，如"与"、"绿"等，原因是它们的拼音的韵母含有"ü"，而键盘上又没有这个键，这时就要用 v、u 来代替。当汉语拼音 n、l 跟 ü 相拼时，用 v 来代替 ü。例如，"绿"的拼音 lü 用 lv 代替；"女"的拼音 nü 用 nv 代替。当汉语拼音 j、q、x、y 跟 ü 相拼时，用 u 来代替 ü。例如，"举"的拼音 jü 用 ju 代替；"去"的拼音 qü 用 qu 代替等。

3.4.2　输入词组

　　使用微软拼音输入法可以直接输入词组，这样能够减少击键次数，加快输入速度。

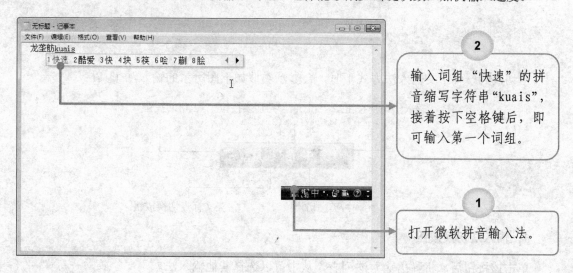

2

输入词组"快速"的拼音缩写字符串"kuais"，接着按下空格键后，即可输入第一个词组。

1

打开微软拼音输入法。

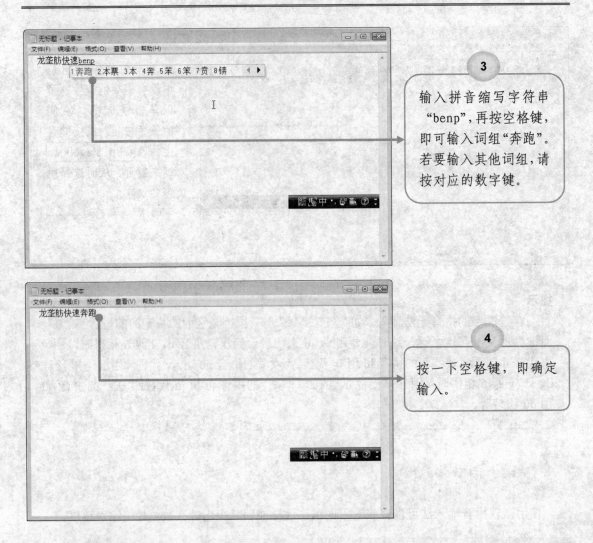

③ 输入拼音缩写字符串 "benp"，再按空格键，即可输入词组"奔跑"。若要输入其他词组，请按对应的数字键。

④ 按一下空格键，即确定输入。

3.4.3 输入法工具栏

当切换到一种中文输入法方式下时，会显示类似如下图所示的输入法工具栏。

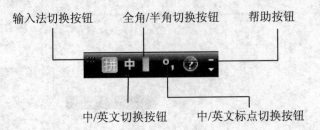

输入法切换按钮　全角/半角切换按钮　帮助按钮

中/英文切换按钮　中/英文标点切换按钮

1. 输入法切换按钮

单击该按钮后，将弹出输入法列表，从中可以选择其他输入法。

2. 中/英文切换按钮

单击该按钮，将在中文和英文输入法之间切换。切换到英文输入时，该按钮显示字母"英"。输入汉字时，键盘应处于小写状态。

3. 全角/半角切换按钮

单击该按钮或按 Shift+空格键可以在全角和半角之间切换。当按钮上显示一个正方形时，表示为全角方式；当按钮上显示一长方形时，表示为半角方式。在全角方式下，输入的英文字母、数字与在半角方式下输入的不同，它们需要占用一个汉字的宽度（两个字节）；在半角方式下输入的英文字母、数字只占一个字节的宽度。

4. 中/英文标点切换按钮

单击该按钮或按 Ctrl+. 键可以在中、英文标点符号之间切换。当按钮上显示为中文句号和逗号时，表示可以输入中文标点符号；当按钮上显示为英文句号和逗号时，表示可以输入英文标点符号。

5. 帮助按钮

单击该按钮，将会看到语言栏的帮助信息。

3.5 添加/删除输入法

有时，Windows Vista 默认提供的输入法不能满足用户的需求，这就需要添加新的输入法。同时，对于那些几乎不使用的输入法，最好将它删除，这样可以减少按 Ctrl+Shift 组合键切换输入法时的按键次数。

3.5.1 安装 Windows Vista 提供的输入法

如果要安装 Windows Vista 提供的输入法，其操作步骤如下：

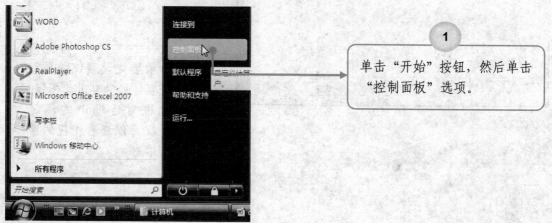

①
单击"开始"按钮，然后单击"控制面板"选项。

2
单击"更改键盘或其他输入法"超链接。

3
单击"键盘和语言"标签,进入"键盘和语言"选项卡。

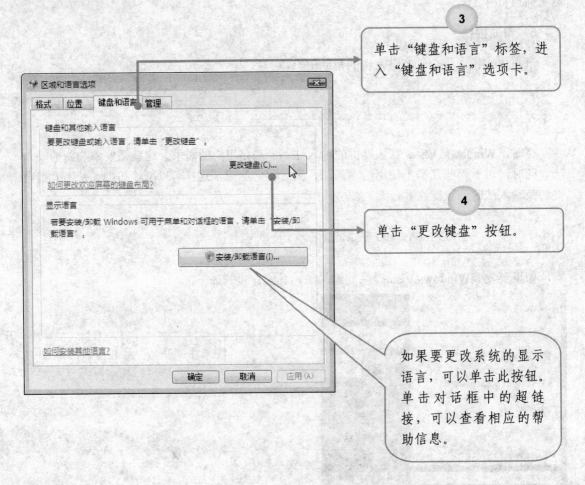

4
单击"更改键盘"按钮。

如果要更改系统的显示语言,可以单击此按钮。单击对话框中的超链接,可以查看相应的帮助信息。

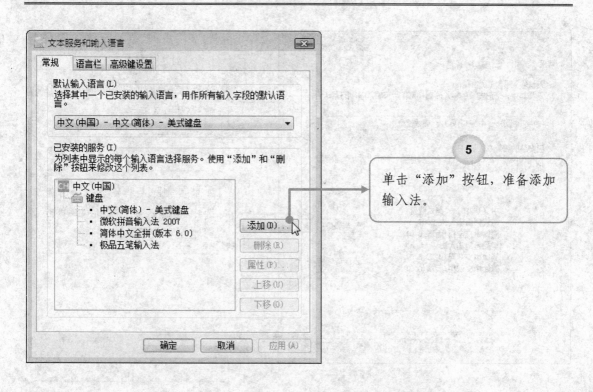

5

单击"添加"按钮,准备添加输入法。

6

选择要添加的输入法。

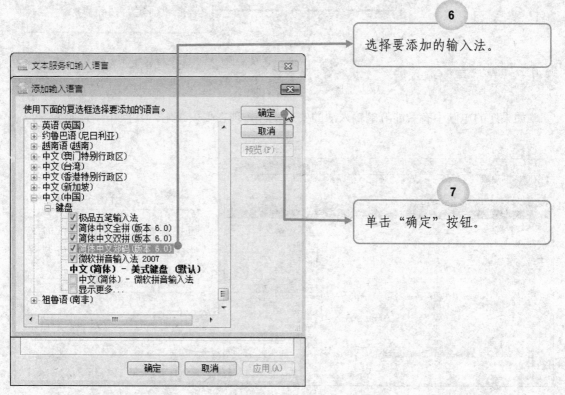

7

单击"确定"按钮。

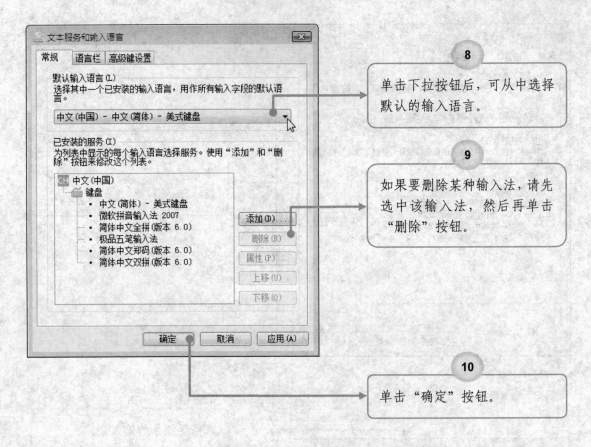

8 单击下拉按钮后，可从中选择默认的输入语言。

9 如果要删除某种输入法，请先选中该输入法，然后再单击"删除"按钮。

10 单击"确定"按钮。

3.5.2 安装其他输入法

如果您的电脑中有智能五笔输入法的安装文件，现在要安装它，其操作步骤如下：

1 切换到输入法程序所在的文件夹后，双击输入法的安装程序文件。

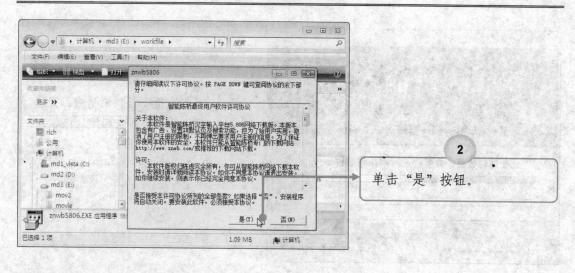

2

单击"是"按钮。

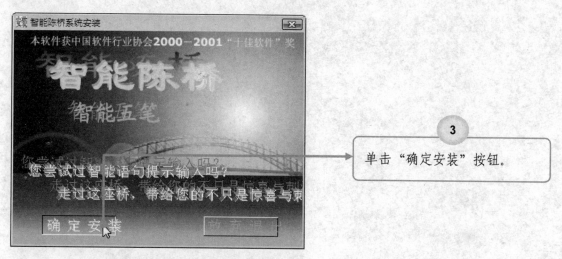

3

单击"确定安装"按钮。

4

使用默认的安装路径,单击"确定安装"按钮。

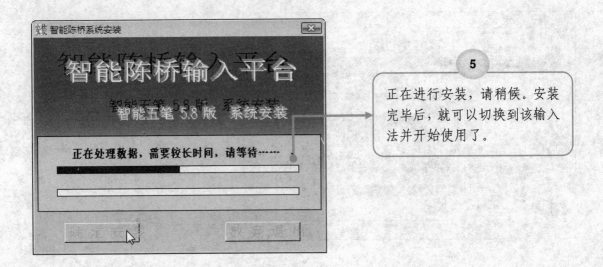

5

正在进行安装，请稍候。安装完毕后，就可以切换到该输入法并开始使用了。

第4章　管理文件和文件夹

在Windows Vista 中接触得比较多的就是文件和文件夹，本章就为大家介绍如何来管理它们。

4.1　文件和文件夹概述

Windows Vista 可以说是一种面向文件的操作系统，Windows Vista 中的所有操作都直接或间接同文件有关。文件又被称作文档，是计算机上数据的总称。文件夹就是存放计算机中文件的场所，或者说是一个容器，它用于保存用户的各种文件。

4.1.1　认识文件名与扩展名

文件名是文件的标识，它由字母、数字、下划线和圆点等组合而成。一个文件完整的文件名通常包括主文件名和扩展名，如 work-01.doc。"work-01"是主文件名，而".doc"是扩展名（表示该文件的类型是 Word 文件）。在给文件命名时，应该选择方便我们记忆的文件名，或是一见该文件名就知道文件的大致内容。注意，文件名中的字母不区分大小写。

4.1.2　文件夹与文件的关系

文件是数据在磁盘上的组织形式，不管是文章、声音，还是图像，最终都将以文件形式存储在计算机的磁盘上。

用户可以使用文件夹把文件分成不同的级。在文件夹中，用户不但可以存放文件，还可以存放其他的文件夹，如此可形成一个文件夹树。将文件夹中所包含的其他文件夹称为子文件夹。

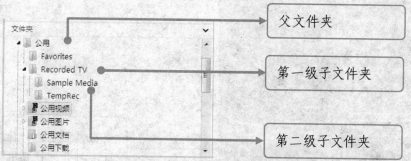

文件夹也称目录。由一个根目录和若干层子目录组成的目录结构就称为树形目录结构，它像一棵倒置的树。树根是根文件夹，根文件夹下允许建立多个子文件夹，子文件夹下还可以建立下一级的子文件夹。每个文件夹中允许同时存在若干个子文件夹和若干个文件，不同文件夹中允许存在相同文件名的文件，任何一个文件夹的上一级文件夹称为父文件夹。

4.1.3 电脑中的文件类型

在计算机中，一般包括下面几种类型的文件。

◇ 程序文件：程序文件就是编程人员编制出的可执行文件。在 DOS 环境下，程序文件的扩展名为 ".EXE" 或 ".COM" 的文件。

◇ 支持文件：支持文件是程序文件所需的辅助性文件，但用户不能执行或启动这些文件。通常，普通的支持文件具有 ".OVL"、".SYS" 和 ".DLL" 等文件扩展名。

◇ 文本文件：文本文件是由一些字处理软件生成的文件，其内部包含的是可阅读的文本。例如，以 ".DOC" 和 ".TXT" 等为扩展名的文件。

◇ 图像文件：图像文件由图像处理程序生成，其内部包含可视的信息或图片信息。例如，以 ".JPG"、".BMP" 和 ".TIF" 等为扩展名的文件。

◇ 多媒体文件：多媒体文件中包含数字形式的声频和视频信息，例如，以 ".MID"、".AVI"、".MPG"、".RM"、".ASF" 等为扩展名的文件。

◇ 字体文件：在 Windows Vista 中，字体文件存储在 Fonts 文件夹中。

◇ 压缩文件：用压缩 / 解压缩软件可以将文件或文件夹打包成压缩文件，常见的压缩文件扩展名有 ".RAR"、".ZIP"。

4.2　浏览计算机中的文件资源

下面带大家一起快速浏览一下计算机中的文件资源。

4.2.1 查看各个驱动器下的文件

驱动器就是我们所说软盘、硬盘、硬盘分区以及光驱。系统文件或用户文件都存放在这些驱动器中。要查看驱动器中文件，其操作步骤如下：

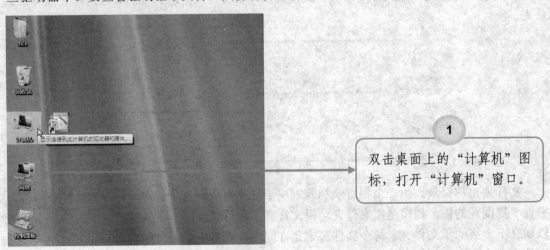

1

双击桌面上的 "计算机" 图标，打开 "计算机" 窗口。

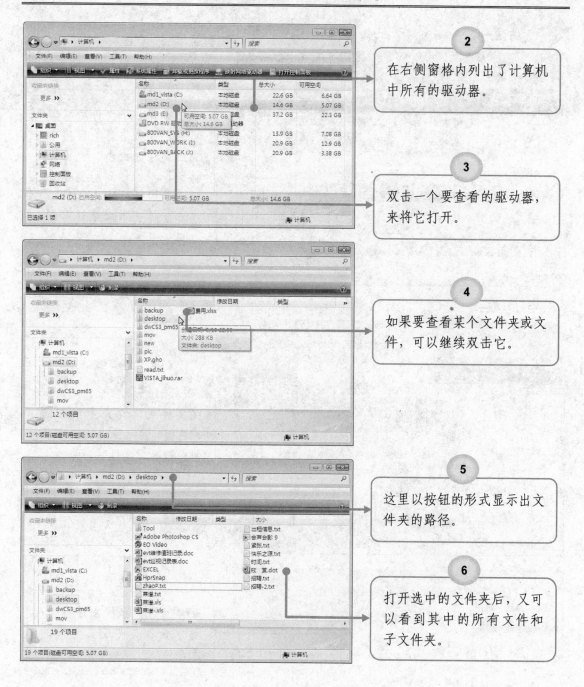

2 在右侧窗格内列出了计算机中所有的驱动器。

3 双击一个要查看的驱动器，来将它打开。

4 如果要查看某个文件夹或文件，可以继续双击它。

5 这里以按钮的形式显示出文件夹的路径。

6 打开选中的文件夹后，又可以看到其中的所有文件和子文件夹。

4.2.2 查看文件大小

　　有时候，我们需要了解文件或文件夹的大小，例如，发送电子邮件时，文件太大发送不了，就需要查看文件的大小，做出相应的处理后再发送。下面我们就来介绍查看文件或文件夹大小的方法。

1. 方法一

单击选择一个文件后，即可在"详细信息"窗格中看到文件的大小。也可以将鼠标指针移到所要查看的文件或文件夹上，过一会儿文件大小信息就会自动显示出来。

2. 方法二

1 在文件或文件夹上单击鼠标右键，再从弹出的快捷菜单中选择"属性"命令。

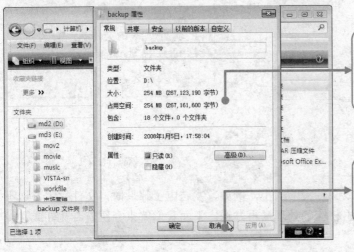

2 在弹出的"属性"对话框中，可以查看文件或文件夹的大小。

3 单击"取消"按钮，关闭该对话框。

4.2.3 查看文件内容

查看文件内容有以下两种方法。

方法一：在打开的窗口中双击所要查看的文件，即可查看文件内容。

方法二：在所要查看的文件上单击鼠标右键，从弹出的快捷菜单中选择"打开"命令来打开文件。

4.3 Windows Vista 资源管理器窗口

Windows Vista 资源管理器显示了用户计算机上的文件、文件夹和驱动器的分层结构。使用 Windows Vista 资源管理器，可以复制、移动、重新命名以及搜索文件和文件夹。例如，用户可以打开要复制或移动其中文件的文件夹，然后将该文件拖动到其他文件夹或驱动器。下面讲解打开 Windows Vista 资源管理器窗口的方法。

操作步骤如下：

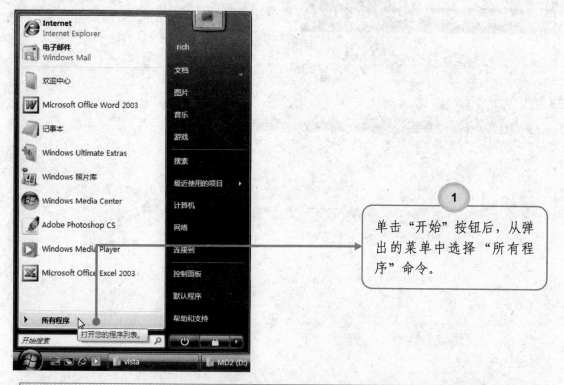

1

单击"开始"按钮后，从弹出的菜单中选择"所有程序"命令。

提示

在桌面图标（如"计算机"、"回收站"、"网络"等）或任何一个文件夹图标上单击鼠标右键，再选择"资源管理器"命令，即可启动 Windows Vista 的资源管理器。

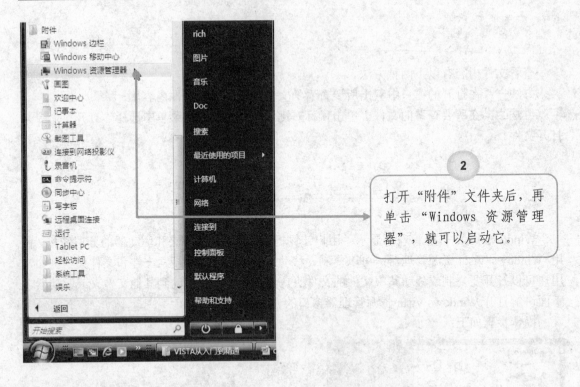

2

打开"附件"文件夹后，再单击"Windows 资源管理器"，就可以启动它。

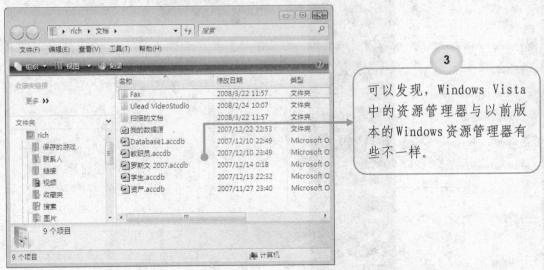

3

可以发现，Windows Vista 中的资源管理器与以前版本的 Windows 资源管理器有些不一样。

4.3.1 搜索栏

在 Windows Vista 资源管理器窗口的右上角有一个搜索栏，通过它可以快速地定位当前文件夹下我们所需要的文件或文件夹。

操作步骤如下：

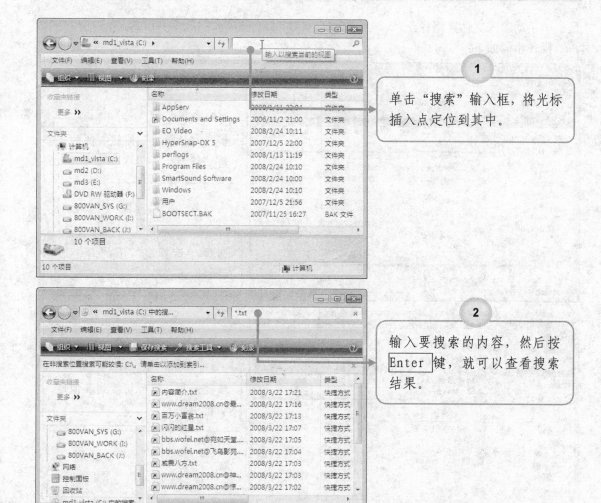

1

单击"搜索"输入框,将光标插入点定位到其中。

2

输入要搜索的内容,然后按 Enter 键,就可以查看搜索结果。

提示

在右窗格中显示的是当前文件夹或驱动器中的搜索结果,而不是所有文件夹或所有本地磁盘中的搜索结果。要搜索本地所有磁盘,请在地址栏中选择"计算机"(即以前版本中的"我的电脑")。删除"搜索"输入框中的字符即可关闭搜索结果界面,单击"搜索"输入框右侧的 × (关闭)按钮,可以快速地关闭搜索结果界面。

4.3.2 地址栏按钮

在以前版本 Windows 资源管理器的地址栏中,都是连续性地显示文件夹或文件所在的位置(即文件路径)。而在 Windows Vista 中,地址栏有了一些改变。默认情况下,它是以按钮的形式显示文件或文件夹的路径。当然,如果用户对文件夹路径比较熟悉的话,也可以在地址栏中手动输入文件夹路径。

操作步骤如下：

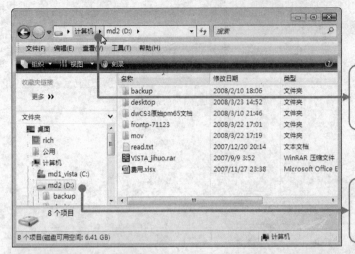

2 单击"计算机"按钮右侧的三角按钮▸。

1 选择"计算机"下的一个驱动器。

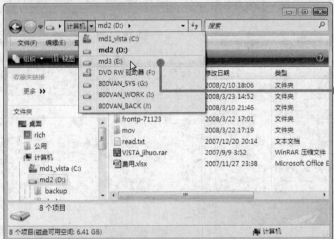

3 选择一项，即可切换到其他驱动器中。

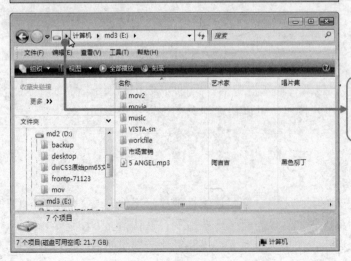

4 单击第一个按钮右侧的三角按钮▸。

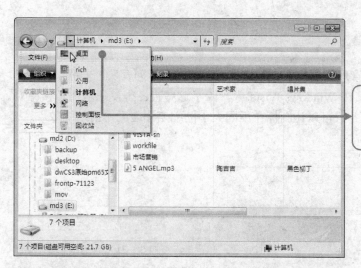

5

选择一项，即可切换到对应的位置。

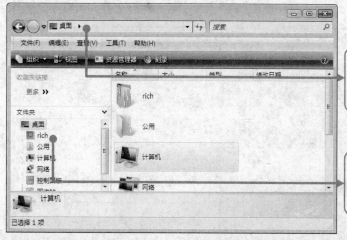

6

看，已经切换到"桌面"文件夹中。

7

当然，也可以通过单击或双击左窗格内的项目来切换位置。

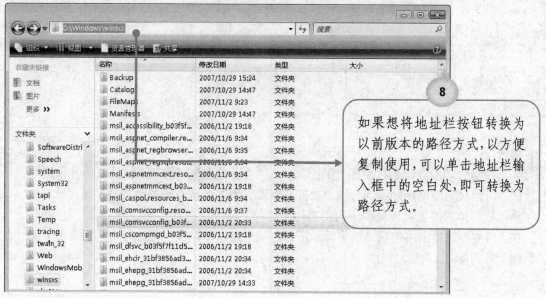

8

如果想将地址栏按钮转换为以前版本的路径方式，以方便复制使用，可以单击地址栏输入框中的空白处，即可转换为路径方式。

4.3.3 动态缩略图

在以前版本的 Windows 资源管理器窗口中查看文件时，可选择"列表"、"平铺"、"详细信息"等不同的视图来查看文件。在 Windows Vista 中，除了这些视图外，还增加了"特大图标"、"大图标"、"中等图标"，并且可以让图标在不同大小的缩略图之间平滑地缩放。

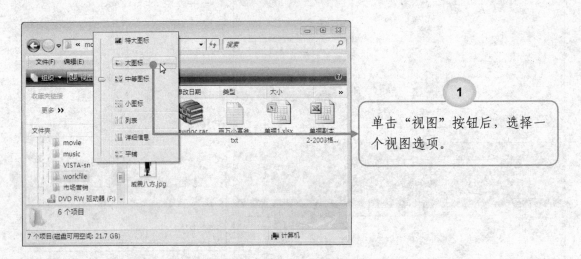

1

单击"视图"按钮后，选择一个视图选项。

2

看，已经变成"大图标"视图。

提示

使用该功能会额外占用硬盘的空间，会严重影响系统的速度。如果想提升系统性能，可以禁用缩略图功能。方法为：打开资源管理器，按下键盘上的 Alt 键，显示出菜单栏。单击"工具"菜单下的"文件夹选项"命令，打开"文件夹选项"对话框。在"查看"选项卡中勾选"始终显示图标，从不显示缩略图"复选框，然后单击"确定"按钮即可。

4.3.4 面板和窗格

与以前版本的 Windows 资源管理器窗口相比，Windows Vista 资源管理器窗口有了很大的变化，除了"导航窗格"外，在 Windows Vista 资源管理器窗口中还增加了"预览窗格"、"详细信息面板"。下面是 Windows XP 资源管理器窗口（左图）与 Windows Vista 资源管理器窗口（右图）的对比。

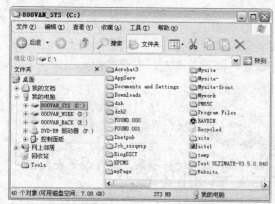 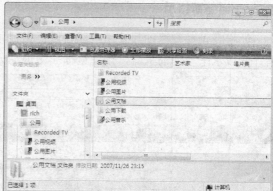

- ✧ 导航窗格：位于 Windows Vista 资源管理器窗口的左侧，其中列出了本地磁盘中所有可供选择的对象，单击选择其中的对象，即可在文件预览区中看到选中对象内所包含的文件或文件夹。
- ✧ 预览窗格：位于 Windows Vista 资源管理器窗口的右侧，当选中的对象为视频文件、图片文件和文本文件时，在预览窗格中显示其内容。默认情况下，预览窗格是隐藏起来的，要打开预览窗格，可单击"组织"按钮，从弹出的下拉菜单中选择"布局"→"预览窗格"命令。
- ✧ 详细信息面板：位于 Windows Vista 资源管理器窗口的下方，其中显示了选择对象的属性，包括创建对象的日期、时间、文件大小等。选择不同的对象，详细信息面板中显示的属性可能不同。

提示

对于习惯使用菜单操作的读者，也可以将隐藏的菜单栏显示出来。方法为：单击"组织"按钮，从弹出的下拉菜单中选择"布局"→"菜单栏"命令即可。如果是临时使用菜单，可以按键盘上的 Alt 键，菜单栏会显示出来，使用完后又会自动隐藏。

4.4 使用"资源管理器"管理文件

很多用户喜欢使用资源管理器的双窗格方式管理文件夹和文件，左窗格中显示系统中磁盘驱动器和文件夹名，右窗格显示活动文件夹中包含的子文件夹或文件。

4.4.1 改变显示环境

为了便于对文件进行诸如复制、移动或删除等操作，用户可以根据自己的需要和爱好调整资源管理器的显示环境。例如，改变左右窗格的大小、显示或隐藏工具栏等。

1. 调整窗格尺寸

如果要调整窗格的尺寸，可以将鼠标指针移到资源管理器窗口中间的分隔条上，当鼠标指针变成水平双向箭头时，按住鼠标左键拖动分隔条，即可改变左、右窗格的大小。

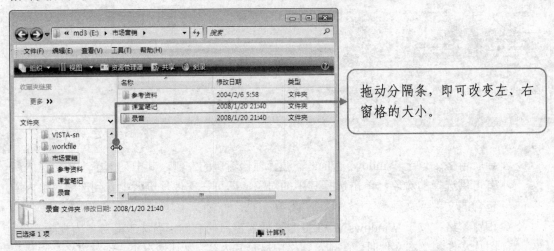

拖动分隔条，即可改变左、右窗格的大小。

2. 显示或隐藏状态栏

资源管理器窗口中的状态栏按开关方式工作。如果没有显示状态栏，可以单击"查看"菜单中的"状态栏"命令显示状态栏，此时该命令左侧出现"✓"标记；如果已经显示状态栏，单击"查看"菜单中的"状态栏"命令即可隐藏状态栏，此时该命令左侧的"✓"标记消失。

由于状态栏中可以显示许多有用的信息，并且占用的空间不太大，因此最好显示状态栏。

3. 改变对象的显示方式

在资源管理器的"查看"菜单中，提供了7种改变对象显示方式的命令。
- ✦ 超大图标：以超大图标方式显示文件和文件夹对象。
- ✦ 大图标：以大图标方式显示文件和文件夹对象。
- ✦ 中等图标：以中等图标方式显示文件和文件夹对象。
- ✦ 小图标：以小图标方式显示文件和文件夹对象。
- ✦ 列表：以列表方式显示文件和文件夹对象。
- ✦ 详细信息：显示文件和文件夹对象的详细信息。

◇　平铺：以平铺方式显示文件和文件夹对象。

4．对象图标的排列

将资源管理器中的文件按照一定的规则排列，有助于用户很快地从杂乱无章的文件中找到所需的文件。Windows Vista 提供了多种排列文件的方式，如名称、类型、大小和日期等。单击"查看"菜单中的"排序方式"命令，出现下图所示的级联菜单。

选择一种排序方式。

在"排序方式"级联菜单中单击"名称"、"类型"、"大小"或"修改日期"命令，则可以将当前文件夹中的对象按名称中的字母顺序、按对象类型、按文件的字节多少或者按文件的修改日期进行排序。

如果希望在改变窗口的大小后，自动重新排列图标，请单击"查看"→"自动排列"命令。

5．刷新显示

对文件夹树的结构和文件夹中的文件经过多次变动后，右窗格中显示的内容可能不是按照最初设想的那样排序了，文件大小也可能发生了变化。例如，按名称排序时，有些文件应该显示在前面，但是因为它创建得比较晚，因而显示在后面。为了便于查找文件，可以单击"查看"菜单中的"刷新"命令（或按F5键），此时，右窗格中显示的内容将按指定的顺序重新排序。

4.4.2　选定文件或文件夹

对文件或文件夹进行移动、复制或删除等操作前，必须先选定它们，使文件或文件夹反白显示（即高亮显示）。

1. 单个选定

如果要选定一个文件或文件夹，只需在资源管理器窗口中单击要选定的对象，被选定的文件或文件夹的图标将变为高亮显示。

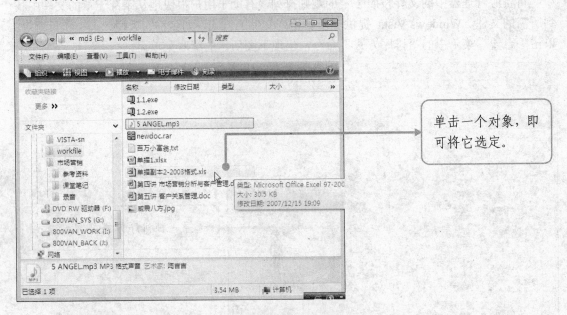

单击一个对象，即可将它选定。

2. 连续选定

如果要选定多个连续的文件或文件夹，操作步骤如下：

（1）单击第一个文件或文件夹。

（2）按住Shift键，再单击最后一个文件或文件夹，则两次单击之间的文件或文件夹将被选定，如下图所示。

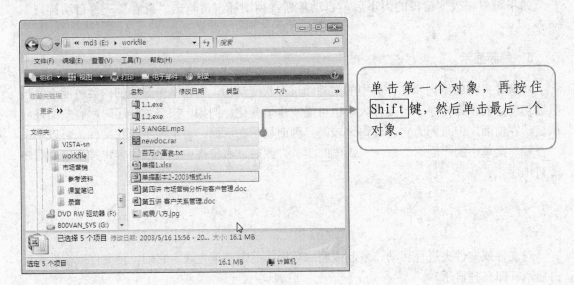

单击第一个对象，再按住Shift键，然后单击最后一个对象。

3．不连续选定

如果要选定的多个文件或文件夹并不相邻，其操作步骤如下：

（1）单击第一个文件或文件夹。

（2）按住 Ctrl 键，再单击要选定的每个文件或文件夹，如下图所示。

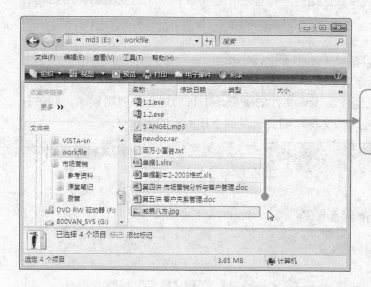

单击第一个对象，再按住 Ctrl 键，然后逐个单击其他对象。

提示

在资源管理器窗口中直接执行"编辑"菜单中的"全部选定"命令，即可选定当前窗格中的所有文件和文件夹。

4．取消选定

在资源管理器窗口中单击任意位置，可以将选定的文件全部取消。如果按住 Ctrl 键，再单击已经被选定的某个文件，可以取消对该文件的选定。

4.4.3　展开和折叠文件夹

在资源管理器窗口的左窗格中，某个文件夹可能还包含子文件夹。用户可以展开该文件夹列表，从而显示子文件夹；也可以折叠文件夹列表，从而不显示子文件夹。为了能够清楚地知道某个文件夹下是否含有子文件夹，Windows已经用图标做了标记。

文件夹图标前含有 时，表示该文件夹含有子文件夹，可以展开；文件夹图标前含有 时，表示该文件夹已被展开，可以关闭；文件夹图标前不含有任何小三角时，表示该文件夹中没有子文件夹，无法被展开。

若要展开含有 的文件夹，双击文件夹图标即可；若要折叠含有 的文件夹，也可双击其图标。

4.4.4 打开文件

在资源管理器中，用户可以直接在此运行应用程序，也可以将一个选定的文件用创建它的程序打开。

如果要运行一个程序，只需用鼠标双击该应用程序的图标。

如果要打开选定的文件，可以按照下述步骤进行操作：

（1）双击要打开文件的图标或名称。

（2）如果在资源管理器中已经注册了该文件的类型，则自动运行该应用程序，同时打开该文件。如果打开的是一个未注册的文件，则会出现如下图所示的提示框。

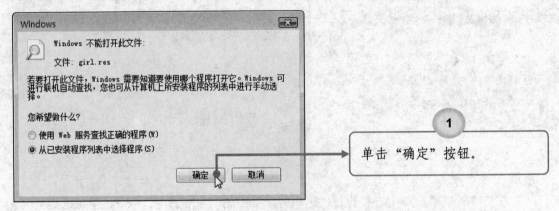

1　单击"确定"按钮。

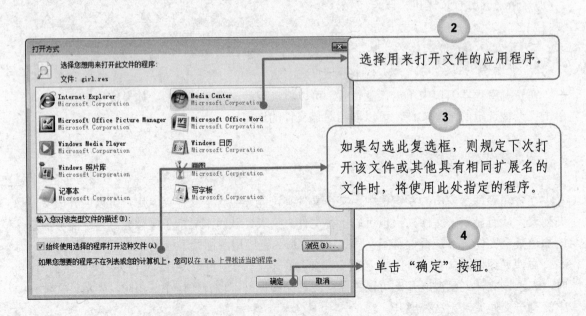

2　选择用来打开文件的应用程序。

3　如果勾选此复选框，则规定下次打开该文件或其他具有相同扩展名的文件时，将使用此处指定的程序。

4　单击"确定"按钮。

4.5 创建文件夹

在资源管理器窗口中已经看到许多文件夹,这些文件夹可能是在安装Windows Vista时创建的,也可能是在安装应用程序时创建的。用户还可以根据需要创建文件夹,以便把不同类型或用途的文件分别放在不同的文件夹中,使自己的文件系统更有条理。

在Windows Vista中创建文件夹的方法很多,既可以利用资源管理器创建文件夹,也可以在对话框中创建文件夹。

4.5.1 在资源管理器窗口中创建文件夹

如果想利用资源管理器窗口创建文件夹,其操作步骤如下:

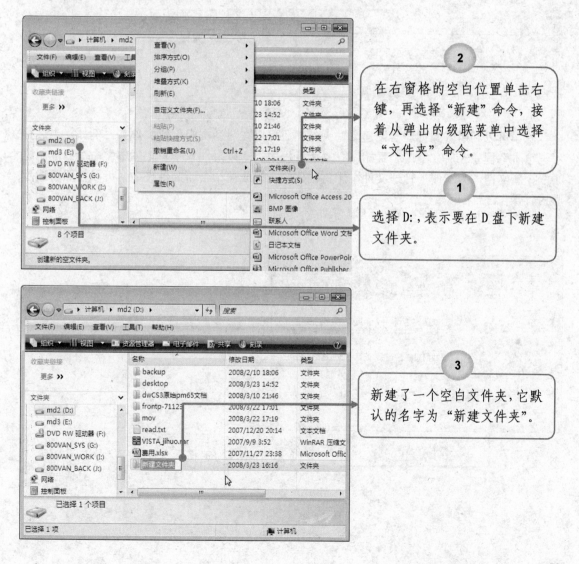

2 在右窗格的空白位置单击右键,再选择"新建"命令,接着从弹出的级联菜单中选择"文件夹"命令。

1 选择 D:,表示要在 D 盘下新建文件夹。

3 新建了一个空白文件夹,它默认的名字为"新建文件夹"。

输入新的文件夹名，然后按
Enter 键确认。

4

4.5.2 在对话框中创建文件夹

除了可以利用资源管理器创建文件夹外，还可以在对话框中创建文件夹。例如，当运行"记事本"程序之后（单击"开始"→"所有程序"→"附件"→"记事本"命令），创建了一个新文档，为了便于管理文件，想将创建的文档放在一个新文件夹中。可以按照下述步骤进行操作：

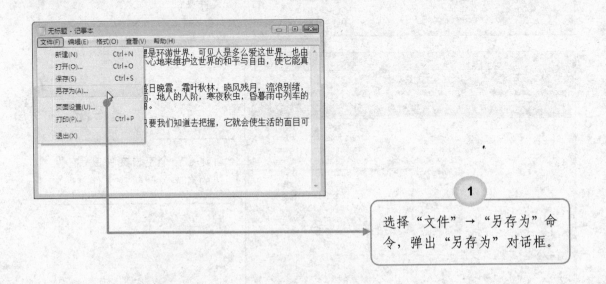

选择"文件"→"另存为"命令，弹出"另存为"对话框。

1

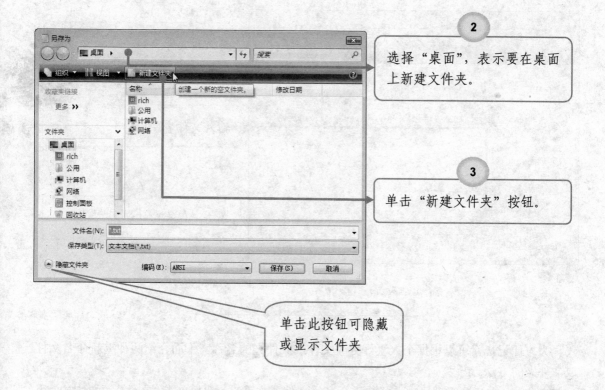

2

选择"桌面",表示要在桌面上新建文件夹。

3

单击"新建文件夹"按钮。

单击此按钮可隐藏或显示文件夹

提示

拖动对话框的边框或角框,可以改变对话框的大小。这也是 Windows Vista 中改进的地方之一。

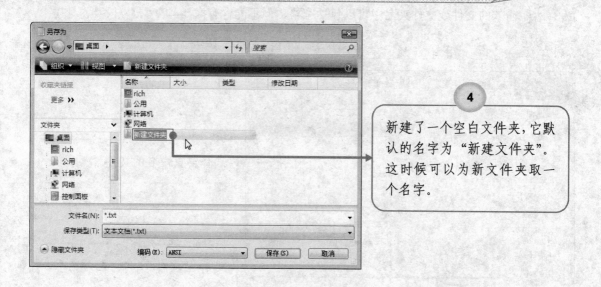

4

新建了一个空白文件夹,它默认的名字为"新建文件夹"。这时候可以为新文件夹取一个名字。

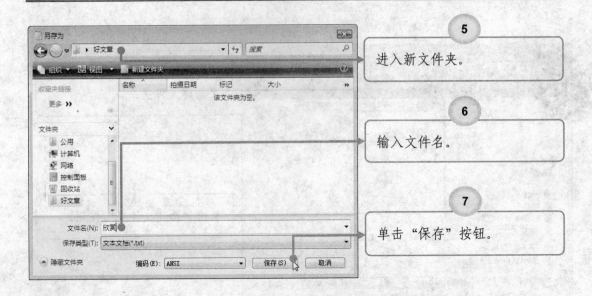

5 进入新文件夹。

6 输入文件名。

7 单击"保存"按钮。

4.6　重命名文件或文件夹

为方便记忆，可以根据个人喜好更改文件或文件夹的名称。下面介绍两种重新命名文件或文件夹的方法。

方法一：在资源管理器中选择待重命名的文件或文件夹，然后单击"文件"菜单中的"重命名"命令，或是再次单击该文件或文件夹，使其名称进入反白的可编辑状态，直接键入新的文件或文件夹名称，然后按 Enter 键，即可完成重命名操作。

> **提示**
>
> 输入的文件或文件夹名中可以包括空格，但不能含有<、>、?、:、】、|、*、/和\等字符。

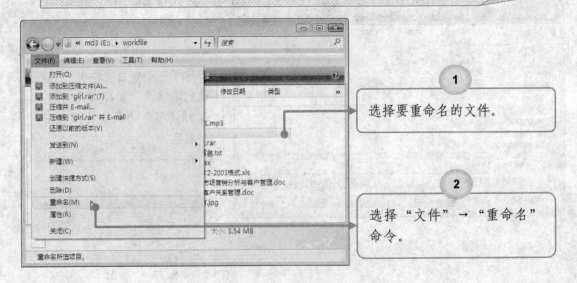

1 选择要重命名的文件。

2 选择"文件"→"重命名"命令。

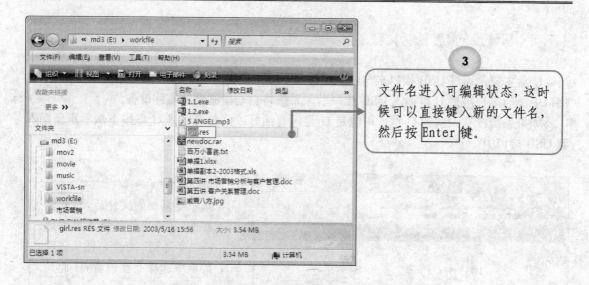

③ 文件名进入可编辑状态，这时候可以直接键入新的文件名，然后按 Enter 键。

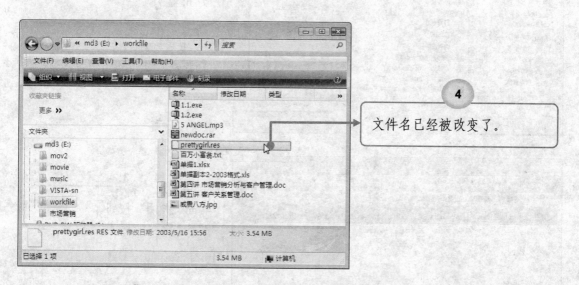

④ 文件名已经被改变了。

方法二：用鼠标右击桌面或资源管理器中待重命名的文件或文件夹，在弹出的快捷菜单中选择"重命名"命令，可使文件或文件夹的名称进入反白的可编辑状态，这时可以直接键入新的文件或文件夹名称，然后按 Enter 键，亦可完成重命名操作。

4.7　移动或复制文件

移动或复制文件是经常使用的文件操作。移动文件是指文件从原位置上消失，而出现在新位置处；复制文件是指原位置的文件仍然保留，而在新位置创建文件的备份。

4.7.1 从硬盘向U盘复制文件

U 盘主要是通过 USB 接口来与电脑连接，所以在使用 U 盘时都将 U 盘插入电脑的 USB 接口中。当第一次把 U 盘插入 USB 接口后，系统将自动检测到新硬件设备。

如果系统没有识别到 U 盘，可能是 U 盘没有插好，此时可以将 U 盘拔下然后重新插入到 USB 接口中。

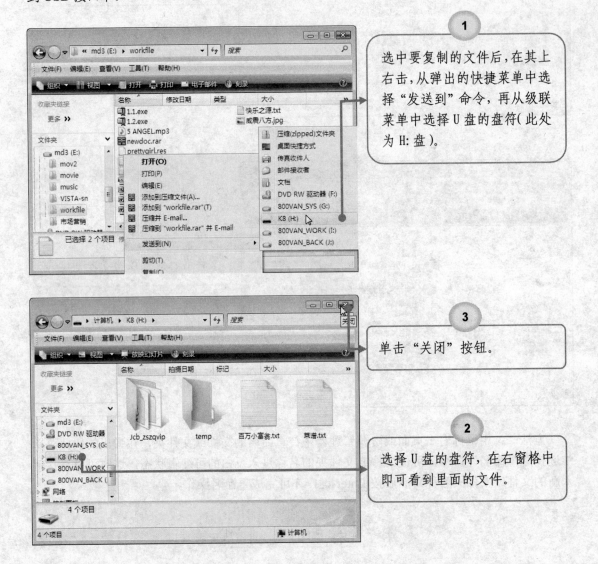

1 选中要复制的文件后，在其上右击，从弹出的快捷菜单中选择"发送到"命令，再从级联菜单中选择 U 盘的盘符(此处为 H: 盘)。

3 单击"关闭"按钮。

2 选择 U 盘的盘符，在右窗格中即可看到里面的文件。

4.7.2 使用命令移动或复制文件

如果要使用命令移动或复制文件，其操作步骤如下：

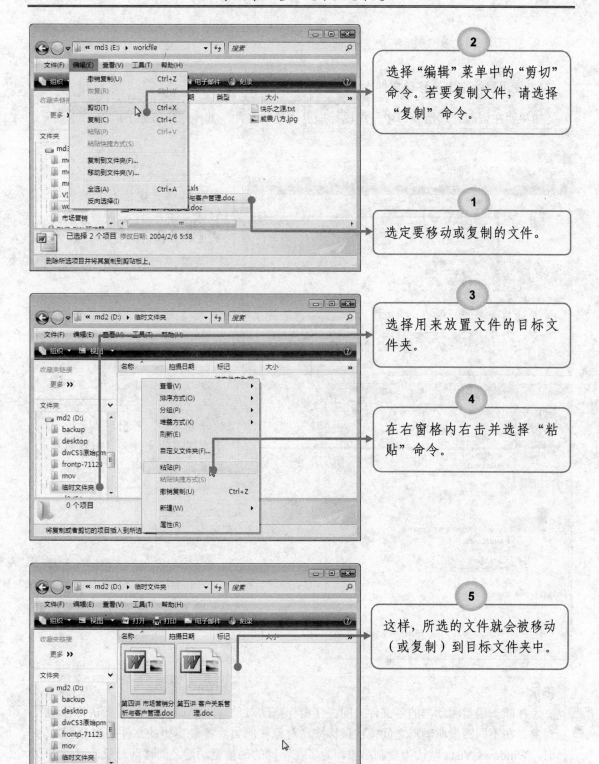

2
选择"编辑"菜单中的"剪切"命令。若要复制文件，请选择"复制"命令。

1
选定要移动或复制的文件。

3
选择用来放置文件的目标文件夹。

4
在右窗格内右击并选择"粘贴"命令。

5
这样，所选的文件就会被移动（或复制）到目标文件夹中。

4.7.3 使用鼠标拖曳法移动或复制文件

1. 使用鼠标拖曳法移动文件

如果要在资源管理器窗口中使用鼠标拖曳法移动文件，其操作步骤如下：

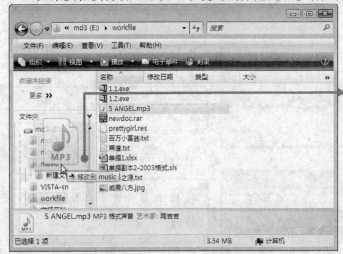

1　用鼠标将选定的对象拖曳到目标文件夹上，此时目标文件夹变成蓝色框。

2　松开鼠标后，若出现提示，表示有同名的文件。这时候可根据情况选择一项。

提示

　　在同一磁盘驱动器的各文件夹间按住鼠标拖动对象时，Windows Vista 默认为移动对象。在不同磁盘驱动器之间按住鼠标拖动对象（例如，将 C:盘中的文件拖到 D:盘）时，Windows Vista 默认为复制对象。为了在不同的磁盘驱动器之间移动对象，可以按住 Shift 键，再利用鼠标拖曳。

2．使用鼠标拖曳法复制文件

如果要在资源管理器窗口中使用鼠标拖曳法复制文件，其操作步骤如下：

（1）选定要复制的文件或文件夹。

（2）按住Ctrl键，再用鼠标左键将选定的对象拖到目标文件夹，此时目标文件夹变成蓝色框，拖动过程中鼠标指针下方出现一个标有"+"的小方框，如下图所示。

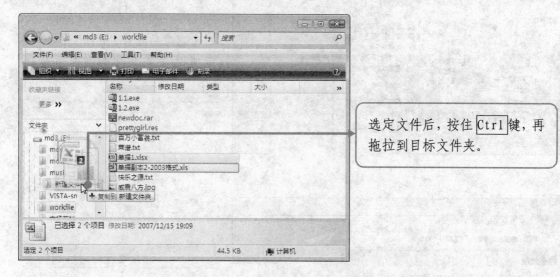

选定文件后，按住 Ctrl 键，再拖拉到目标文件夹。

（3）松开鼠标左键和 Ctrl 键，选定的文件将被复制到目标文件夹中。

4.8　删除文件夹或文件

工作过程中，需要定期删除一些没有用的文件和文件夹，这样可以释放占用的磁盘空间。不管是文件还是文件夹，删除它们的操作步骤都是一样的。只是在删除文件夹时，会连同里面的文件一并删除而已。

4.8.1　将文件夹或文件放入回收站

如果要删除文件夹或文件，其操作步骤如下：

（1）在资源管理器中选择要删除的对象。

（2）单击"文件"菜单中的"删除"命令，将出现"删除文件"对话框（如果选定删除的对象是文件夹，则会出现"删除文件夹"对话框）。

（3）单击"是"按钮，即可删除所选的对象。

我们也可以用下面的方法来删除文件夹或文件：

右击对象后选择"删除"命令，或者选定要删除的对象后按 Delete 键。

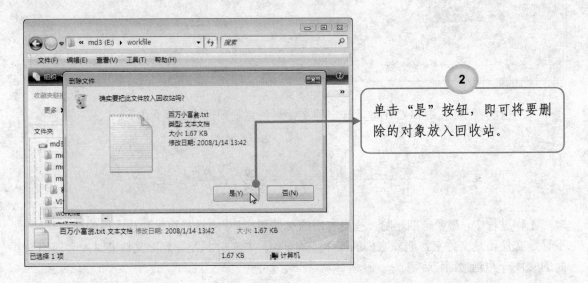

单击"是"按钮，即可将要删除的对象放入回收站。

提示

　　如果删除硬盘上的对象，那么删除时会被送入"回收站"文件夹中暂存起来。如果想直接删除硬盘上的对象而不放入"回收站"，只需在选定对象后按 Shift+Delete 键。如果删除 U 盘上的对象，那么删除时不会放入"回收站"。

4.8.2　从"回收站"中恢复文件

　　当用户从硬盘上删除一个文件或文件夹时，Windows Vista会将已经删除的文件或文件夹放入"回收站"中，并没有真正从磁盘中删除。如果发现误删了某个文件，还可以从"回收站"中恢复被删除的文件。

如果要恢复被删除的对象，其操作步骤如下：

1 双击桌面上的"回收站"图标，打开"回收站"窗口。

3 单击"还原此项目"按钮，即可将文件恢复到原来的位置。

2 选定要恢复的对象。

4.8.3 永久删除

如果确实认为放入"回收站"中的文件或文件夹没有保留价值，可以将其从计算机中永久删除。具体操作步骤如下：

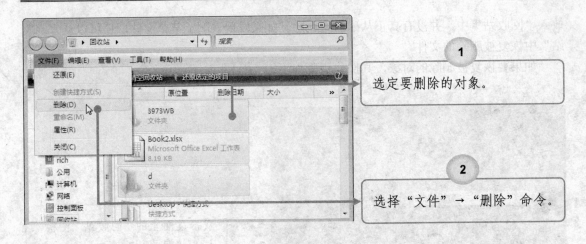

1 选定要删除的对象。

2 选择"文件"→"删除"命令。

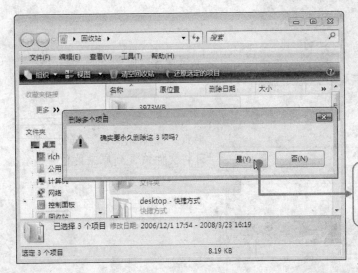

3 单击"是"按钮,即可永久删除刚才选定的对象。

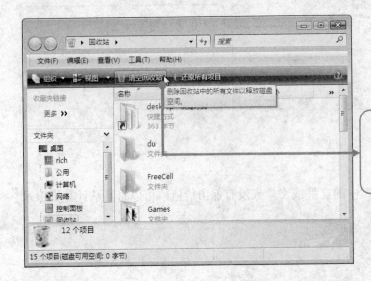

4 如果希望永久删除"回收站"中的所有对象,可以单击"清空回收站"按钮。

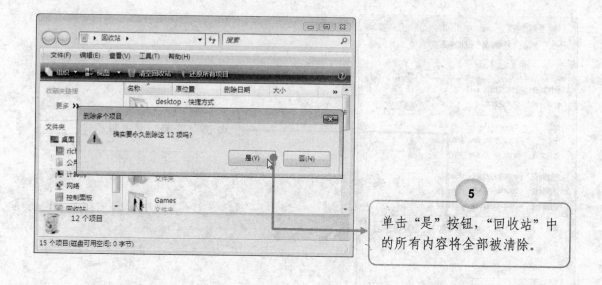

5

单击"是"按钮,"回收站"中的所有内容将全部被清除。

4.9　隐藏文件或文件夹

如果要将某个重要的文件或文件夹隐藏起来,其操作步骤如下:

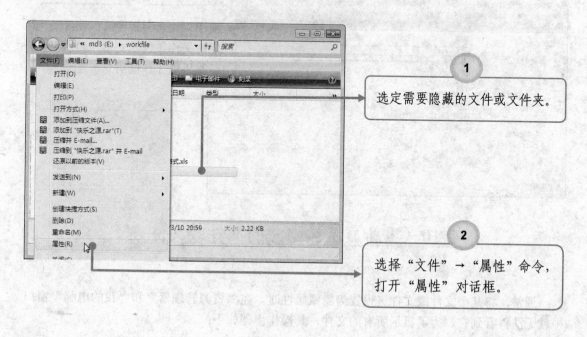

1

选定需要隐藏的文件或文件夹。

2

选择"文件"→"属性"命令,打开"属性"对话框。

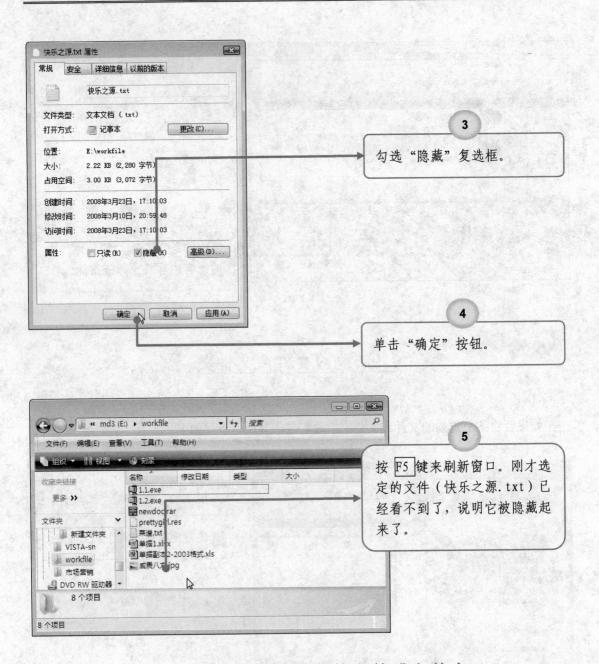

3 勾选"隐藏"复选框。

4 单击"确定"按钮。

5 按 F5 键来刷新窗口。刚才选定的文件(快乐之源.txt)已经看不到了,说明它被隐藏起来了。

4.10 重新显示被隐藏的文件或文件夹

通常,将某个文件或文件夹设置为隐藏属性时,在"资源管理器"和"我的电脑"窗口中就无法再看到它。为了显示所有的文件,其操作步骤如下:

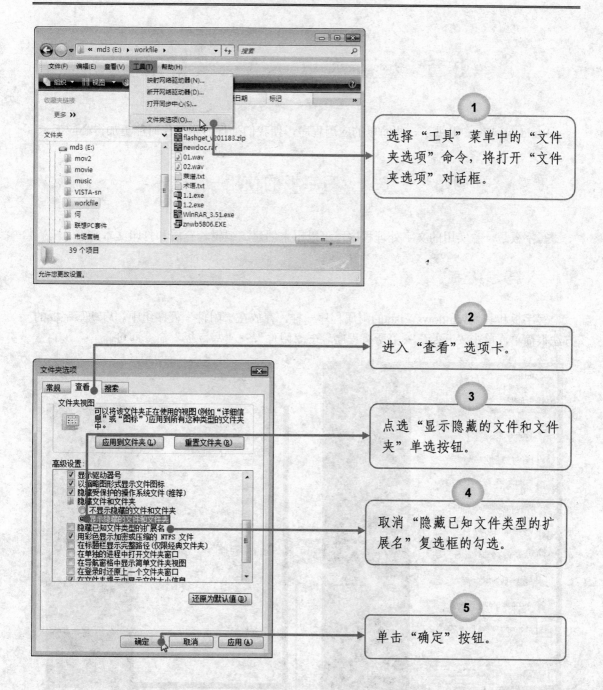

1
选择"工具"菜单中的"文件夹选项"命令，将打开"文件夹选项"对话框。

2
进入"查看"选项卡。

3
点选"显示隐藏的文件和文件夹"单选按钮。

4
取消"隐藏已知文件类型的扩展名"复选框的勾选。

5
单击"确定"按钮。

第5章 使用 Windows Vista 的附件

Windows Vista 提供了一些简单的应用程序,使我们处理日常工作时能更加得心应手。

5.1 写字板的使用

写字板是一款实用的文字处理程序,可以用来创建、编辑、查看和打印文本文档。

5.1.1 启动写字板

写字板和其他Windows Vista的附属程序一样,存放在"附件"程序组中。启动写字板的方法很简单,单击"开始"→"所有程序"→"附件"→"写字板"命令即可。

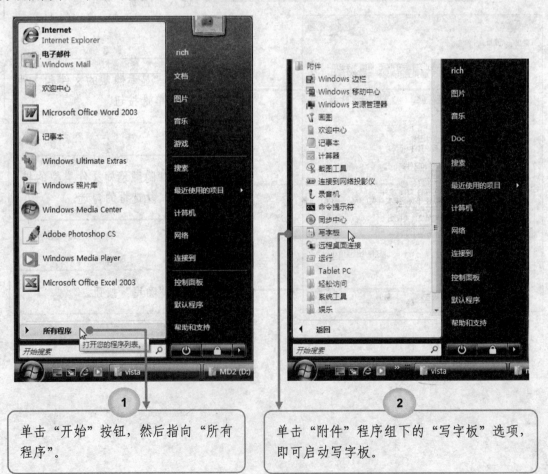

1 单击"开始"按钮,然后指向"所有程序"。

2 单击"附件"程序组下的"写字板"选项,即可启动写字板。

启动写字板后，会出现如下图所示的写字板窗口。

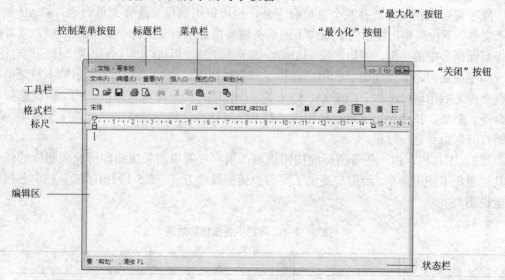

5.1.2 写字板窗口

1. 写字板窗口的组成

写字板窗口是标准的Windows窗口，由标题栏、菜单栏、工具栏、格式栏、标尺、编辑区以及状态栏等部分组成。

（1）标题栏。位于写字板窗口的顶部。其中包含了控制菜单按钮、程序名称"文档－写字板"、"最小化"按钮、"最大化"按钮以及"关闭"按钮等。

（2）菜单栏。在应用程序标题栏的下面，其中包含了一组菜单项。利用鼠标单击菜单项可以得到一个下拉菜单。另外，也可以在按住Alt键的同时键入菜单项后括号内的字母打开某一下拉菜单。例如，按Alt＋F键可以打开"文件"菜单，如下图所示。

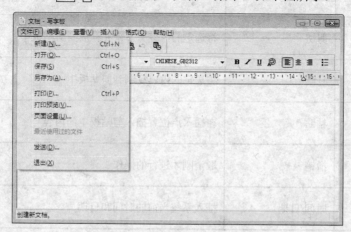

显示下拉菜单之后，可以使用鼠标单击相应的命令。如果选择的命令后面跟着省略号，

例如"打开"、"另存为"等，则写字板将打开一个相应的对话框。

除了可以利用鼠标选择某个菜单命令外，也可以用键盘来选择菜单命令，按 Alt+F 键打开"文件"下拉菜单，使用向上或向下的箭头键反白显示所要的命令后按 Enter 键，或者按该命令后面括号中的字母。例如，按下 Alt 键，然后按 F 键，再按 O 键，会出现"打开"对话框。

写字板还为善于使用键盘的用户提供了一些快捷键。例如，在上图所示的下拉菜单中，有些命令之后出现 Ctrl+N、Ctrl+O、Ctrl+S 等快捷键，用户可以直接按这些快捷键选择对应的命令。例如，按 Ctrl+O 键将直接出现"打开"对话框，相当于单击"文件"菜单项，再单击"打开"命令这一过程。

（3）工具栏。由一些带图标的按钮组成，用户仅需单击某按钮即可完成相应的任务。工具栏避免了使用菜单，给用户提供了更为快捷的操作方式。表5-1列出了工具栏中各按钮的功能说明。

表 5-1　工具栏中各按钮的功能

按　　钮	名　　称	功　　能
	新建	新建一个写字板文档
	打开	打开已存在的文档
	保存	以当前的文件名、文件位置保存当前文档
	打印	以当前打印设置打印活动文档
	打印预览	进入打印预览方式显示打印的结果
	查找	在文档中查找指定的字符
	剪切	将选定的内容剪下来并存放到剪贴板中
	复制	将选定的内容复制到剪贴板中
	粘贴	在插入点位置插入剪贴板中的内容
	撤销	取消刚才进行的操作
	时间/日期	插入系统当前的时间和日期

（4）格式栏。由一些常用的格式化工具按钮组成。表5-2列出了格式栏中各按钮的功能

说明。

表 5-2 格式栏中各按钮的功能

按　　钮	名　　称	功　　能
楷体　▼	字体	改变选定文本的字体
14　▼	字号	改变选定文本的字号
B	粗体	以切换方式将选定文字变为粗体
I	倾斜	以切换方式将选定文字变为斜体
U	下划线	以切换方式给选定文字添加下划线
A	颜色	用颜色编排选定文字的格式
▤	左对齐	将选定的段落设为左对齐方式
▤	居中	将选定的段落设为居中对齐方式
▤	右对齐	将选定的段落设为右对齐方式
▤	项目符号	给选定的段落添加项目符号

提示

　　只要将鼠标指针指向某个按钮时，就会在按钮的下方显示一个小方框，其中显示出该按钮的名称，同时在状态栏中显示该按钮的功能说明。

　　（5）标尺。默认情况下，水平标尺位于"格式"工具栏的下方。标尺用于缩进段落、调整页边距以及设置制表位等。

　　（6）编辑区。在水平标尺下方的空白区域是编辑区。编辑区的左上角有一个不停闪烁的竖直线，称为插入点，用来指出下一个键入字符出现的位置。

　　（7）状态栏。位于窗口下方的是状态栏，用来显示当前所选菜单命令或工具按钮的功能说明。

2．设置写字板窗口

在写字板窗口中，可以根据需要显示或隐藏工具栏、格式栏、标尺和状态栏：

- ✧ 要显示或隐藏工具栏，请单击"查看"菜单中的"工具栏"命令。当"工具栏"命令前面出现"✓"标记时，表明工具栏已显示在窗口中。
- ✧ 要显示或隐藏格式栏，请单击"查看"菜单中的"格式栏"命令。当"格式栏"命令前面出现"✓"标记时，表明格式栏已显示在窗口中。
- ✧ 要显示或隐藏标尺，请单击"查看"菜单中的"标尺"命令。当"标尺"命令前面出现"✓"标记时，表明标尺已显示在窗口中。
- ✧ 要显示或隐藏状态栏，请单击"查看"菜单中的"状态栏"命令。当"状态栏"命令前面出现"✓"标记时，表明状态栏已显示在窗口中。

3．移动工具栏和格式栏

在写字板中，用户可以像对待其他窗口一样，改变工具栏和格式栏在屏幕上的位置。工具栏和格式栏可以沿着窗口的边缘停泊，也可以在窗口中自由地浮动。

例如，移动工具栏时，将鼠标指针指向工具栏和格式栏边缘的灰色区域内，按住鼠标左键进行拖动。此时，工具栏变成一个虚框，表明工具栏将要放置的位置。将虚框移到所需的位置后，松开鼠标左键即可。

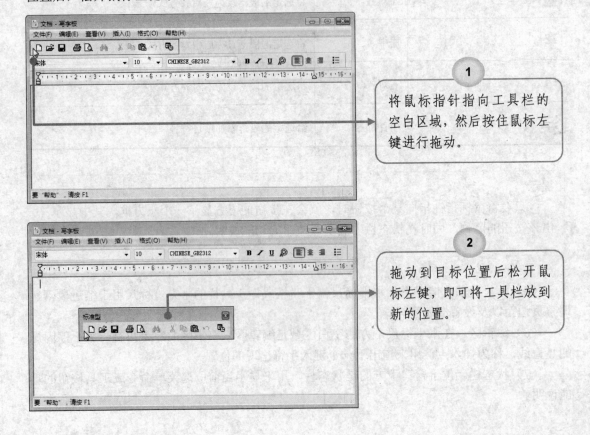

1 将鼠标指针指向工具栏的空白区域，然后按住鼠标左键进行拖动。

2 拖动到目标位置后松开鼠标左键，即可将工具栏放到新的位置。

一旦将工具栏移动到新位置，就可以通过按住工具栏的标题栏来移动它。为了将工具栏放回原来的位置，可以将其重新拖动到屏幕的边缘，再松开鼠标左键。

> **提示**
>
> 如果要设置写字板的度量单位(英寸、厘米或点等)，请选择"查看"菜单中的"选项"命令，在"选项"选项卡的"度量单位"列表框中选择所需的选项。

5.1.3   在文档中插入特殊字符

当需要在文档中插入键盘上没有的字符（如希腊字母、数字符号等）时，就可以利用字符映射表来插入特殊字符。不过，字符映射表只能在基于Windows的程序中工作。

如果要在文档中插入特殊字符，其操作步骤如下：

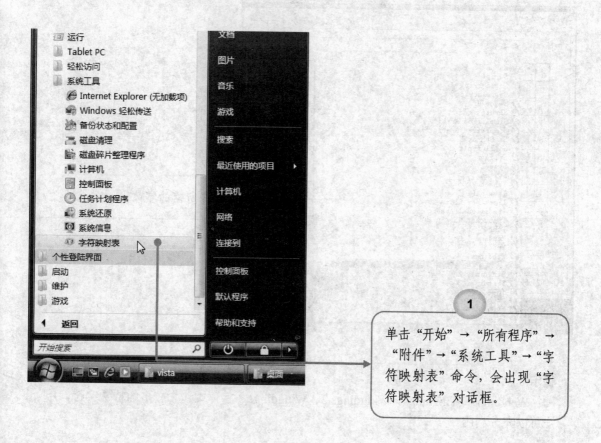

① 单击"开始"→"所有程序"→"附件"→"系统工具"→"字符映射表"命令，会出现"字符映射表"对话框。

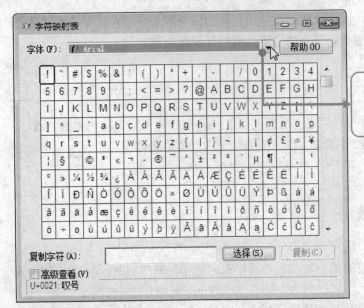

2

单击"字体"下拉列表框右侧
的下拉按钮,打开字体列表。

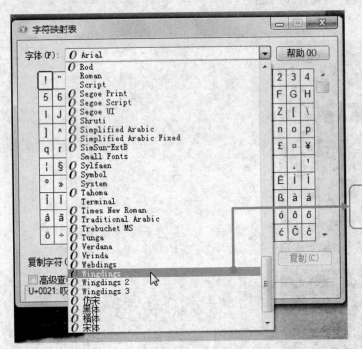

3

选择所需的字体。

提示

　　Webdings、Wingdings、Wingdings 2、Wingdings 3 字体中包含较多的特殊字符,用户可以充分利用。

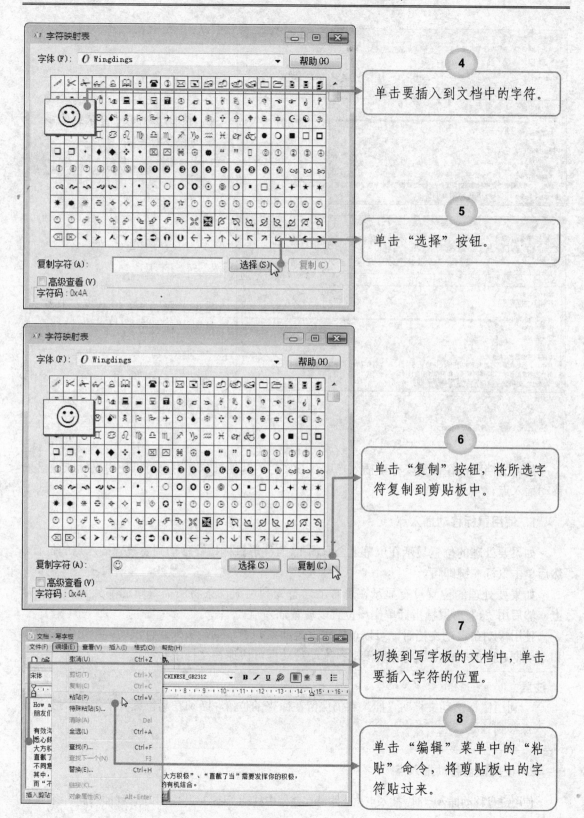

4

单击要插入到文档中的字符。

5

单击"选择"按钮。

6

单击"复制"按钮，将所选字符复制到剪贴板中。

7

切换到写字板的文档中，单击要插入字符的位置。

8

单击"编辑"菜单中的"粘贴"命令，将剪贴板中的字符贴过来。

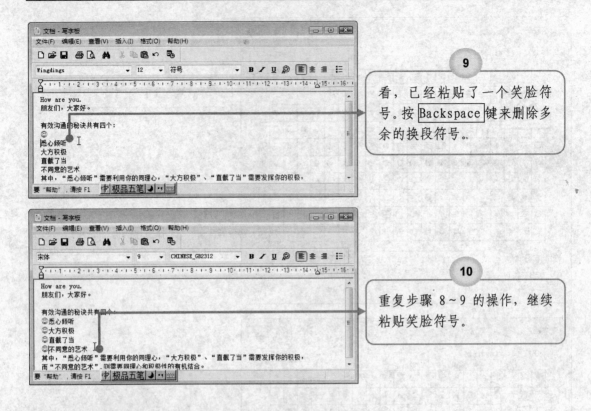

9

看，已经粘贴了一个笑脸符号。按 `Backspace` 键来删除多余的换段符号。

10

重复步骤 8～9 的操作，继续粘贴笑脸符号。

5.1.4 移动插入点

处理文档时，经常需要移动插入点以观看文档的其他部分。用户可以使用鼠标或键盘来移动插入点。

1．使用鼠标移动插入点

如果要处理的位置显示在屏幕上，只需把"I"形鼠标指针移动到要设置插入点的位置，然后单击鼠标左键即可。

如果要处理的位置没有显示在屏幕上，首先利用滚动条将所需编辑的部分显示在屏幕上，然后用"I"形鼠标指针单击该位置以放置插入点。

使用滚动条滚动文档时，可以单击垂直滚动条的上、下箭头来逐行滚动；单击滚动箭头和滚动框之间的空白区域将逐屏滚动；拖动滚动框可快速在文档中移动。

> **注意**
>
> 利用鼠标滚动文档时，插入点仍保留在原来的位置，必须在新位置处单击，以把插入点移到该处。

2．使用键盘移动插入点

使用键盘移动插入点时，插入点总是跟着在文档中移动。表5-3列出了用于移动插入点的组合键。

表 5-3　用于移动插入点的组合键

按　键	移动插入点
←	左移一个字符或汉字的位置
→	右移一个字符或汉字的位置
↑	上移一行
↓	下移一行
Ctrl+↑	移到当前段的开头
Ctrl+↓	移到下一段的开头
PageUp	上移一屏
PageDown	下移一屏
Home	移到当前行的开头
End	移到当前行的末尾
Ctrl+Home	移到文档的开头
Ctrl+End	移到文档的末尾

5.1.5　插入日期和时间

在编写文章时，经常需要在文档中插入当前的日期和时间。用户可以直接在所需的位置输入当前的日期和时间，也可以利用写字板提供的"日期和时间"命令插入当前的日期和时间。操作步骤如下：

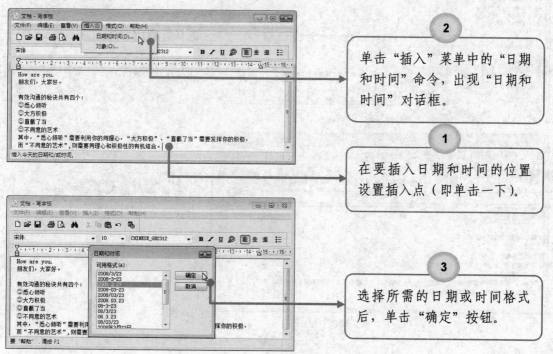

2 单击"插入"菜单中的"日期和时间"命令，出现"日期和时间"对话框。

1 在要插入日期和时间的位置设置插入点（即单击一下）。

3 选择所需的日期或时间格式后，单击"确定"按钮。

5.1.6 设置字符格式

通常把字母、标点符号、数字和符号统称为字符。设置字符格式包括字体、字号、字体样式和颜色等。用户可以通过格式栏中的按钮或"字体"对话框来设置字符格式。

如果要使用格式栏来改变字符的格式，其操作步骤如下：

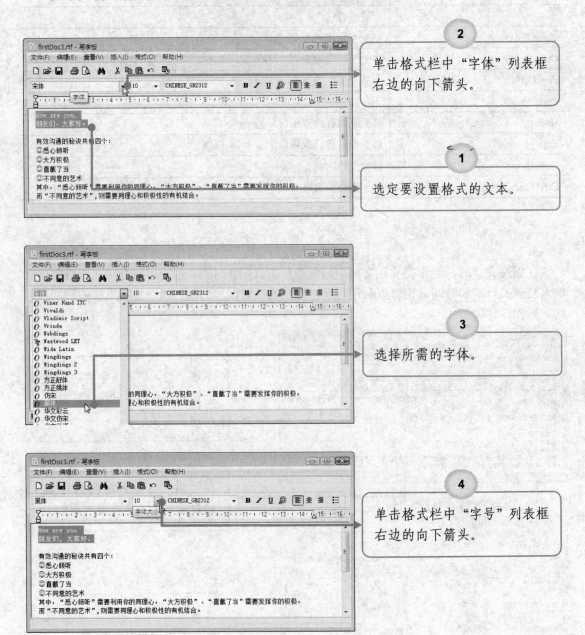

② 单击格式栏中"字体"列表框右边的向下箭头。

① 选定要设置格式的文本。

③ 选择所需的字体。

④ 单击格式栏中"字号"列表框右边的向下箭头。

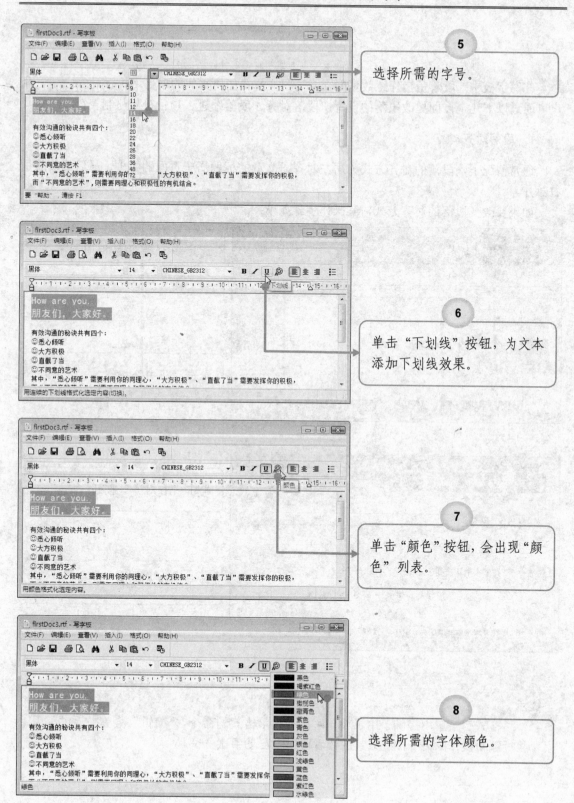

5 选择所需的字号。

6 单击"下划线"按钮，为文本添加下划线效果。

7 单击"颜色"按钮，会出现"颜色"列表。

8 选择所需的字体颜色。

5.1.7　设置段落格式

在写字板中，段落是指任意数量的文本、图形或者任何其他的项目，其后跟 Enter 键。用户可通过以下几个方面更改段落的设置：段落对齐、段落缩进、项目符号与制表符。

1.　段落对齐

通常情况下，段落的对齐方式为居左对齐，文章的标题居于页面的中央，最后的落款居右对齐。

如果要改变段落的对齐方式，其操作步骤如下：

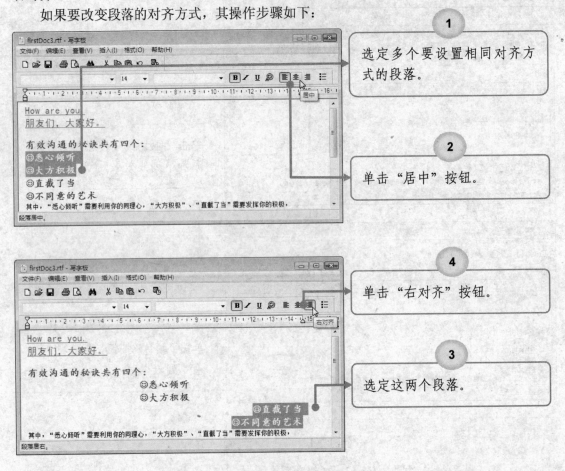

1　选定多个要设置相同对齐方式的段落。

2　单击"居中"按钮。

4　单击"右对齐"按钮。

3　选定这两个段落。

提示

　　"格式"菜单中提供了用于设置字符和段落格式的命令，"编辑"菜单中提供了用于执行编辑操作的命令，有兴趣的读者可以自己动手试一试。

2．段落缩进

段落缩进是段落的边缘与页边缘的距离。段落缩进分为左缩进、右缩进、首行缩进和悬挂缩进：

◇　左缩进是段落的左侧边缘到左页边缘的距离。

◇　右缩进是段落的右侧边缘到右页边缘的距离。

◇　首行缩进是段落第一行的左侧边缘至左页边缘的距离。

◇　悬挂缩进是段落中除第一行之外，其他行到左页边距的距离。

用户可以通过标尺或"段落"对话框（从"格式"菜单中选择"段落"命令，可以打开"段落"对话框）来设置段落缩进。

如果要使用标尺来设置段落缩进，其操作步骤如下：

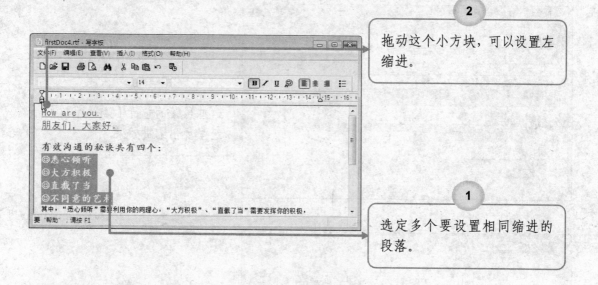

2 拖动这个小方块，可以设置左缩进。

1 选定多个要设置相同缩进的段落。

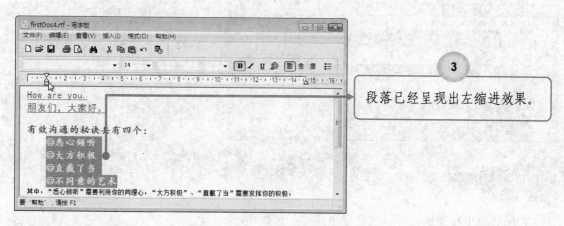

3 段落已经呈现出左缩进效果。

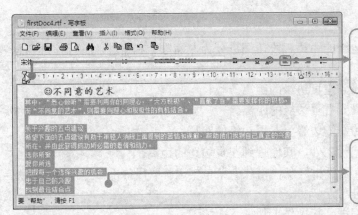

5 拖动这个倒三角形，可以设置段落的首行缩进。

4 选定多个要设置相同缩进的段落。

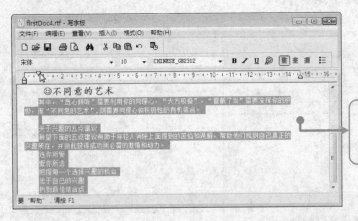

6 这些段落的首行（第一行）已经呈现出缩进效果。

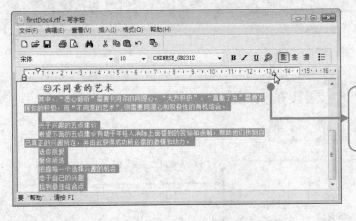

7 拖动这个三角形，可以设置段落的右缩进。

5.1.8 退出写字板

如果要退出写字板，可以选择以下任意一种操作：

✦ 单击"文件"菜单中的"退出"命令。

✦ 单击窗口右上角的 ⬚ （关闭）按钮。

◇　按 Alt + F4 键。

◇　双击标题栏左侧的控制菜单按钮。

5.2　计算器的使用

"计算器"程序提供了标准型和科学型两种功能。标准型计算器可以进行简单的算术运算；科学型计算器可以进行数的进制转换、三角函数计算以及统计分析等。

5.2.1　使用计算器进行简单的计算

操作步骤如下：

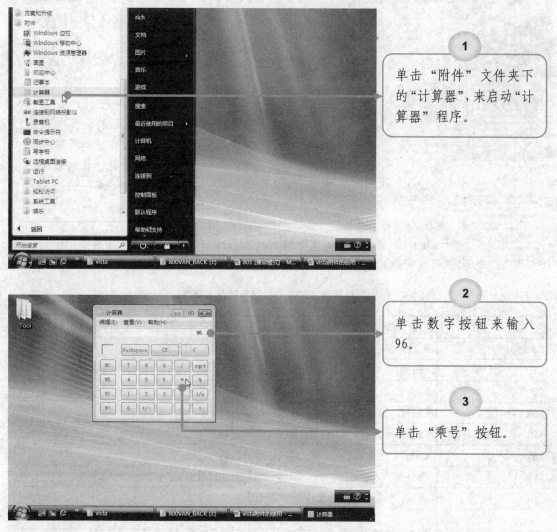

1 单击"附件"文件夹下的"计算器"，来启动"计算器"程序。

2 单击数字按钮来输入 96。

3 单击"乘号"按钮。

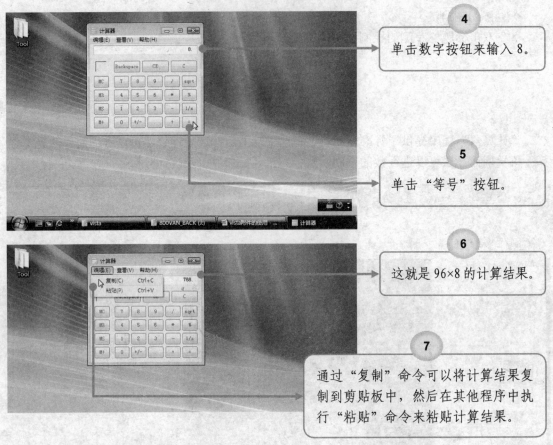

4 单击数字按钮来输入 8。

5 单击"等号"按钮。

6 这就是 96×8 的计算结果。

7 通过"复制"命令可以将计算结果复制到剪贴板中，然后在其他程序中执行"粘贴"命令来粘贴计算结果。

5.2.2 使用标准型计算器

"计算器"窗口中的各个按钮都可用键盘上对应的按键代替。标准型计算器上的各个按钮与键盘上的按键对应关系如表5-4所示。

表5-4 标准型计算器上的各个按钮与键盘上的按键对应关系

按　　钮	按　　键	功能说明
Backspace	Backspace（退格）	清除最近输入数值中的最后一位
CE	Delete	清除当前正在输入的数值并保持前面的结果
C	Esc	清除当前的计算结果
MC	Ctrl+L	清除存储器中的数值
MR	Ctrl+R	调用存储器中的数值
MS	Ctrl+M	存储显示的数值
M+	Ctrl+P	将显示的数值加到存储器中
sqrt	@	计算平方根
1/x	r	计算倒数
+/-	F9	改变数值的符号

5.2.3　使用科学型计算器

科学型计算器可作较复杂的运算，用来进行数的进制转换、三角函数和统计分析等。

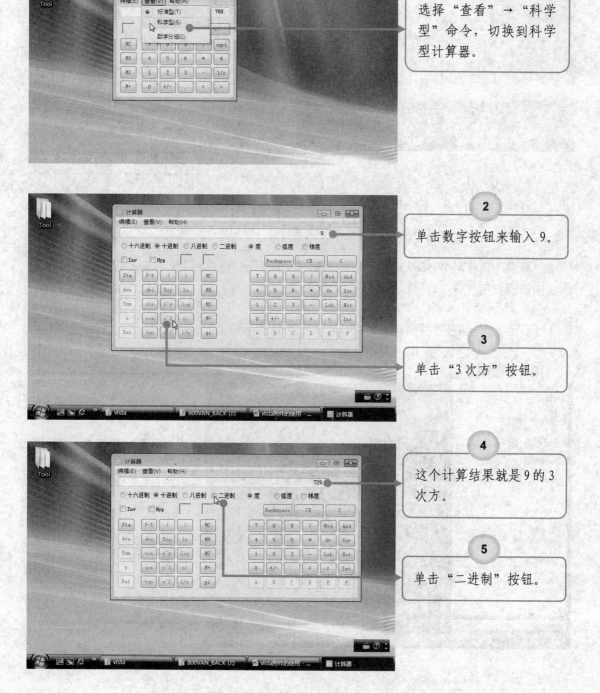

1 选择"查看"→"科学型"命令，切换到科学型计算器。

2 单击数字按钮来输入 9。

3 单击"3 次方"按钮。

4 这个计算结果就是 9 的 3 次方。

5 单击"二进制"按钮。

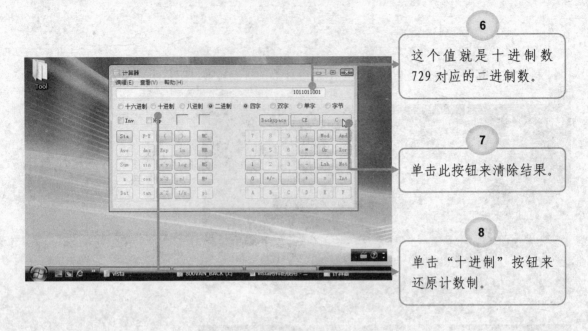

6 这个值就是十进制数 729 对应的二进制数。

7 单击此按钮来清除结果。

8 单击"十进制"按钮来还原计数制。

5.3 画图的使用

"画图"软件是 Windows 操作系统中所附带的绘图软件，利用它可以绘制简笔画、水彩画、插图或贺年片等，也可以绘制一些艺术图案。

5.3.1 启动"画图"程序

操作方法如下：

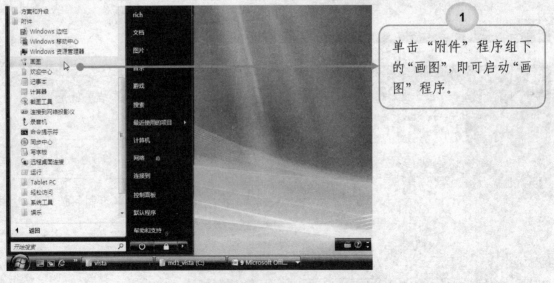

1 单击"附件"程序组下的"画图"，即可启动"画图"程序。

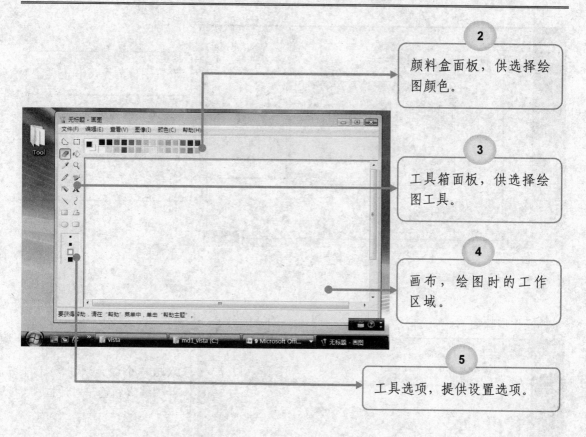

2 颜料盒面板，供选择绘图颜色。

3 工具箱面板，供选择绘图工具。

4 画布，绘图时的工作区域。

5 工具选项，提供设置选项。

5.3.2 设置画布大小

操作步骤如下：

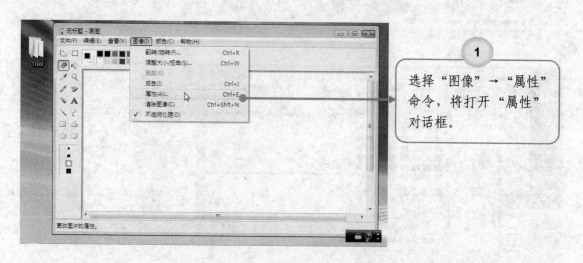

1 选择"图像"→"属性"命令，将打开"属性"对话框。

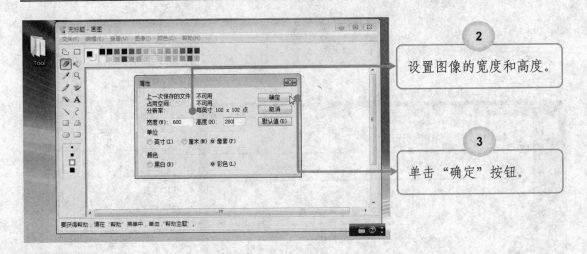

2 设置图像的宽度和高度。

3 单击"确定"按钮。

5.3.3 颜色的设置

操作步骤如下：

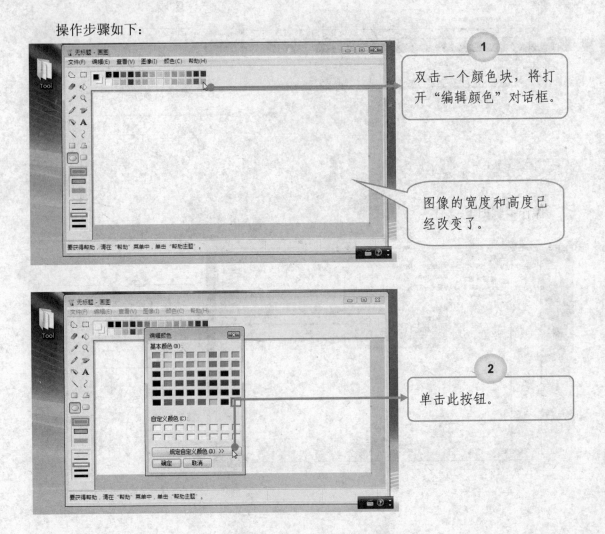

1 双击一个颜色块，将打开"编辑颜色"对话框。

图像的宽度和高度已经改变了。

2 单击此按钮。

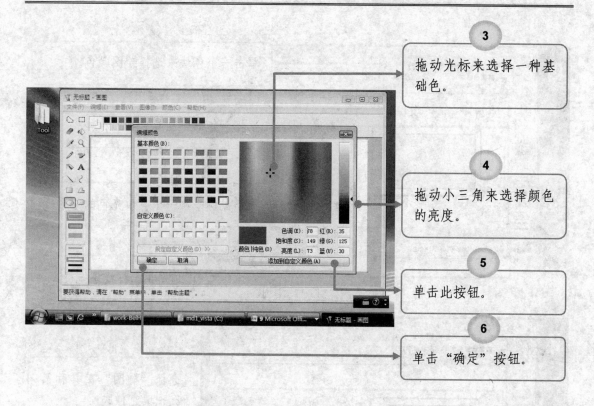

3 拖动光标来选择一种基础色。

4 拖动小三角来选择颜色的亮度。

5 单击此按钮。

6 单击"确定"按钮。

5.3.4　工具箱的使用

操作步骤如下：

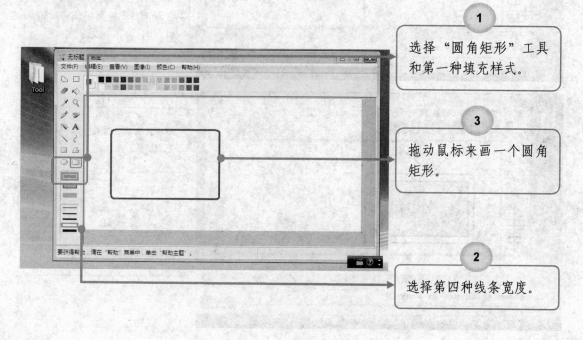

1 选择"圆角矩形"工具和第一种填充样式。

3 拖动鼠标来画一个圆角矩形。

2 选择第四种线条宽度。

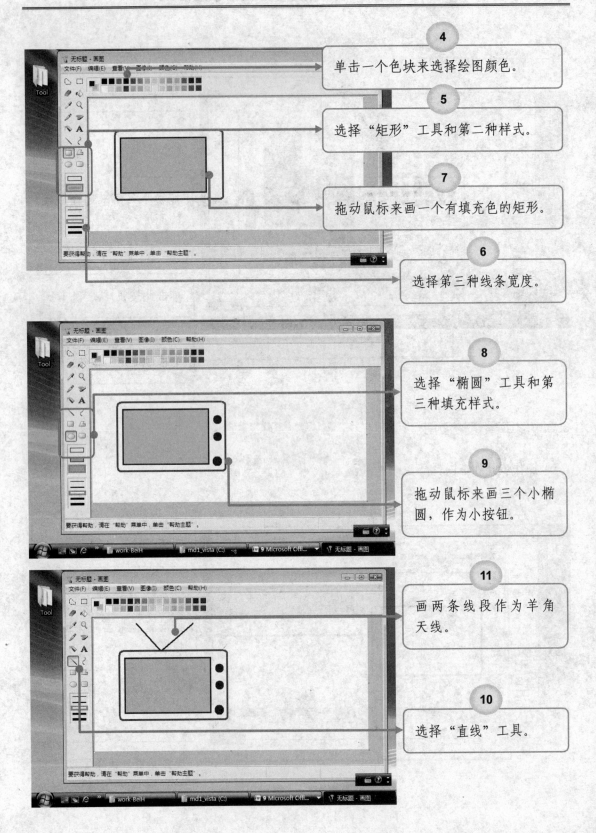

4 单击一个色块来选择绘图颜色。

5 选择"矩形"工具和第二种样式。

7 拖动鼠标来画一个有填充色的矩形。

6 选择第三种线条宽度。

8 选择"椭圆"工具和第三种填充样式。

9 拖动鼠标来画三个小椭圆，作为小按钮。

11 画两条线段作为羊角天线。

10 选择"直线"工具。

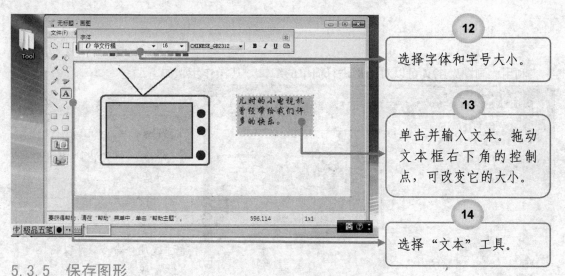

12 选择字体和字号大小。

13 单击并输入文本。拖动文本框右下角的控制点，可改变它的大小。

14 选择"文本"工具。

5.3.5 保存图形

操作步骤如下：

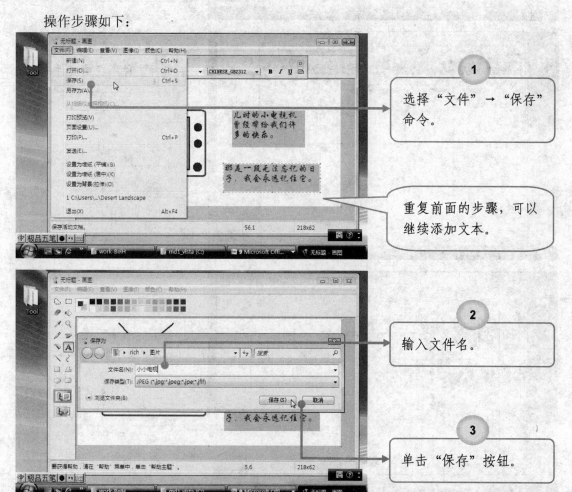

1 选择"文件"→"保存"命令。

重复前面的步骤，可以继续添加文本。

2 输入文件名。

3 单击"保存"按钮。

5.3.6　图片的编辑

利用"画图"工具可以对图形进行简单的编辑，其操作步骤如下：

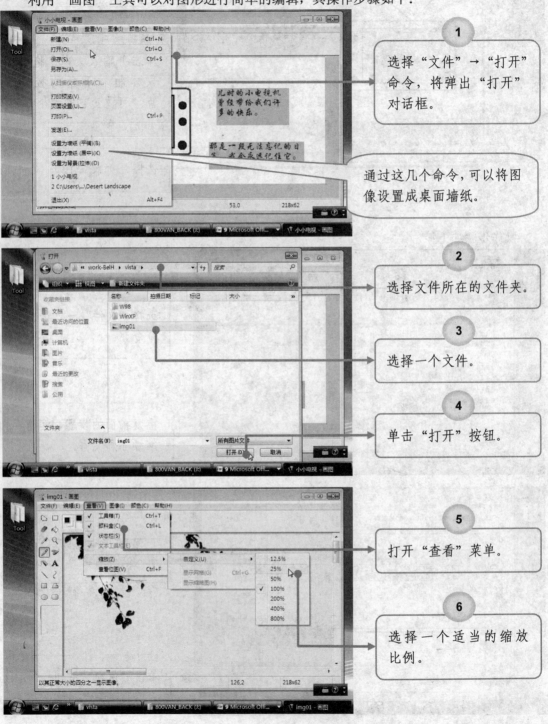

1 选择"文件"→"打开"命令，将弹出"打开"对话框。

通过这几个命令，可以将图像设置成桌面墙纸。

2 选择文件所在的文件夹。

3 选择一个文件。

4 单击"打开"按钮。

5 打开"查看"菜单。

6 选择一个适当的缩放比例。

7 单击"选定"工具。

8 选择一块区域，并将光标置于区域内再拖动。

9 拖到目标位置后，松开鼠标，就可以移动所选区域。

10 单击"编辑"菜单。

11 选择"粘贴来源"命令，将打开"粘贴来源"对话框。

12 选择文件所在的文件夹。

13 选择一个图片文件。

14 单击"打开"按钮。

15 图片已经粘贴进来了，拖动右下角的控制点可以改变它的大小。

16 通过"图像"菜单中的这些命令，还可以对图片进行旋转、扭曲、反色等处理。

5.4　边栏程序的使用

Windows 边栏是在桌面边缘显示的一个垂直长条。边栏中包含称为"小工具"的小程序,这些小程序可以提供即时信息以及可轻松访问常用工具的途径。

Windows 包含一个小型的小工具集,但默认情况下,边栏上只出现部分小工具。若要了解如何使用小工具,可浏览首次启动 Windows 时边栏上出现的三个小工具:时钟、幻灯片和源标题。边栏中的小工具可以根据需要来设置。

本节简要介绍一下边栏程序的使用。

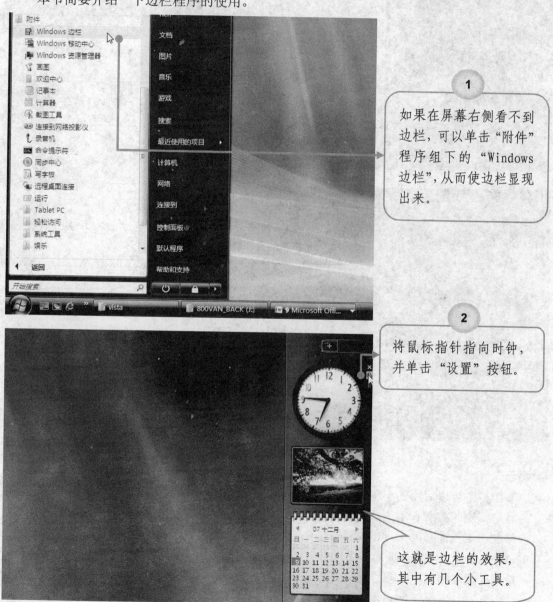

1 如果在屏幕右侧看不到边栏,可以单击"附件"程序组下的 "Windows 边栏",从而使边栏显现出来。

2 将鼠标指针指向时钟,并单击"设置"按钮。

这就是边栏的效果,其中有几个小工具。

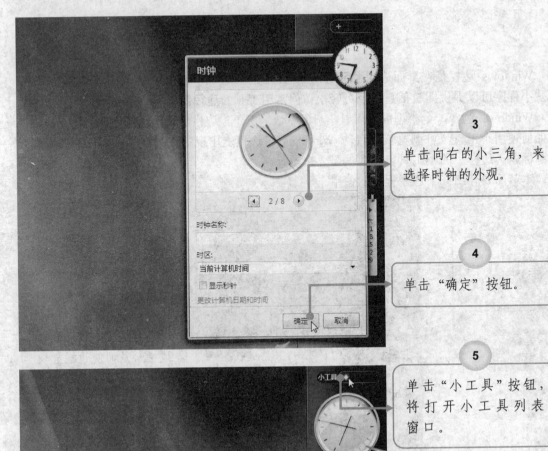

3 单击向右的小三角，来选择时钟的外观。

4 单击"确定"按钮。

5 单击"小工具"按钮，将打开小工具列表窗口。

看，时钟已经拥有了新的外观。

提示
　　边栏中可以启用的小工具数没有限制。但是，需要一个固定大小的空间来存储信息，并且这一空间被所有小工具共享。添加的小工具越多，每个小工具可用的空间越小。若要增加小工具的空间大小，请禁用部分其他小工具。另外，某些小工具是用于针对特定的 Windows 边栏显示兼容设备的，可能与您使用的设备不兼容。若要了解详细信息，请检查随设备附带的信息，或转至制造商网站。

这就是小工具列表窗口。

在这里可查看小工具的详细信息。

6 将"联系人"程序拖拉到右侧的边栏中。

8 从弹出的菜单中选择"属性"命令。

7 在"Windows 边栏"按钮上单击右键。

9 此处可设置边栏程序是否随系统自动启动。

10 此处可设置边栏程序的排列属性。

11 单击"确定"按钮。

第6章 更改 Windows Vista 的系统设置

本章将介绍 Windows Vista 中的设置功能，以便读者根据自己的喜好设置工作环境，从而更有效地使用 Windows Vista。

6.1 定制桌面外观

我们先来看看如何定制桌面外观。

6.1.1 更改 Windows 的桌面背景

如果想将 Windows 系统的桌面背景换一个模样，其操作步骤如下：

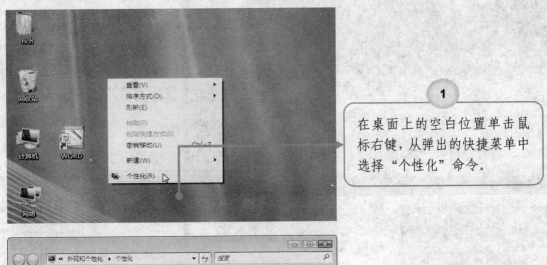

1 在桌面上的空白位置单击鼠标右键，从弹出的快捷菜单中选择"个性化"命令。

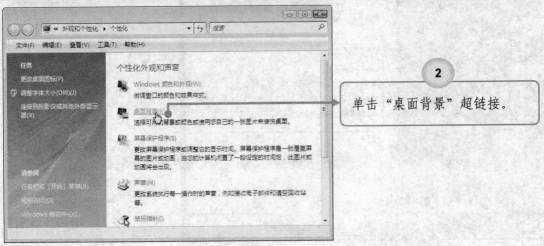

2 单击"桌面背景"超链接。

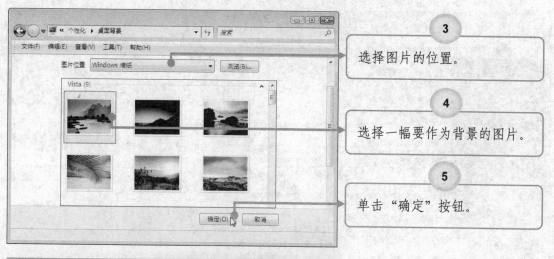

3 选择图片的位置。

4 选择一幅要作为背景的图片。

5 单击"确定"按钮。

6 可以看到，现在的桌面背景已经变成了一幅风景画。

提示

（1）使用图片作为桌面背景时，如果图片尺寸过大，会过多地占用计算机的内存，从而影响计算机的运行速度。

（2）可以使用个人的照片作为背景，也可以将网站上的图片保存为背景，方法是右键单击该图片，然后选择"设置为背景"命令。

6.1.2　使用桌面屏幕保护程序

所谓屏幕保护程序，就是指在一段指定的时间内没有使用鼠标或操作键盘时，在计算机屏幕上出现的移动的字符或图案。

要使用屏幕保护程序，其操作步骤如下：

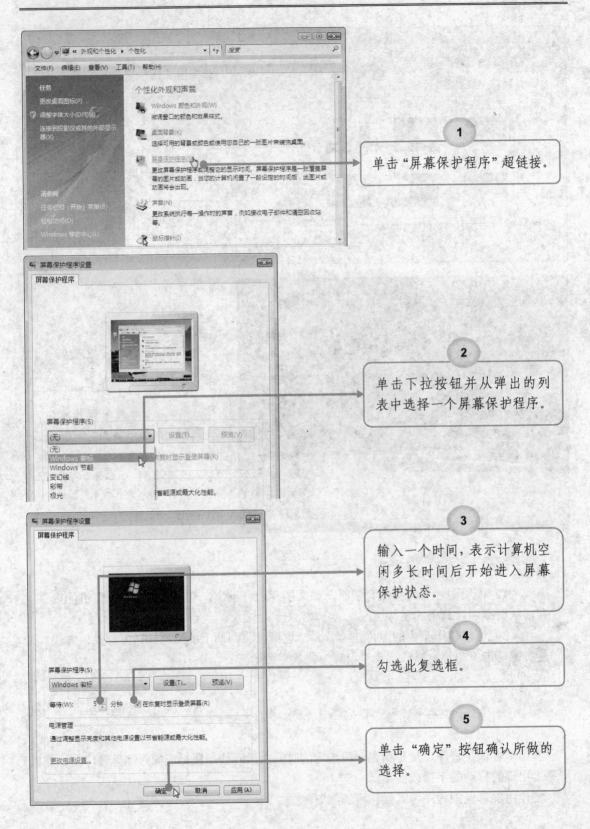

1 单击"屏幕保护程序"超链接。

2 单击下拉按钮并从弹出的列表中选择一个屏幕保护程序。

3 输入一个时间，表示计算机空闲多长时间后开始进入屏幕保护状态。

4 勾选此复选框。

5 单击"确定"按钮确认所做的选择。

提示

屏幕保护程序密码与当前用户的登录密码相同。如果没有设置使用密码登录功能，您将不能设置屏幕保护程序的密码。

6.1.3　设置屏幕分辨率或监视器的刷新频率

要设置屏幕分辨率或监视器的刷新频率，其操作步骤如下：

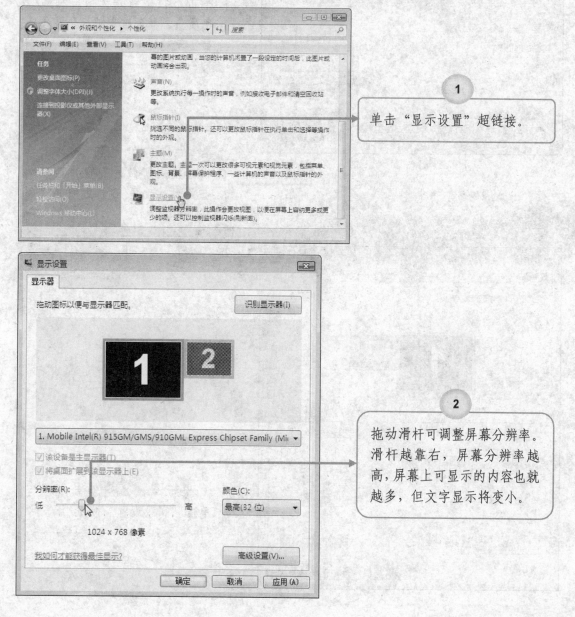

1 单击"显示设置"超链接。

2 拖动滑杆可调整屏幕分辨率。滑杆越靠右，屏幕分辨率越高，屏幕上可显示的内容也就越多，但文字显示将变小。

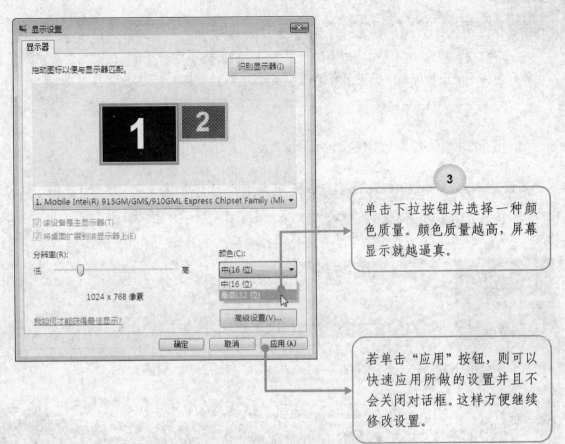

3

单击下拉按钮并选择一种颜色质量。颜色质量越高，屏幕显示就越逼真。

若单击"应用"按钮，则可以快速应用所做的设置并且不会关闭对话框。这样方便继续修改设置。

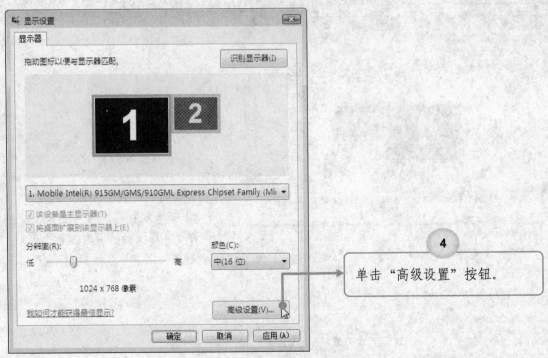

4

单击"高级设置"按钮。

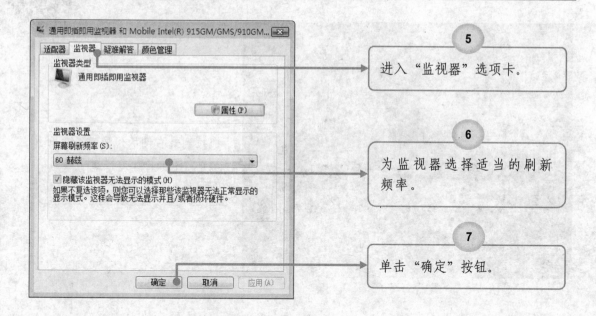

5 进入"监视器"选项卡。

6 为监视器选择适当的刷新频率。

7 单击"确定"按钮。

6.2　定制任务栏

利用任务栏可以迅速地在多个应用程序之间进行切换。有时，在某个应用程序中工作时，为了在屏幕上显示更多的内容，可能需要隐藏任务栏。另外，还可以改变任务栏中显示的内容。

6.2.1　移动任务栏的位置

默认情况下，任务栏位于桌面的底部，必要时，可以将任务栏移到桌面的右边、上边或左边。其操作步骤如下：

1 将鼠标指针指向任务栏的空白处，按住鼠标左键不放，并向右侧拖动。

2

拖拉到最右侧的位置后，松开鼠标，即可将任务栏置于桌面的右边。

6.2.2 改变任务栏的大小

要改变任务栏的大小，其操作步骤如下：

1

将鼠标指针移到任务栏的边界上，使鼠标指针变成一个双向箭头。

2

按住鼠标左键向上拖拉，即可增大任务栏的高度。

6.2.3 设置任务栏的属性

如果要对任务栏的相关选项做进一步设置，其操作步骤如下：

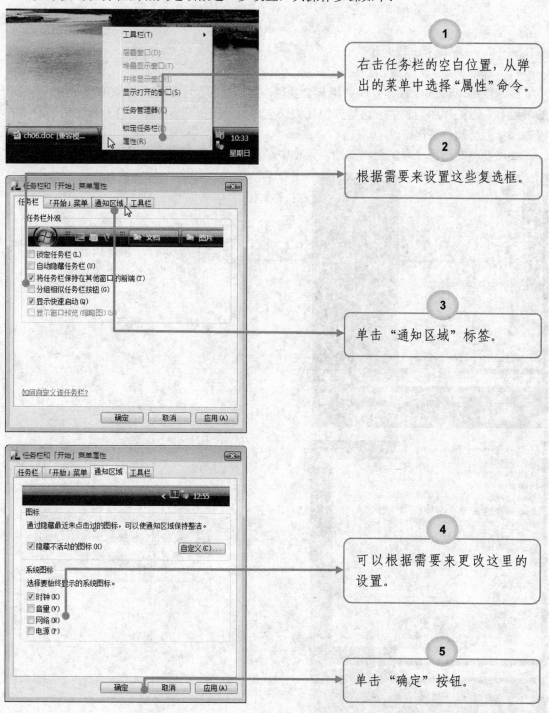

1 右击任务栏的空白位置，从弹出的菜单中选择"属性"命令。

2 根据需要来设置这些复选框。

3 单击"通知区域"标签。

4 可以根据需要来更改这里的设置。

5 单击"确定"按钮。

6.3 定制"开始"菜单

在安装 Windows 时，系统默认为我们创建了一个"开始"菜单，根据用户的使用习惯，可以自定义"开始"菜单。

6.3.1 将程序图标附加到"开始"菜单

经常使用 Windows 操作系统的用户会发现，运行过的程序都会自动添加到"开始"菜单的最近打开过的程序列表中，这样方便我们快速地运行程序。当不停地打开程序时，最早的程序图标就会被排挤出。

如果要将某个程序附加到"开始"菜单中，其操作步骤如下：

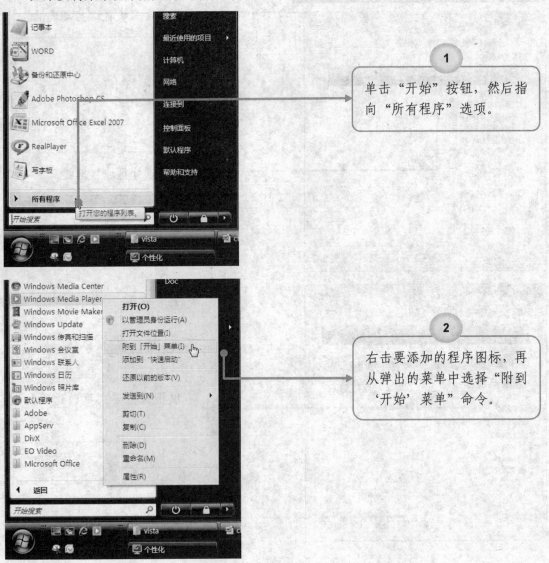

1 单击"开始"按钮，然后指向"所有程序"选项。

2 右击要添加的程序图标，再从弹出的菜单中选择"附到'开始'菜单"命令。

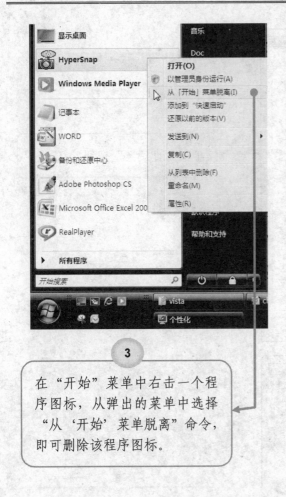

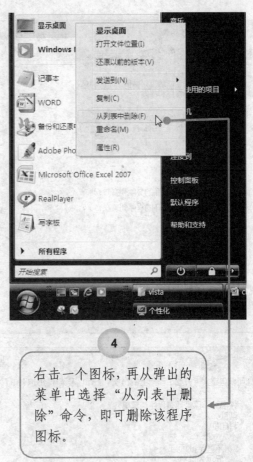

3

在"开始"菜单中右击一个程序图标，从弹出的菜单中选择"从'开始'菜单脱离"命令，即可删除该程序图标。

4

右击一个图标，再从弹出的菜单中选择"从列表中删除"命令，即可删除该程序图标。

6.3.2　调整"开始"菜单常用程序列表中显示的程序数目

前面已经讲过，对于使用过的程序系统会自动将其添加到"开始"菜单的最近打开的程序列表中。该列表的显示数目可以根据用户的需要进行调整，其取值范围为0~30。

要调整该列表显示的程序数目，其操作步骤如下：

1

右击"开始"按钮，从弹出的菜单中选择"属性"命令。

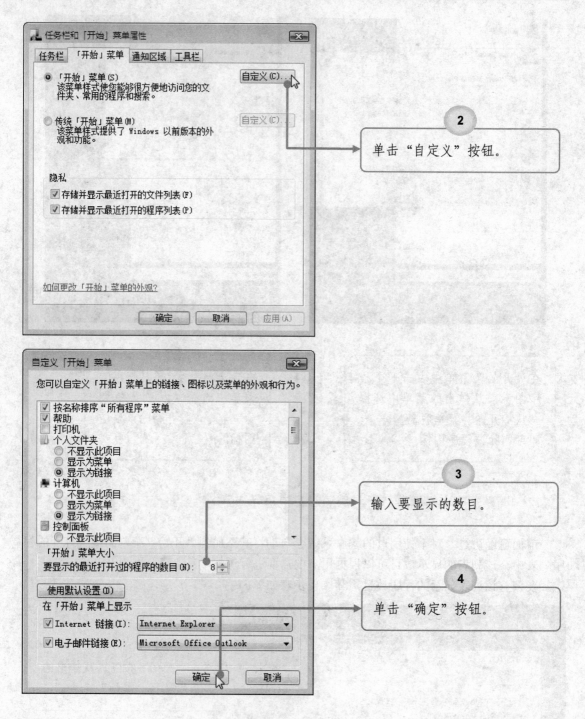

2 单击"自定义"按钮。

3 输入要显示的数目。

4 单击"确定"按钮。

6.3.3 自定义"开始"菜单的右窗格

在"开始"菜单右侧有一排系统默认的项目,用户可以添加或删除出现在"开始"菜单右侧的项目,如计算机、控制面板和图片等。还可以更改一些项目,使它们以链接或菜单的形式显示。

　　要自定义"开始"菜单的右窗格，其操作步骤如下：

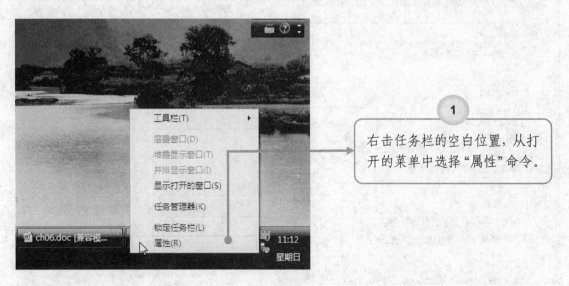

1

右击任务栏的空白位置，从打开的菜单中选择"属性"命令。

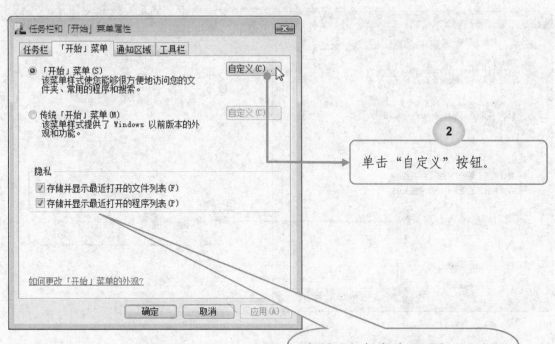

2

单击"自定义"按钮。

如果不想保存并显示最近用过的文件列表和程序列表，可以清除这里的复选框。这样对计算机中的个人隐私可以起到保护作用。

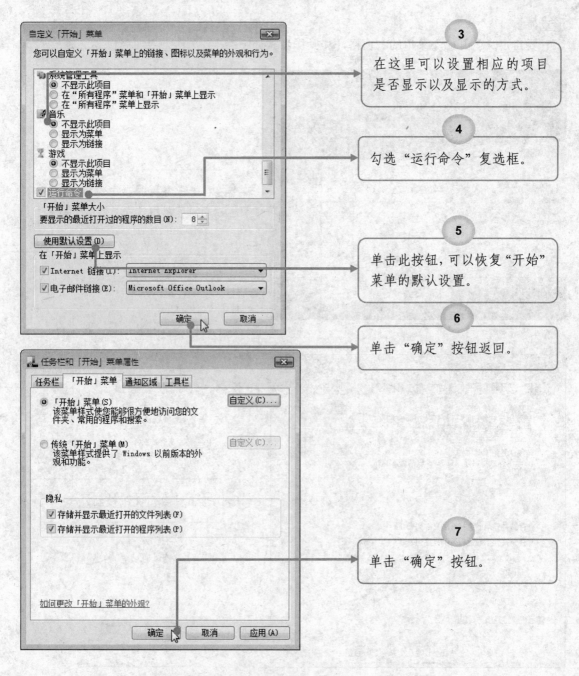

在这里可以设置相应的项目是否显示以及显示的方式。

勾选"运行命令"复选框。

单击此按钮，可以恢复"开始"菜单的默认设置。

单击"确定"按钮返回。

单击"确定"按钮。

6.3.4 从"开始"菜单清除最近使用的项目

在"开始"菜单的"最近使用的项目"中列出了用户最近使用的文件，打开该列表后再单击相应的文件项目即可将它打开。如果您的文件比较重要，为了不让其他人查看您的文件，在关闭计算机之前，请清除最近使用的项目，这是最基本的保密操作。

要从"开始"菜单清除最近使用的项目，其操作步骤如下：

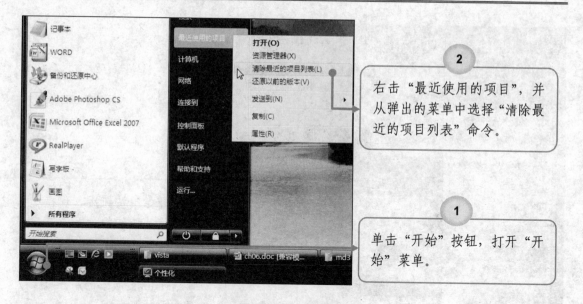

右击"最近使用的项目",并从弹出的菜单中选择"清除最近的项目列表"命令。

单击"开始"按钮,打开"开始"菜单。

6.3.5 切换到传统的"开始"菜单

如果要切换到传统的"开始"菜单,其操作步骤如下:

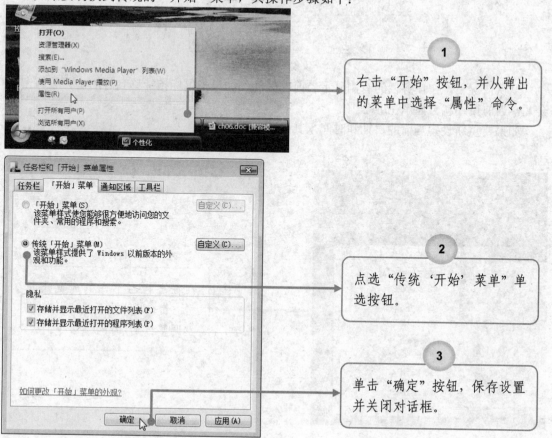

右击"开始"按钮,并从弹出的菜单中选择"属性"命令。

点选"传统'开始'菜单"单选按钮。

单击"确定"按钮,保存设置并关闭对话框。

4

单击"开始"按钮后,现在打开的就是传统的"开始"菜单(也叫经典菜单)。这种模式的菜单对于一直在使用以前 Windows 版本的用户也许更有吸引力。

6.4　设置日期和时间

　　默认情况下,在任务栏的右侧显示当前的时间,如果把鼠标指针移到时间上并且停留一会儿,当前日期就会显示在屏幕上。

　　如果要重新设置当前的日期和时间,其操作步骤如下:

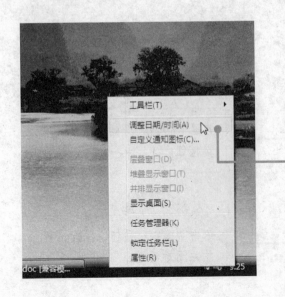

1

在任务栏右下角的时间上单击右键,从弹出的菜单中选择"调整日期/时间"命令。

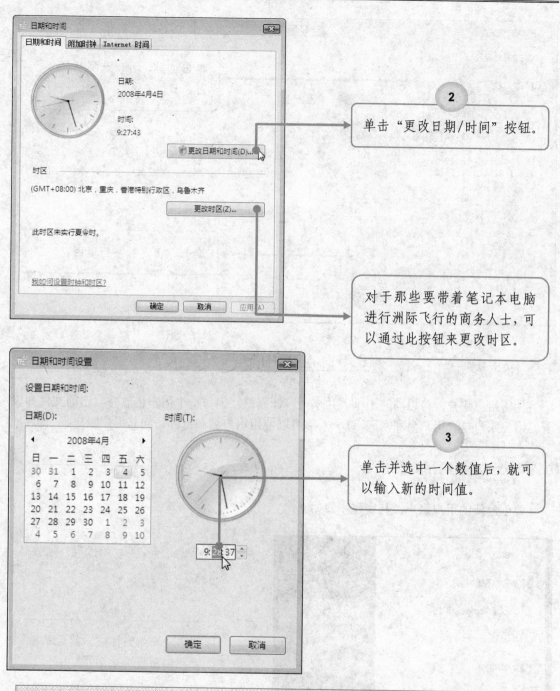

2

单击"更改日期/时间"按钮。

对于那些要带着笔记本电脑进行洲际飞行的商务人士，可以通过此按钮来更改时区。

3

单击并选中一个数值后，就可以输入新的时间值。

提示

　　单击时间框中的一项后，再单击其右侧向上或向下的小三角，即可对数值进行微调。

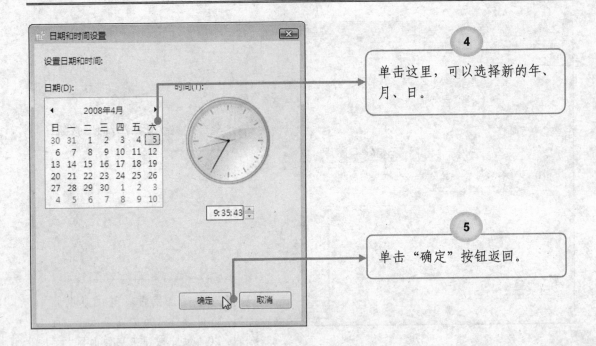

单击这里，可以选择新的年、月、日。

4

单击"确定"按钮返回。

5

6.5 设置用户账户

使用用户账户，可以与若干个人共享一台计算机，但每一个用户仍然有自己的文件和设置。用户账户包含用户名和密码，每个人都可以使用用户名和密码访问其用户账户。

6.5.1 创建新的用户账户

要创建新的用户账户，其操作步骤如下：

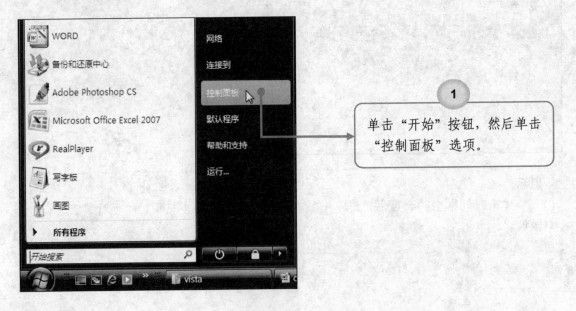

单击"开始"按钮，然后单击"控制面板"选项。

1

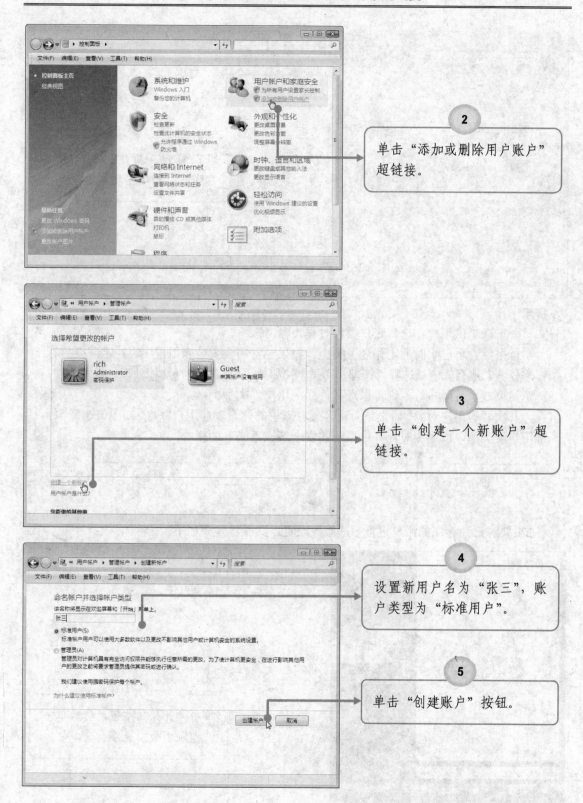

2

单击"添加或删除用户账户"超链接。

3

单击"创建一个新账户"超链接。

4

设置新用户名为"张三",账户类型为"标准用户"。

5

单击"创建账户"按钮。

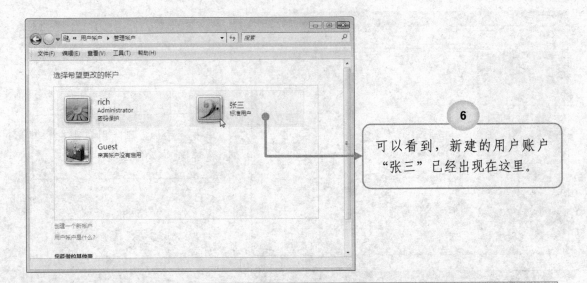

6

可以看到，新建的用户账户"张三"已经出现在这里。

提示

    如下意见供用户在选择账户类型时作为参考：

    首先要看自己平时的工作任务类型。如果经常需要安装应用程序、经常需要执行管理任务，那么就应该选择"管理员"类型；如果平时仅仅进行文档处理、收发邮件、浏览网页或者玩游戏等，则可以选择"标准用户"类型。

    其次要看用户对象，如果是为访客或者家里的儿童创建用户账户，则应该选择"标准用户"类型，以避免对计算机系统的安全造成不必要的影响。

6.5.2 更改用户账户的设置

    如果要对已经存在的账户进行一些修改设置，其操作步骤如下：

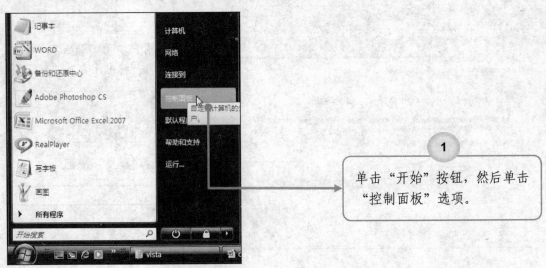

1

单击"开始"按钮，然后单击"控制面板"选项。

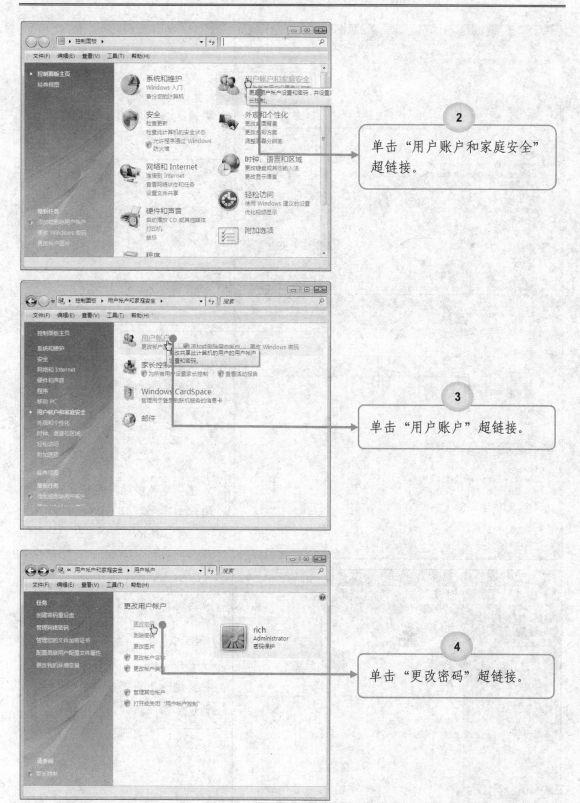

2

单击"用户账户和家庭安全"超链接。

3

单击"用户账户"超链接。

4

单击"更改密码"超链接。

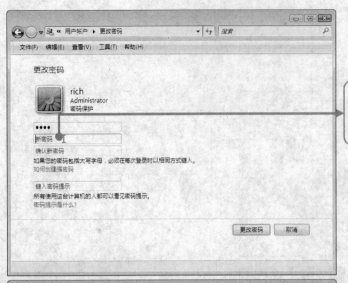

5

先输入当前密码（旧密码），再单击"新密码"框。

6

依次输入新密码和确认新密码（两次输入要一致）。

7

单击"更改密码"按钮，当前用户的密码就被更改了。

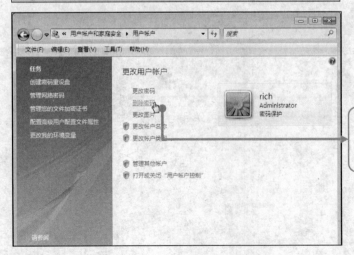

8

若要删除当前账户的密码，请单击"删除密码"超链接。

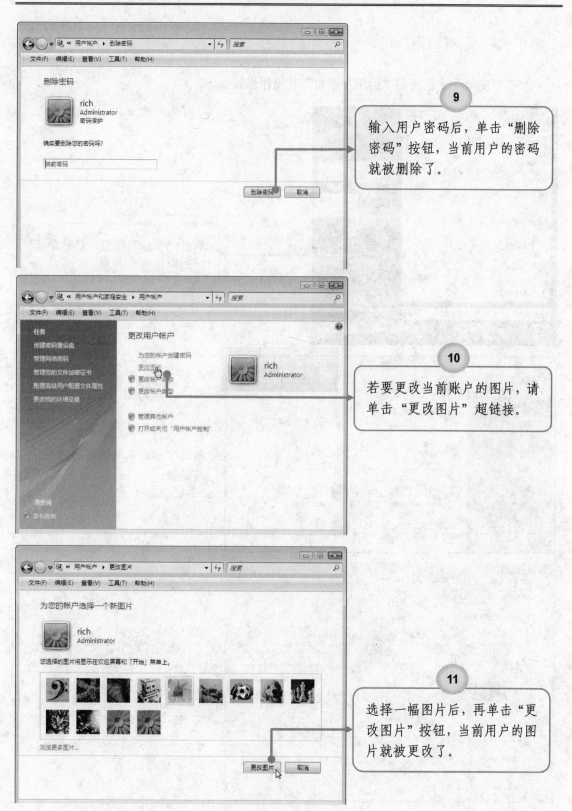

9

输入用户密码后，单击"删除密码"按钮，当前用户的密码就被删除了。

10

若要更改当前账户的图片，请单击"更改图片"超链接。

11

选择一幅图片后，再单击"更改图片"按钮，当前用户的图片就被更改了。

145

6.5.3 删除已有的用户账户

如果要删除一个已经存在的用户账户，其操作步骤如下：

1 单击"开始"按钮，然后单击"控制面板"选项。

2 单击"添加或删除用户账户"超链接。

3 选择一个账户。

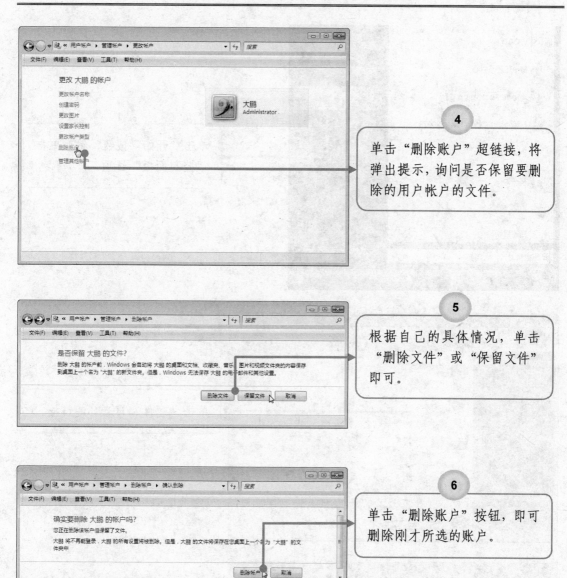

4 单击"删除账户"超链接，将弹出提示，询问是否保留要删除的用户帐户的文件。

5 根据自己的具体情况，单击"删除文件"或"保留文件"即可。

6 单击"删除账户"按钮，即可删除刚才所选的账户。

6.6　设 置 鼠 标

鼠标是当前计算机常用的输入设备。由于用户的个人习惯、性格和喜好各有差异，所以系统默认的鼠标设置并不一定适合每个用户，合理设置鼠标的使用方式就显得非常重要。

6.6.1　按钮配置

要设置鼠标的按钮属性，其操作步骤如下：

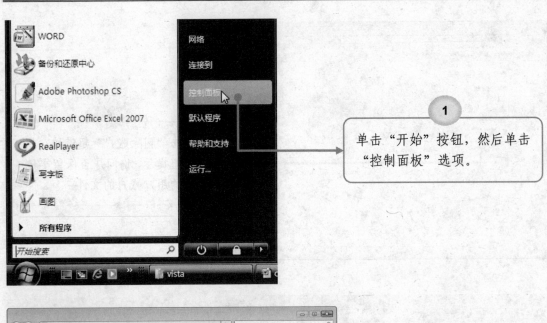

1 单击"开始"按钮,然后单击"控制面板"选项。

2 单击"硬件和声音"超链接。

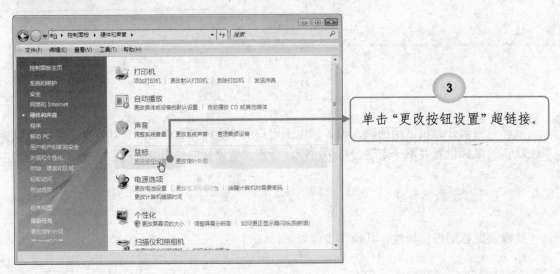

3 单击"更改按钮设置"超链接。

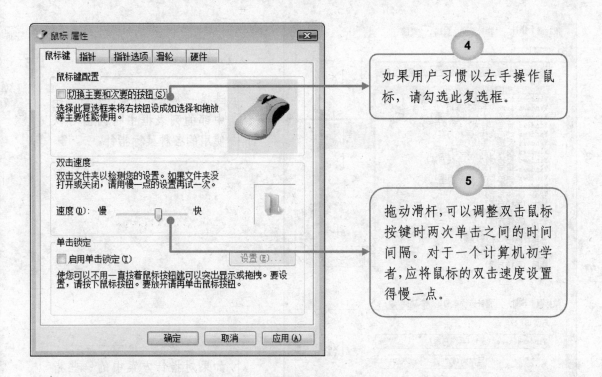

4
如果用户习惯以左手操作鼠标，请勾选此复选框。

5
拖动滑杆，可以调整双击鼠标按键时两次单击之间的时间间隔。对于一个计算机初学者，应将鼠标的双击速度设置得慢一点。

6.6.2　指针方案

要设置鼠标的指针属性，其操作步骤如下：

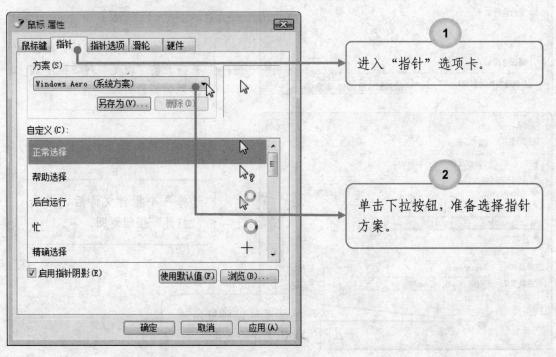

1
进入"指针"选项卡。

2
单击下拉按钮，准备选择指针方案。

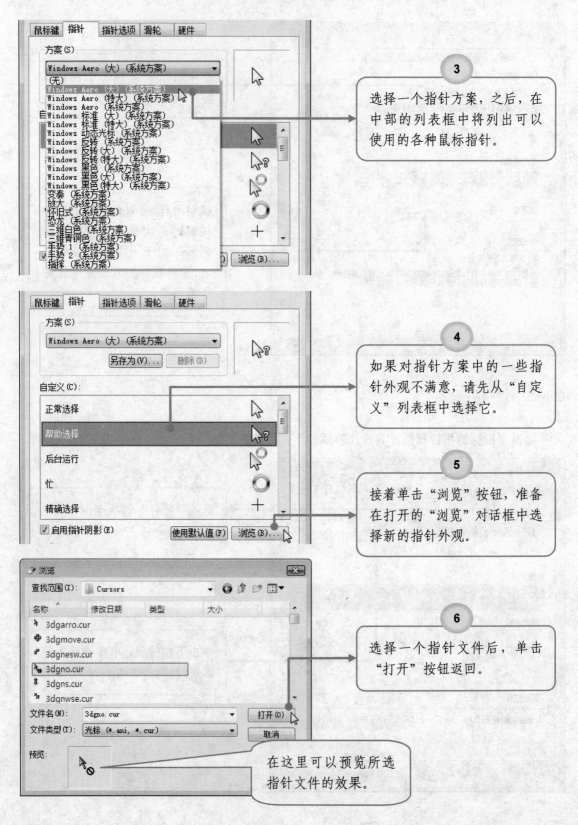

3 选择一个指针方案，之后，在中部的列表框中将列出可以使用的各种鼠标指针。

4 如果对指针方案中的一些指针外观不满意，请先从"自定义"列表框中选择它。

5 接着单击"浏览"按钮，准备在打开的"浏览"对话框中选择新的指针外观。

6 选择一个指针文件后，单击"打开"按钮返回。

在这里可以预览所选指针文件的效果。

6.6.3　移动速度和轨迹

要设置鼠标的移动和轨迹属性，其操作步骤如下：

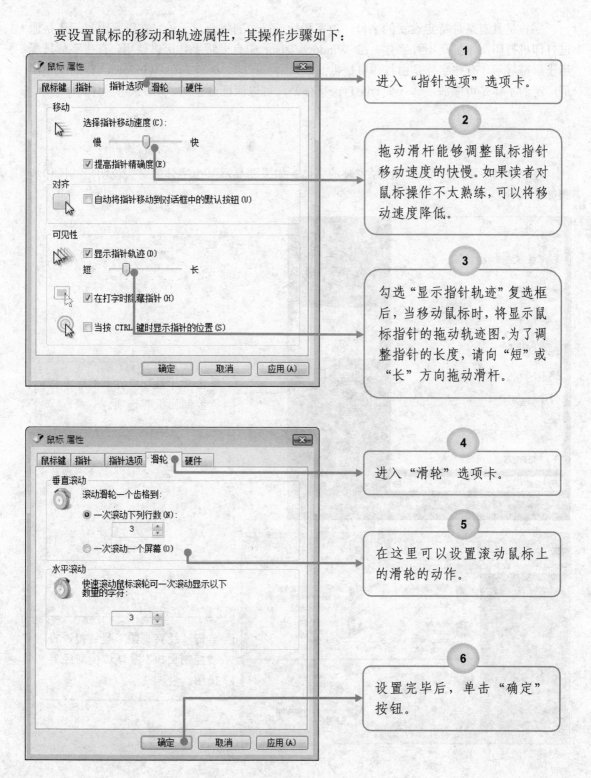

1 进入"指针选项"选项卡。

2 拖动滑杆能够调整鼠标指针移动速度的快慢。如果读者对鼠标操作不太熟练，可以将移动速度降低。

3 勾选"显示指针轨迹"复选框后，当移动鼠标时，将显示鼠标指针的拖动轨迹图。为了调整指针的长度，请向"短"或"长"方向拖动滑杆。

4 进入"滑轮"选项卡。

5 在这里可以设置滚动鼠标上的滑轮的动作。

6 设置完毕后，单击"确定"按钮。

6.7 设置字体

字体是具有某种特定设置的字母、数字和标点符号的集合，无论是在屏幕上显示还是通过打印机打印文本都离不开字体。在 Windows Vista 中有多种字体可以使用，有些字体只能用于屏幕显示，有些字体是由打印机提供的，只用于打印。另外，在 Windows Vista 中使用最广泛的字体是可缩放字体（如TrueType字体），可以保证真正的"所见即所得"。

6.7.1 查看字体效果

在"字体"窗口中显示了已经安装的字体。如果要显示某个字体的有关说明，其操作步骤如下：

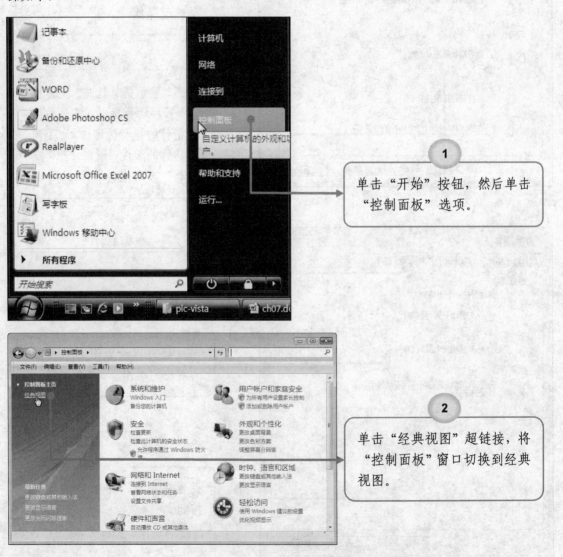

1 单击"开始"按钮，然后单击"控制面板"选项。

2 单击"经典视图"超链接，将"控制面板"窗口切换到经典视图。

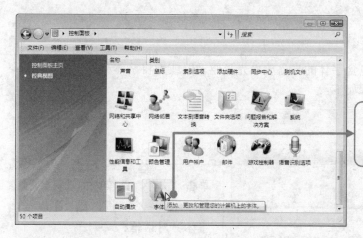

3

双击"字体"图标,将出现"字体"窗口。

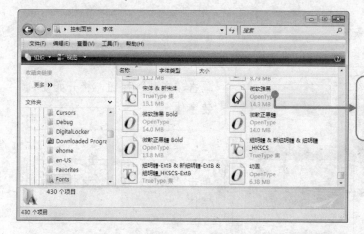

4

双击一种字体,将看到对应的字体效果。

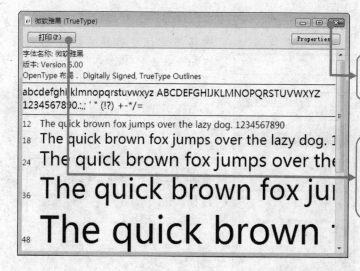

5

单击"关闭"按钮。

如果要将显示的字体样例打印出来,可以单击"打印"按钮。

6.7.2 安装新字体

如果要安装新字体，首先将包含字体的光盘放入光盘驱动器或者将字体文件复制至硬盘的某个文件夹中，其后的操作步骤如下：

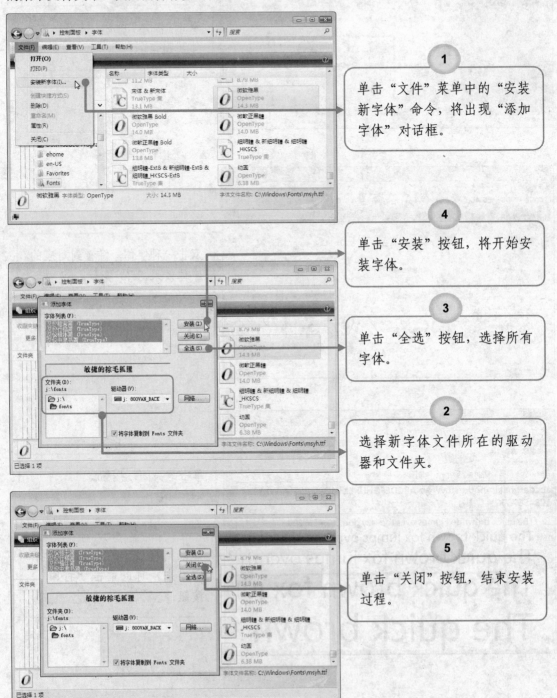

1 单击"文件"菜单中的"安装新字体"命令，将出现"添加字体"对话框。

4 单击"安装"按钮，将开始安装字体。

3 单击"全选"按钮，选择所有字体。

2 选择新字体文件所在的驱动器和文件夹。

5 单击"关闭"按钮，结束安装过程。

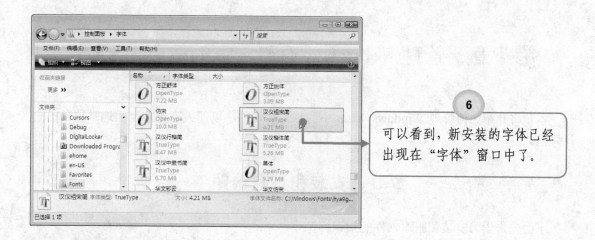

可以看到，新安装的字体已经出现在"字体"窗口中了。

6.7.3 删除字体

在系统中安装太多的字体不仅会占用大量的硬盘空间，而且会占据过多的内存。应该删除一些不需要的字体以提高系统的性能。要删除字体，其操作步骤如下：

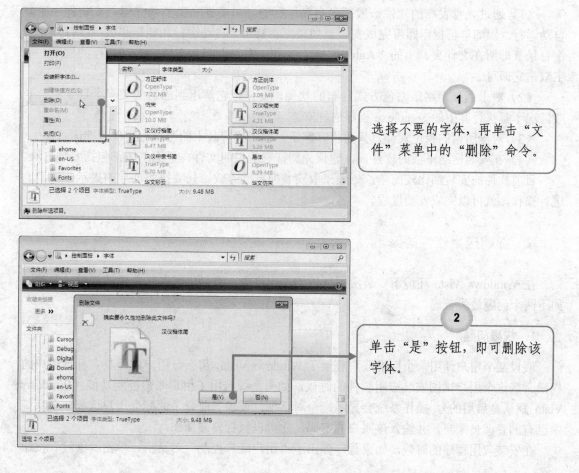

选择不要的字体，再单击"文件"菜单中的"删除"命令。

单击"是"按钮，即可删除该字体。

第 7 章　管理 Windows Vista 中的软件和硬件

本章将介绍如何管理 Windows Vista 中的软件和硬件，以便大家更加全面地掌控自己的计算机。

7.1　安装和删除软件

下面先来学习安装和删除软件的知识。

7.1.1　关于软件的安装

软件的发布方式有多种，有的是通过光盘发布，有的通过网络以压缩包方式发布。虽然发布方式不同，但安装方法基本相同。

（1）通过光盘发布的软件一般都是自动运行的，只要把光盘插入光驱，安装程序便会自动运行，跟随屏幕提示即可完成安装。如果光驱禁止了自动运行功能，那么可以打开光盘根目录（即所在文件夹）上的"Autorun.inf"文件，看里面指定了哪个自动运行的程序，手工双击它即可。

（2）对于通过网络压缩包方式发布的软件，要先把它解压到磁盘的某一个目录中，一般情况下是执行其中的 Setup.exe 程序进行安装。

（3）对于所谓的绿色软件，只要将其解压，双击执行其中的可执行文件就能运行。

（4）在安装网络下载的软件前，建议先阅读它的说明文件，里面一般都包括安装方法。

目前软件的安装都比较简单，一般采取安装向导的方式。只要按照向导的提示一步步地进行操作，就可以完成安装过程。

7.1.2　影响应用软件的因素

在 Windows Vista 环境下安装应用软件的过程当中，容易出现各种各样的问题，尤其以如下两个问题最为普遍。

1．权限问题

假设某个用户使用一个标准账户登录了 Windows Vista，那么该用户就将具有标准用户的权限。当这个用户试图安装应用软件的时候，如果系统启用了用户账户控制功能（Windows Vista 默认是启用的），操作系统会显示一个对话框，要求当前登录的标准用户选择一个系统中已有的管理员账户，并输入该账户的密码，才可以执行安装操作。

在安装应用程序的时候，如果程序弹出了"用户账户控制"对话框，单击"继续"按钮便可继续执行安装过程。如果因为程序的安装文件不支持这一特性而导致安装失败，也只需要用右击安装程序文件，然后从弹出的菜单中选择"以管理员身份运行"命令即可。

2. 兼容性问题

为了实现新的功能和提高稳定性，和老版本 Windows XP 相比，Windows Vista 在系统架构上有了很大的变化，这就导致了一些具有特殊功能的应用程序无法正常使用。不过我们并不需要过于担心，对于绝大多数应用程序，如果产生了与 Windows Vista 不兼容的情况，那么程序开发商通常都会在 Windows Vista 正式发布后提供新版本的程序，或者为老版本提供补丁程序。只要升级到最新版或者安装补丁程序后，这些程序基本上都可以正常工作。

7.1.3　安装软件的全过程

下面通过安装 FlashGet，为读者演示一下软件安装的全过程。其他软件的安装方法与之类似，可以参照执行。

1　双击"flashget_v201182.zip"文件来将它打开。

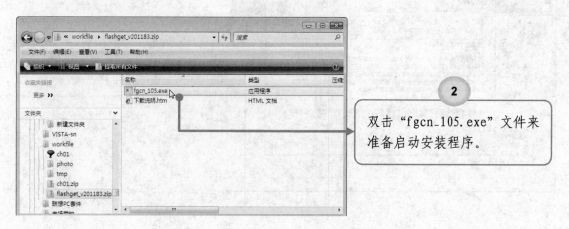

2　双击"fgcn_105.exe"文件来准备启动安装程序。

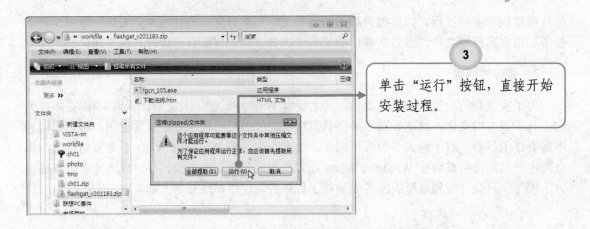

3

单击"运行"按钮，直接开始安装过程。

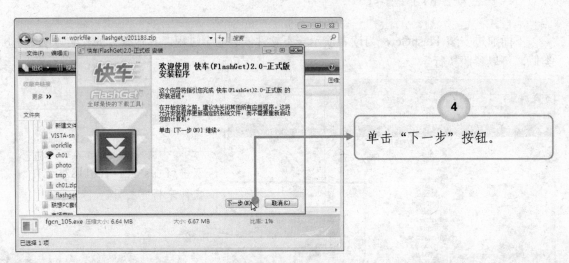

4

单击"下一步"按钮。

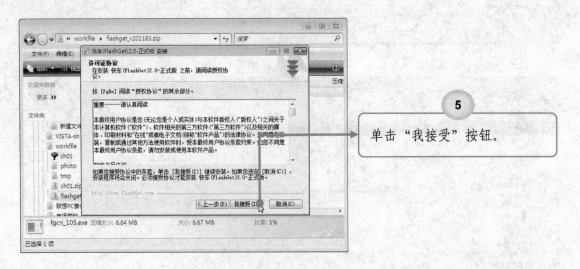

5

单击"我接受"按钮。

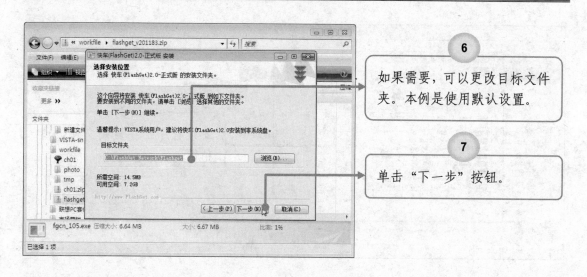

6 如果需要，可以更改目标文件夹。本例是使用默认设置。

7 单击"下一步"按钮。

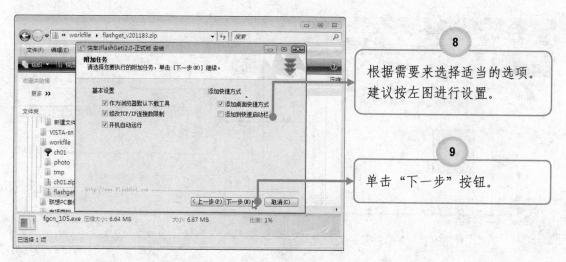

8 根据需要来选择适当的选项。建议按左图进行设置。

9 单击"下一步"按钮。

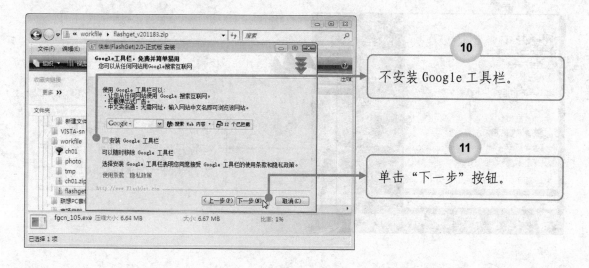

10 不安装 Google 工具栏。

11 单击"下一步"按钮。

159

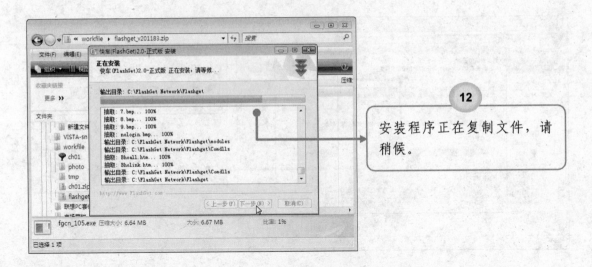

12 安装程序正在复制文件,请稍候。

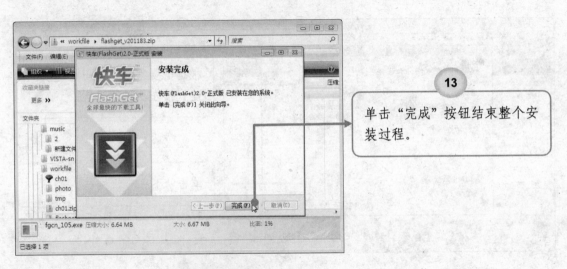

13 单击"完成"按钮结束整个安装过程。

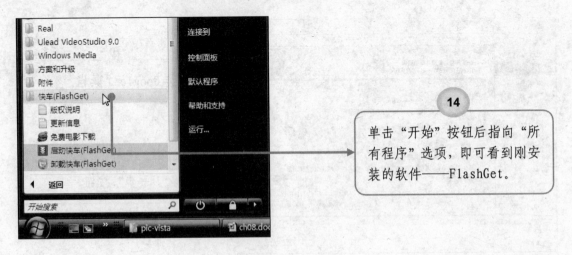

14 单击"开始"按钮后指向"所有程序"选项,即可看到刚安装的软件——FlashGet。

7.1.4　卸载软件

通常情况下，应用程序在"所有程序"级联菜单中都添加带有"卸载 XXX"或"Uninstall XXX"命令，如下图所示。

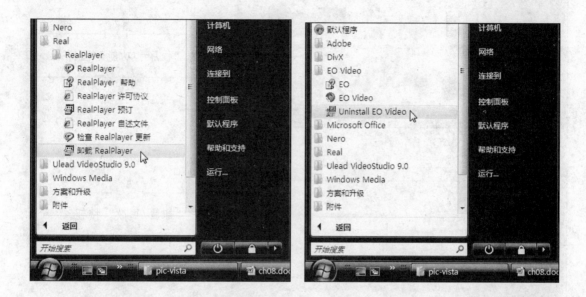

执行"卸载 XXX"或"Uninstall XXX"命令，然后按屏幕提示进行操作，即可彻底、安全地删除相应的应用程序，还可避免删除一些共享文件或其他应用程序正在使用的文件。

如果某个应用程序的级联菜单中没有"卸载XXX"或"Uninstall XXX"，则通过如下方式来卸载软件：

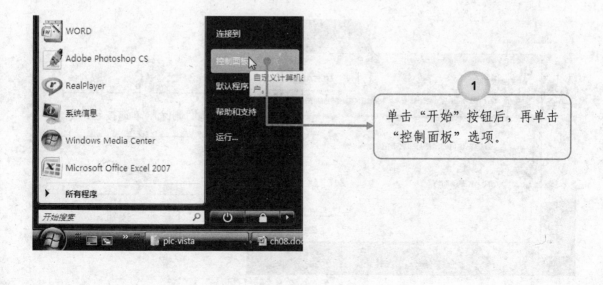

1

单击"开始"按钮后，再单击"控制面板"选项。

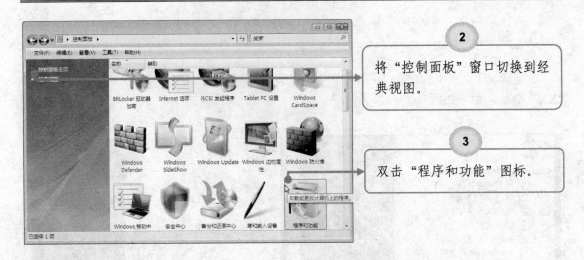

2　将"控制面板"窗口切换到经典视图。

3　双击"程序和功能"图标。

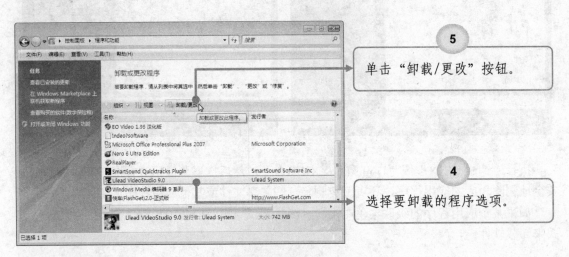

5　单击"卸载/更改"按钮。

4　选择要卸载的程序选项。

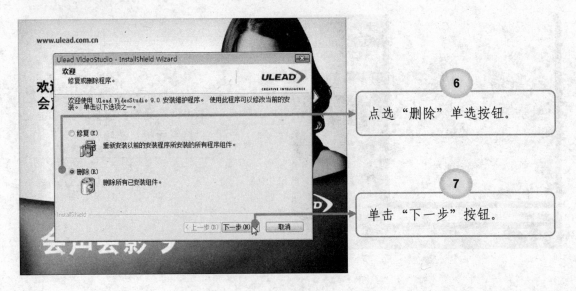

6　点选"删除"单选按钮。

7　单击"下一步"按钮。

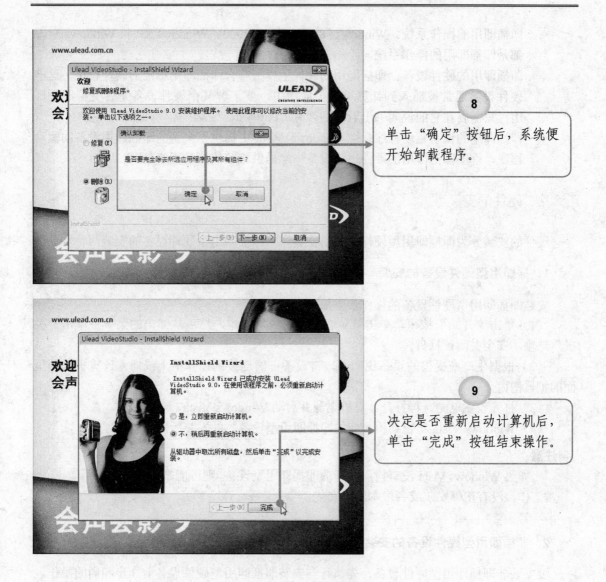

8　单击"确定"按钮后，系统便开始卸载程序。

9　决定是否重新启动计算机后，单击"完成"按钮结束操作。

7.2　管 理 硬 件

本节主要介绍硬件的安装、驱动程序的更新与卸载。

7.2.1　关于即插即用

即插即用是一项自动处理计算机硬件设备安装的工业标准。现在大部分硬件厂商都设计了支持即插即用的各种设备，以前的那些非即插即用的设备被称作传统设备。

一个完善的即插即用系统需要包含以下几个方面。

✧　即插即用的 BIOS：即插即用的 BIOS 提供基本的指令集，用于在系统开机自检时测试所有最基本设备，例如键盘、显示器和磁盘驱动器等。

❖ 即插即用的操作系统：Windows 98、Windows 2000、Windows XP 和 Windows Vista 都是即插即用的操作系统。

❖ 即插即用的硬件设备：即插即用的硬件主要指符合即插即用标准的硬件设备，这些硬件设备通常被插入到计算机的扩展槽中。要了解某个硬件设备是否支持即插即用，只需要在它的说明书上看看是否有"PnP"或"P&P"字样即可。

❖ 即插即用的设备驱动程序：在 Windows Vista 中提供了大量的即插即用设备的驱动程序，许多即插即用的硬件也随设备一起提供相应的驱动程序盘。

7.2.2 硬件的安装

硬件的安装分为即插即用型硬件设备的安装和非即插即用型硬件设备的安装两种情况。

1．插即用型硬件设备的安装

安装即插即用型硬件设备的操作步骤如下：

（1）单击"开始"按钮，单击菜单右下角的三角按钮，然后从弹出的菜单中单击"关机"选项，安全关闭计算机。

（2）根据生产商提供的设备说明书，将设备正确连接到计算机上或插入计算机机箱里面的扩展槽内。

（3）打开设备电源，再打开计算机电源并启动 Windows Vista 操作系统。

（4）Windows Vista 将自动检测新的即插即用型设备，并安装所需的驱动程序。

> **注意**
> 如果 Windows Vista 没有检测到新的即插即用型设备，则可能是该设备本身不能正常工作，没有正确安装或者根本没有安装。

2．非插即用型硬件设备的安装

要安装非即插即用型硬件设备，先执行与安装即插即用型硬件设备前 3 步相同的操作，其后的操作步骤如下：

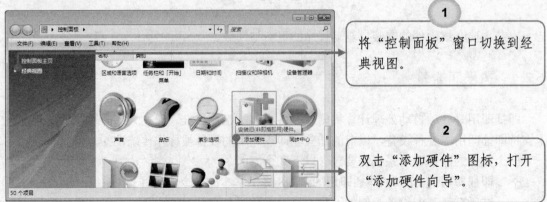

1 将"控制面板"窗口切换到经典视图。

2 双击"添加硬件"图标，打开"添加硬件向导"。

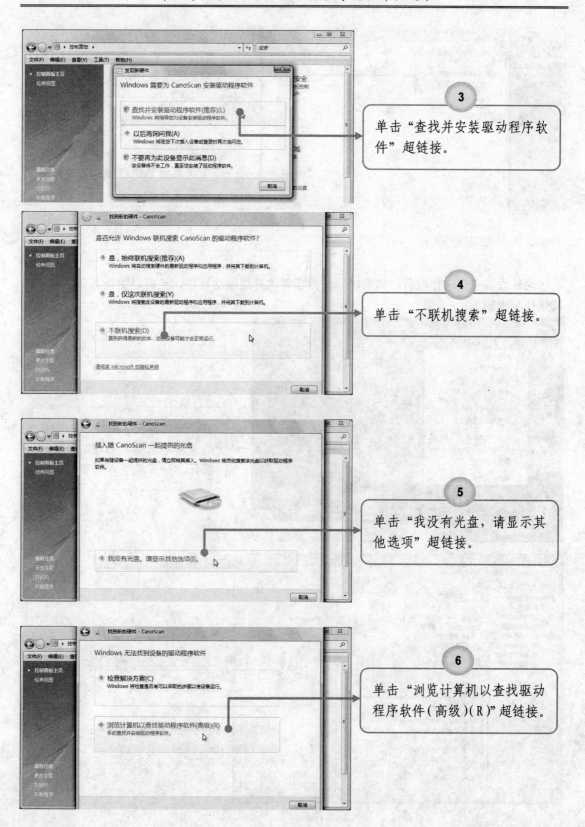

3
单击"查找并安装驱动程序软件"超链接。

4
单击"不联机搜索"超链接。

5
单击"我没有光盘,请显示其他选项"超链接。

6
单击"浏览计算机以查找驱动程序软件(高级)(R)"超链接。

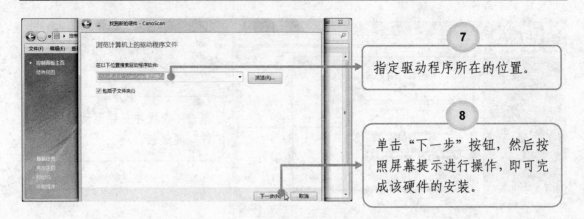

7 指定驱动程序所在的位置。

8 单击"下一步"按钮，然后按照屏幕提示进行操作，即可完成该硬件的安装。

7.2.3 更新驱动程序

硬件设备在安装使用后，如果以后获得了新的升级驱动程序，还可以更新其驱动程序。其操作步骤如下：

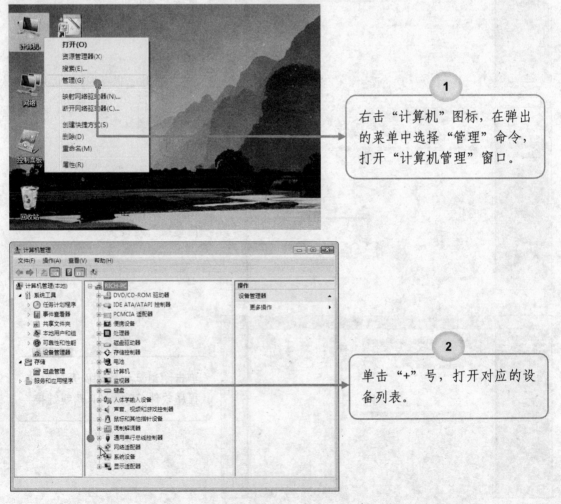

1 右击"计算机"图标，在弹出的菜单中选择"管理"命令，打开"计算机管理"窗口。

2 单击"+"号，打开对应的设备列表。

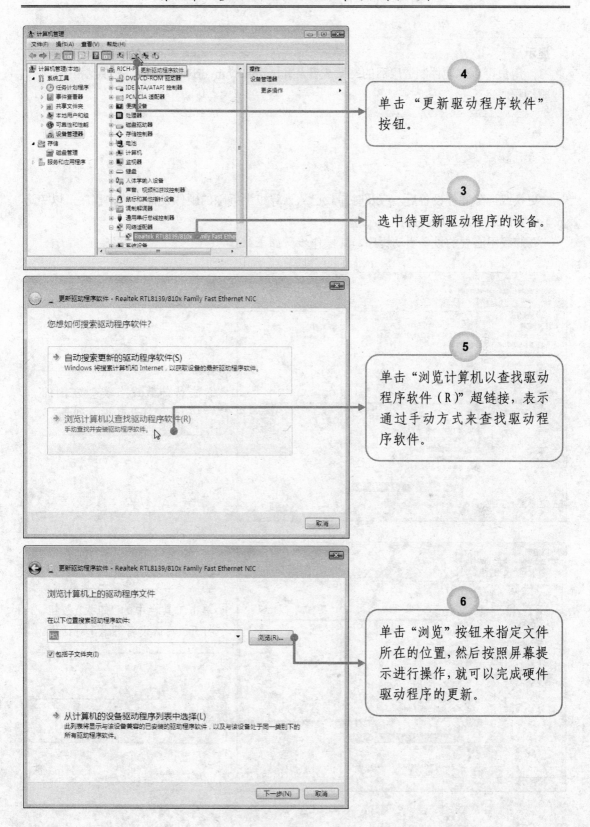

4 单击"更新驱动程序软件"按钮。

3 选中待更新驱动程序的设备。

5 单击"浏览计算机以查找驱动程序软件（R）"超链接，表示通过手动方式来查找驱动程序软件。

6 单击"浏览"按钮来指定文件所在的位置，然后按照屏幕提示进行操作，就可以完成硬件驱动程序的更新。

提示

用户可以到硬件制造厂商的网站或者从http://www.mydrivers.com上去寻找相关的驱动程序。

7.2.4 卸载驱动程序

更换或拆除硬件设备后，应及时卸载已从计算机上拆除的硬件设备的驱动程序，以免造成不必要的系统冲突或误操作。

要卸载不必要的设备驱动程序，其操作步骤如下：

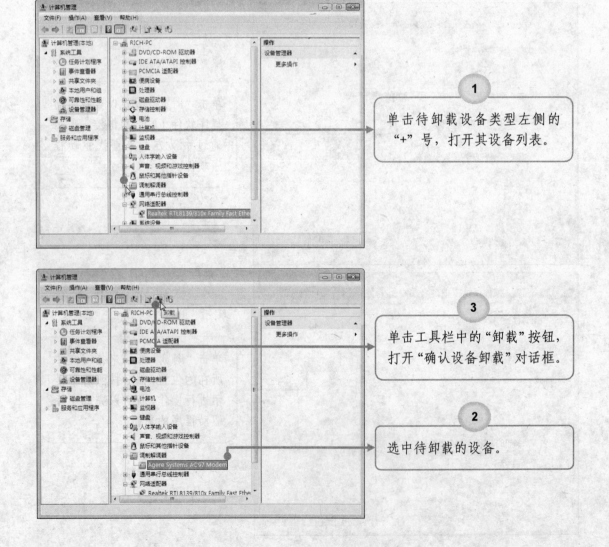

1 单击待卸载设备类型左侧的"+"号，打开其设备列表。

3 单击工具栏中的"卸载"按钮，打开"确认设备卸载"对话框。

2 选中待卸载的设备。

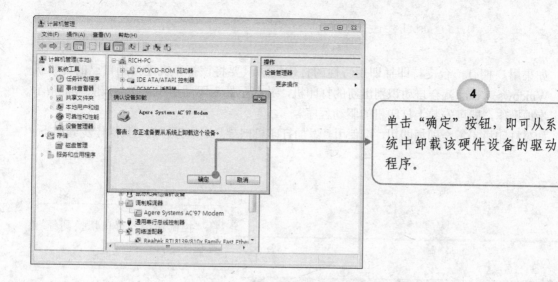

4

单击"确定"按钮,即可从系统中卸载该硬件设备的驱动程序。

7.3 打印机的安装与设置

打印机是常用的输出设备。为了将文件打印到纸上,就必须安装一台打印机。安装打印机包括两个方面,一个是安装打印机设备,另一个是安装打印机驱动程序。

7.3.1 安装打印机设备

安装打印机设备是指将打印机的数据线与计算机连接起来。安装打印机设备的具体方法如下:

(1)将数据线上带卡环的一端与打印机连接,并扣上卡环。

(2)将数据线的另一端与计算机的并口连接(现在许多新型打印机已经采用USB接口,对于这类打印机,只需把USB数据线连接到计算机的一个USB接口即可),如下图所示。插入时注意插头与插座的方向,对齐后平行插入。

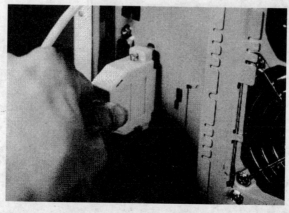

(3)连接计算机与打印机的数据线后,将电源线直接插到电源插座上。

7.3.2　安装打印机的驱动程序

　　如果用户拥有一台支持即插即用特性的打印机，只要将该打印机连接到自己的计算机上，Windows Vista 就会自动识别出新的打印机，并提示插入驱动程序光盘，按照屏幕指示一步步地操作，即可安装上打印机的驱动程序。

　　如果打印机不符合即插即用，可使用"添加打印机向导"添加打印机，其操作步骤如下：

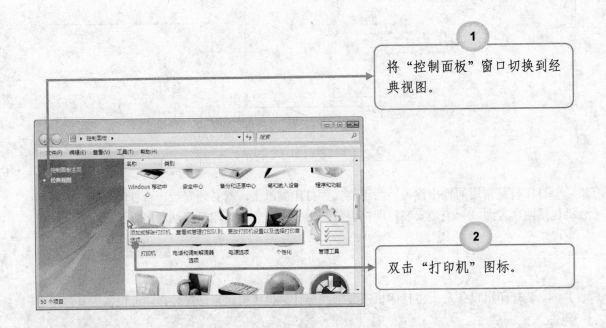

> **1** 将"控制面板"窗口切换到经典视图。

> **2** 双击"打印机"图标。

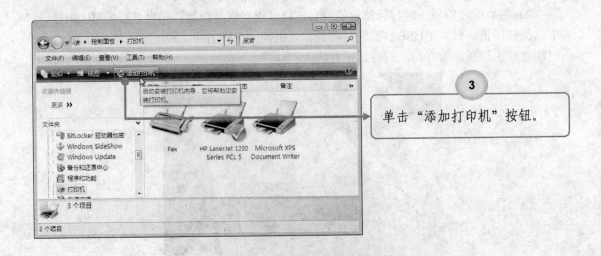

> **3** 单击"添加打印机"按钮。

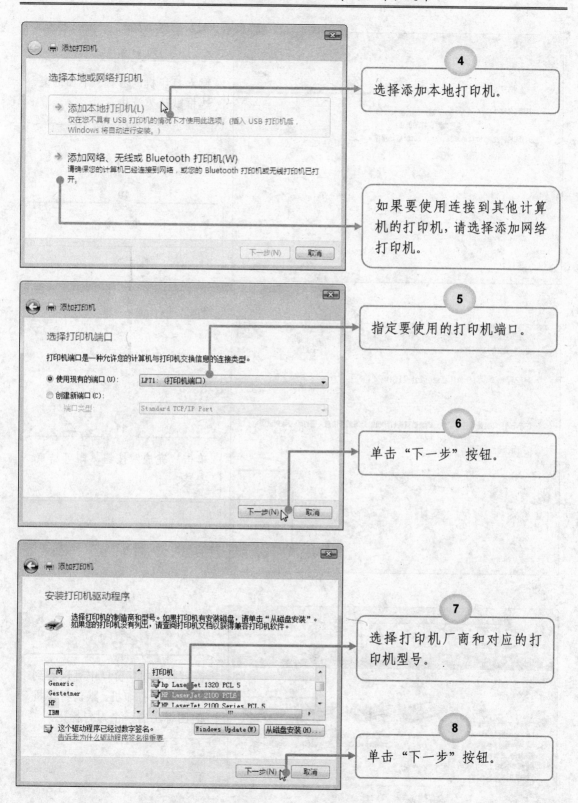

4 选择添加本地打印机。

如果要使用连接到其他计算机的打印机，请选择添加网络打印机。

5 指定要使用的打印机端口。

6 单击"下一步"按钮。

7 选择打印机厂商和对应的打印机型号。

8 单击"下一步"按钮。

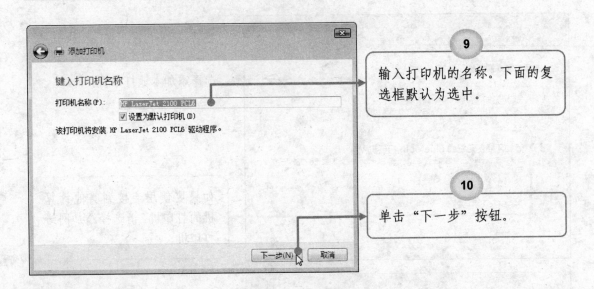

9 输入打印机的名称。下面的复选框默认为选中。

10 单击"下一步"按钮。

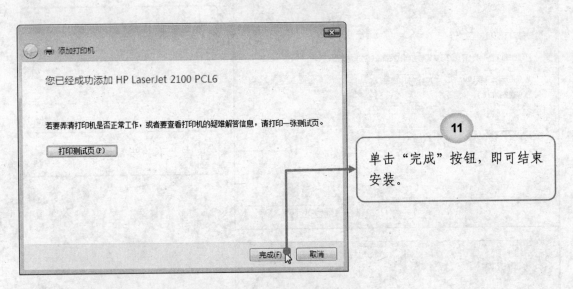

11 单击"完成"按钮，即可结束安装。

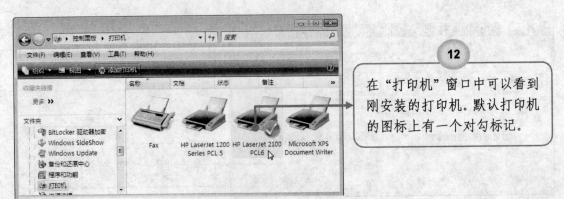

12 在"打印机"窗口中可以看到刚安装的打印机。默认打印机的图标上有一个对勾标记。

7.3.3 设置默认打印机

将经常使用的打印机设置为默认打印机是个好主意。在许多基于Windows的程序中选择"打印"命令时，如果不指定其他打印机，则使用默认打印机。

如果要设置默认打印机，其操作步骤如下：

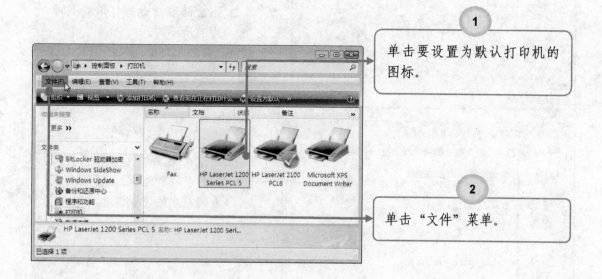

1 单击要设置为默认打印机的图标。

2 单击"文件"菜单。

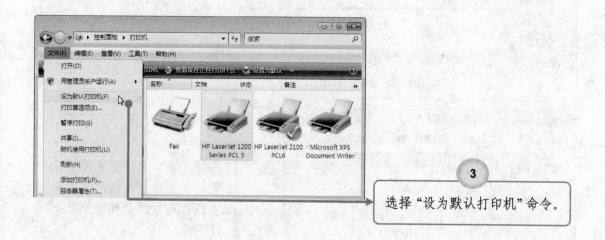

3 选择"设为默认打印机"命令。

7.3.4 设置打印机属性

如果要设置打印机的属性，其操作步骤如下：

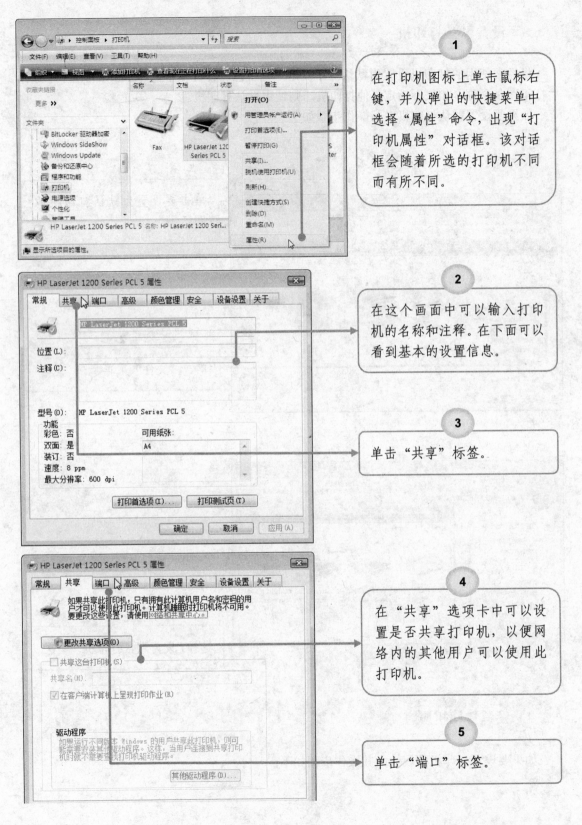

1

在打印机图标上单击鼠标右键，并从弹出的快捷菜单中选择"属性"命令，出现"打印机属性"对话框。该对话框会随着所选的打印机不同而有所不同。

2

在这个画面中可以输入打印机的名称和注释。在下面可以看到基本的设置信息。

3

单击"共享"标签。

4

在"共享"选项卡中可以设置是否共享打印机，以便网络内的其他用户可以使用此打印机。

5

单击"端口"标签。

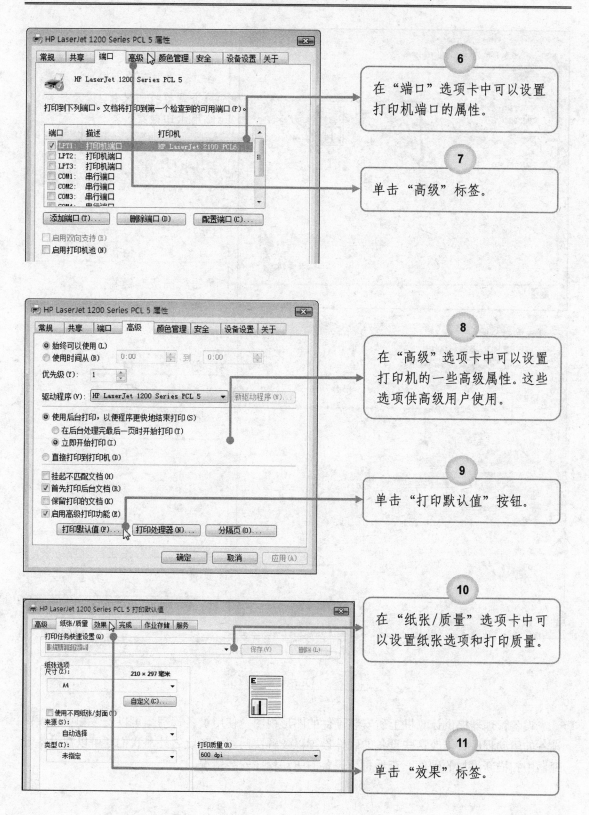

6 在"端口"选项卡中可以设置打印机端口的属性。

7 单击"高级"标签。

8 在"高级"选项卡中可以设置打印机的一些高级属性。这些选项供高级用户使用。

9 单击"打印默认值"按钮。

10 在"纸张/质量"选项卡中可以设置纸张选项和打印质量。

11 单击"效果"标签。

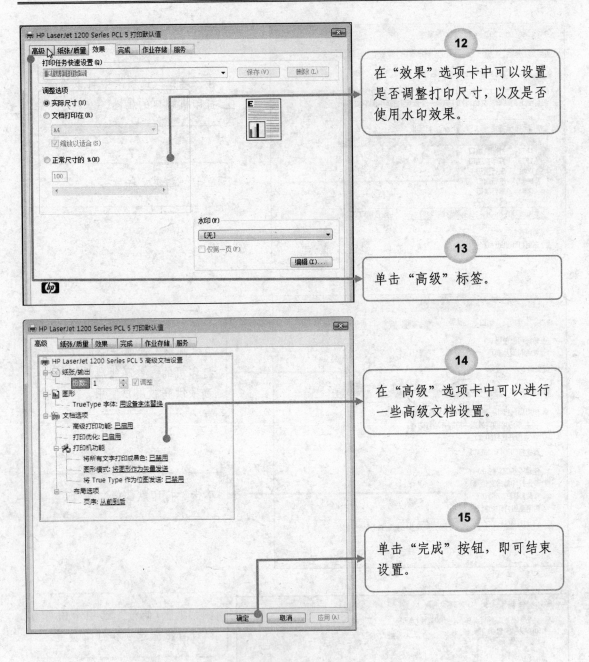

12

在"效果"选项卡中可以设置是否调整打印尺寸，以及是否使用水印效果。

13

单击"高级"标签。

14

在"高级"选项卡中可以进行一些高级文档设置。

15

单击"完成"按钮，即可结束设置。

7.4　设备管理器

　　设备管理器提供计算机上所安装硬件的图形视图。使用设备管理器可以安装和更新硬件设备的驱动程序、修改这些设备的硬件设置以及解决问题。除此之外，我们还可以在设备管理器中扫描新添加的硬件、查看每个设备的驱动程序安装情况。

7.4.1　启用设备管理器

操作步骤如下：

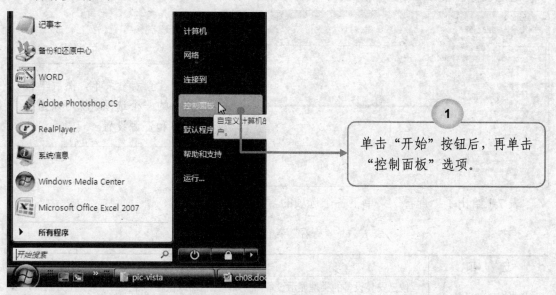

1　单击"开始"按钮后，再单击"控制面板"选项。

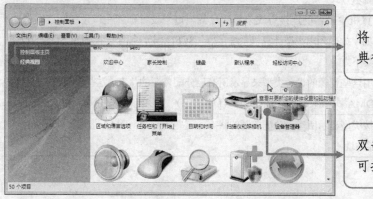

2　将"控制面板"窗口切换到经典视图。

3　双击"设备管理器"图标，就可打开"设备管理器"窗口。

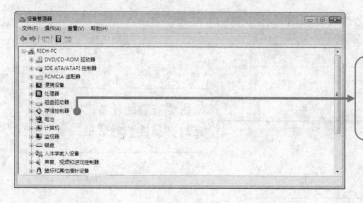

4　在"设备管理器"窗口中，前面带"+"号的项表示其下还有子项。

7.4.2 查看设备和资源设置

通过设备管理器，可以查看设备和资源设置，其操作步骤如下：

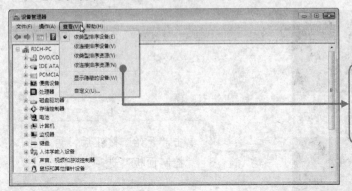

打开"查看"菜单，然后单击其中的一个选项，就可以查看设备和资源设置。

表 7-1 给出了"查看"菜单下各个选项的含义。

表 7-1 "查看"菜单下各个选项的含义

选　　项	说　　明
依类型排序设备	按已安装设备的类型显示设备，例如，监视器或鼠标。连接名在类型下方列出，这是默认的显示方式
依连接排序设备	按照计算机中设备的连接方式来显示设备。每个设备都列在该设备所连硬件的下面。例如，如果列出小型计算机系统接口（SCSI）卡，那么连接到 SCSI 卡的设备将被列在其下方
依类型排序资源	按照使用这些资源的设备类型来显示所有已分配资源的状态。这些资源是：直接内存访问（DMA）信道、输入/输出端口（I/O 端口）、中断请求（IRQ）和内存地址
依连接排序资源	按照连接类型显示所有已分配资源的状态。这些资源是：DMA 信道、I/O 端口、RQ 和内存地址

7.4.3 查看设备状态

通过设备管理器，可以查看设备状态，其操作步骤如下：

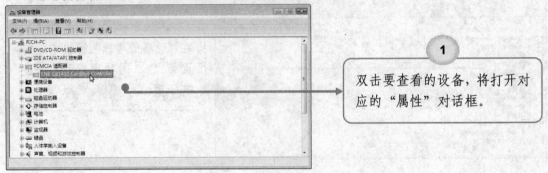

1

双击要查看的设备，将打开对应的"属性"对话框。

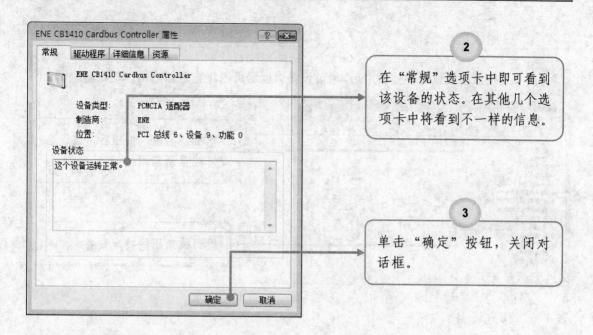

在"常规"选项卡中即可看到该设备的状态。在其他几个选项卡中将看到不一样的信息。

单击"确定"按钮，关闭对话框。

7.4.4　禁用设备

通过设备管理器，可以禁用某些设备，其操作步骤如下：

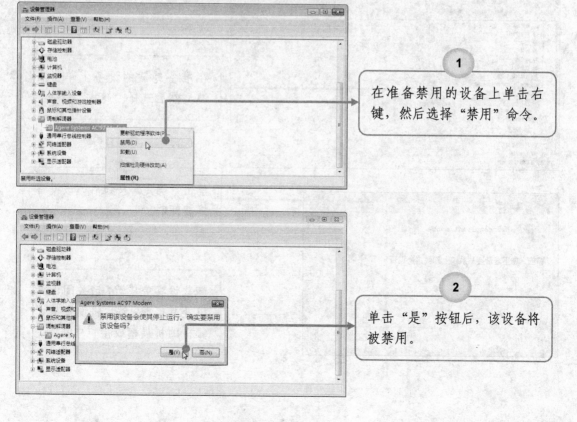

在准备禁用的设备上单击右键，然后选择"禁用"命令。

单击"是"按钮后，该设备将被禁用。

7.4.5 启用设备

由于某些原因导致设备被禁用后,通过设备管理器可以将它重新启用,其操作步骤如下:

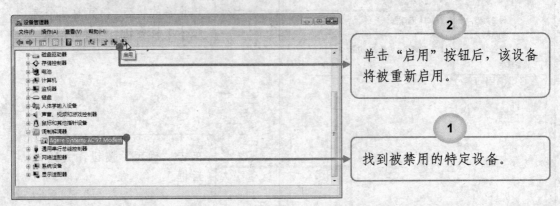

2 单击"启用"按钮后,该设备将被重新启用。

1 找到被禁用的特定设备。

7.4.6 卸载设备

通过设备管理器,可以将某个不需要的设备从系统中卸载掉,其操作步骤如下:

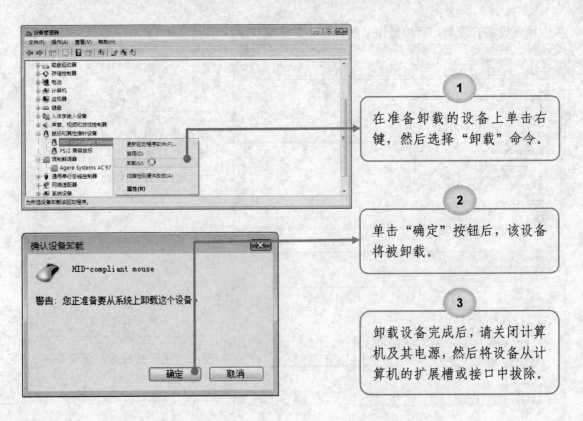

1 在准备卸载的设备上单击右键,然后选择"卸载"命令。

2 单击"确定"按钮后,该设备将被卸载。

3 卸载设备完成后,请关闭计算机及其电源,然后将设备从计算机的扩展槽或接口中拔除。

第8章 使用 Word 2007 编辑文档

Word 2007 是 Microsoft（微软）公司出品的 Office 系列办公软件中的一个组件，它具有操作简单、易学易懂等特点，是目前应用最广泛的文字处理软件之一。

8.1 启动与退出 Word

只要计算机中安装了 Word 软件，那么启动它就是一件非常简单的事。

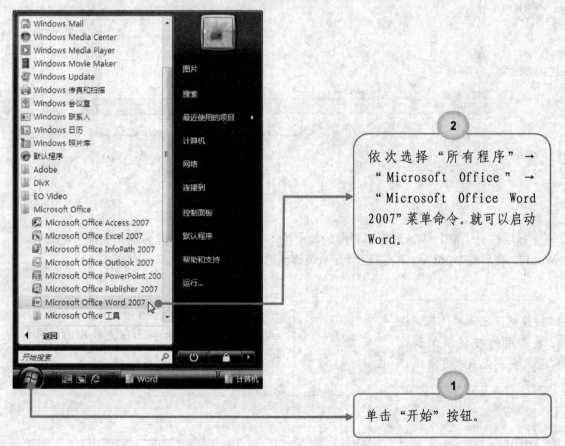

2 依次选择"所有程序"→"Microsoft Office"→"Microsoft Office Word 2007"菜单命令。就可以启动 Word。

1 单击"开始"按钮。

8.2 Word 的工作界面

启动 Word 后，如果只是启动该应用程序而未打开任何 Word 文件，系统将自动创建一个名为"文档1"的空白文档。Word的工作界面包括标题栏、工具栏、编辑区、滚动条、标尺和状态栏等部分，如下图所示。

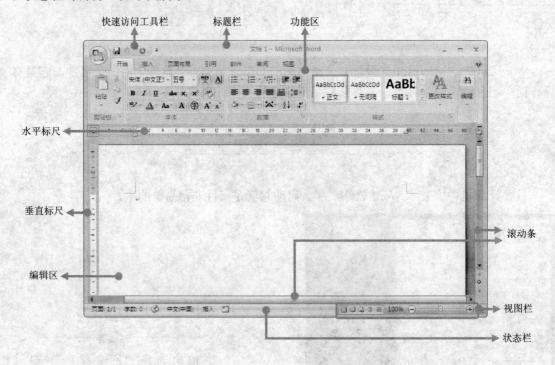

8.2.1 标题栏

标题栏位于整个 Word 窗口界面的最上面，标题栏写有窗口的名称"文档 1-Microsoft Word"。在启动 Word 后，"文档 1"是系统给出的默认文档名称。

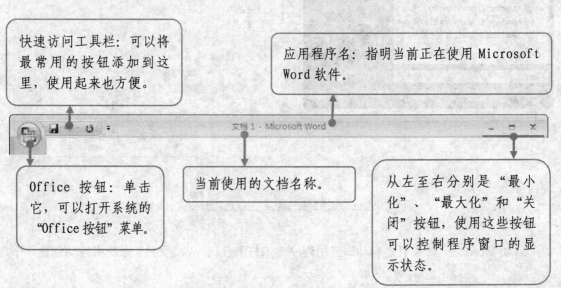

窗口被最大化之后，"最大化"按钮变为"还原"按钮。再单击"还原"按钮，即可将窗口大小还原。

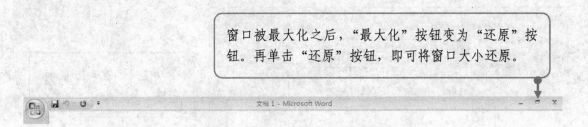

8.2.2　功能区

为了提高工作效率，Word 将所有常用的命令进行了分类，并将功能相近的按钮集中在一起形成选项卡，所有选项卡组合到一起便是功能区。如果要执行某个命令，只需单击相应的按钮即可。

默认状态下，在功能区显示的是"开始"选项卡。

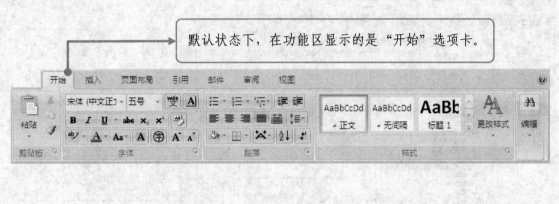

单击一个标签，即切换到对应的选项卡。
若双击标签，则会将功能区最小化。

提示

只要将鼠标指针在某个按钮上稍停片刻，便可以知道该按钮的功能。

如果我们要往快速访问工具栏中添加按钮，可以按以下步骤进行设置：

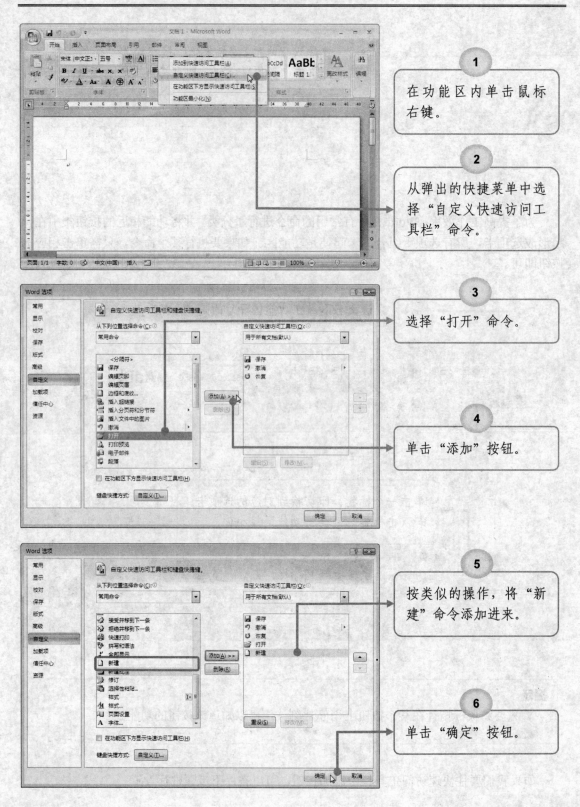

1 在功能区内单击鼠标右键。

2 从弹出的快捷菜单中选择"自定义快速访问工具栏"命令。

3 选择"打开"命令。

4 单击"添加"按钮。

5 按类似的操作，将"新建"命令添加进来。

6 单击"确定"按钮。

8.2.3 标尺

标尺分为水平标尺和垂直标尺，用来设置或查看页面边界和栏宽、段落缩进、制表位等信息。单击垂直滚动条顶部的 ▣（标尺）按钮，可以显示或隐藏标尺。

要设置标尺的单位，其操作步骤如下：

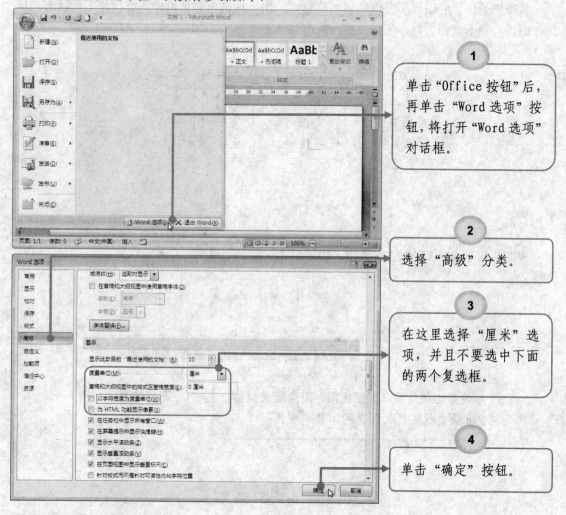

1 单击"Office 按钮"后，再单击"Word 选项"按钮，将打开"Word 选项"对话框。

2 选择"高级"分类。

3 在这里选择"厘米"选项，并且不要选中下面的两个复选框。

4 单击"确定"按钮。

8.2.4 编辑区

编辑区即文档的编辑区域，它就像一张空白的纸。用户可以在编辑区内输入文本、数字、日期等数据，并对其进行格式化等操作，还可以插入图片、表格及其他对象。

8.2.5 滚动条

滚动条分为垂直滚动条和水平滚动条（右侧的称为垂直滚动条，下侧的称为水平滚动条），它由滚动框、浏览滑块和几个滚动箭头组成。用户用鼠标指针拖拉滚动条的浏览滑块或者单击滚动箭头，可以在文档内容中上下或左右滚动。

8.2.7 状态栏

状态栏是位于应用程序窗口底部的信息栏，用于提供当前窗口操作进程和工作状态的信息。例如，显示文档页数、字数及插入或改写状态等。

8.2.8 视图栏

视图栏位于 Word 界面的右下角，用于快速切换显示视图。

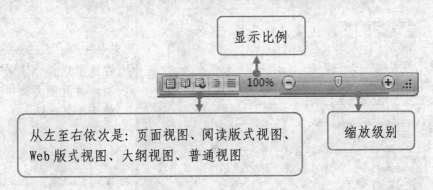

8.3 输入和编辑内容

在文档中有一个不断闪烁的竖线，这就是插入点，它表示键入文本时的起始位置。随着文本的不断输入，插入点会自动往右移动。可以使用键盘上的箭头来移动插入点，也可以通过在文档内单击鼠标来快速移动和定位插入点。定位插入点后，即可进行各种编辑操作。

8.3.1 输入文本和数字

操作步骤如下：

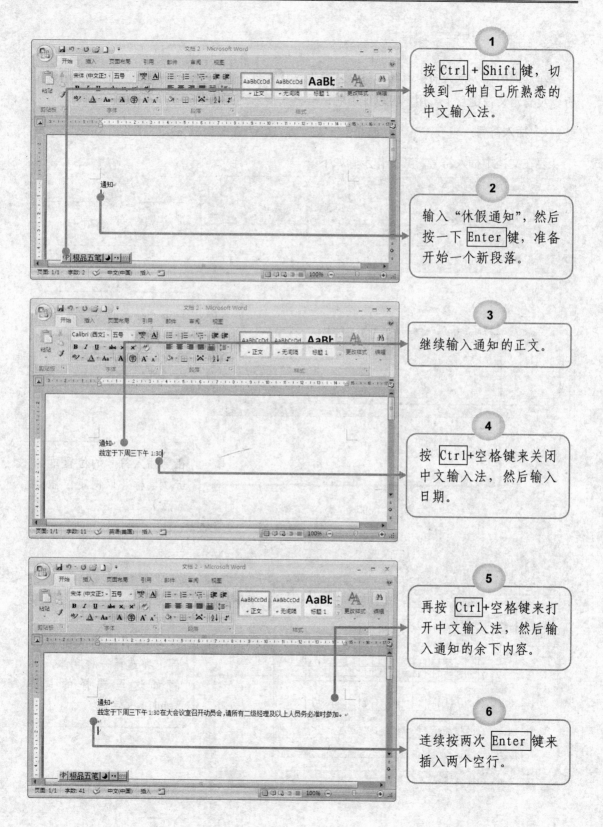

1　按 Ctrl + Shift 键，切换到一种自己所熟悉的中文输入法。

2　输入"休假通知"，然后按一下 Enter 键，准备开始一个新段落。

3　继续输入通知的正文。

4　按 Ctrl+空格键来关闭中文输入法，然后输入日期。

5　再按 Ctrl+空格键来打开中文输入法，然后输入通知的余下内容。

6　连续按两次 Enter 键来插入两个空行。

8.3.2 输入特殊符号和日期

在文档中输入文本时，有些符号是不能直接从键盘上输入的，由于它们平时很少用到，所以没有定义在键盘上，用户可以使用对话框将其插入到文档中。

1. 插入符号

要在文档中插入符号，其操作步骤如下：

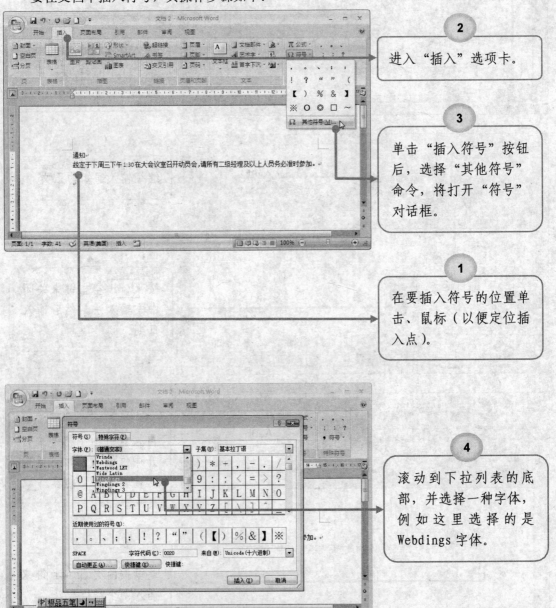

2 进入"插入"选项卡。

3 单击"插入符号"按钮后，选择"其他符号"命令，将打开"符号"对话框。

1 在要插入符号的位置单击、鼠标（以便定位插入点）。

4 滚动到下拉列表的底部，并选择一种字体，例如这里选择的是Webdings字体。

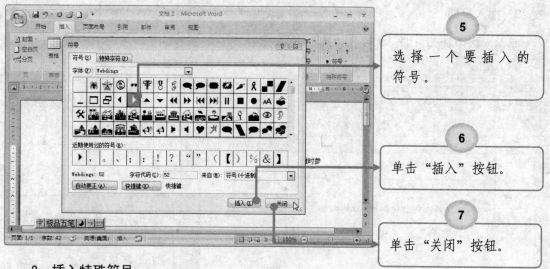

5 选择一个要插入的符号。

6 单击"插入"按钮。

7 单击"关闭"按钮。

2．插入特殊符号

Word 还提供了插入特殊符号的功能，利用该功能用户可以非常方便地将"单位符号"、"数字序号"等一些特殊符号插入到文档中，其操作步骤如下：

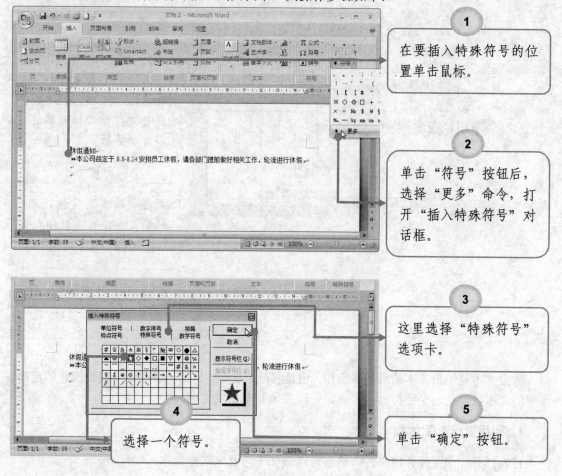

1 在要插入特殊符号的位置单击鼠标。

2 单击"符号"按钮后，选择"更多"命令，打开"插入特殊符号"对话框。

3 这里选择"特殊符号"选项卡。

4 选择一个符号。

5 单击"确定"按钮。

3．插入日期

要在文档中插入日期，其操作步骤如下：

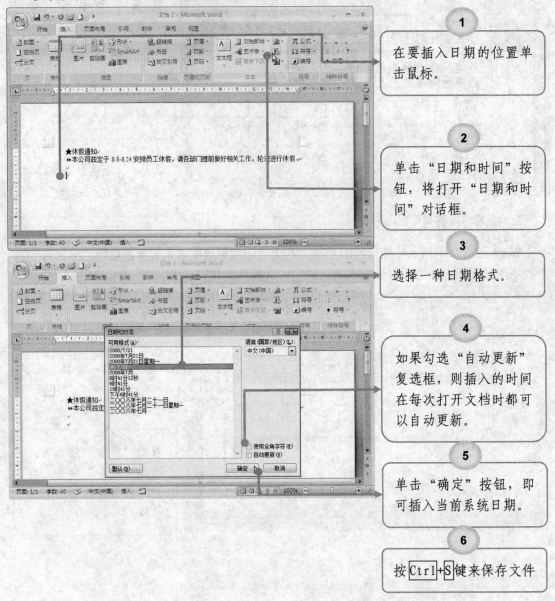

1 在要插入日期的位置单击鼠标。

2 单击"日期和时间"按钮，将打开"日期和时间"对话框。

3 选择一种日期格式。

4 如果勾选"自动更新"复选框，则插入的时间在每次打开文档时都可以自动更新。

5 单击"确定"按钮，即可插入当前系统日期。

6 按 Ctrl + S 键来保存文件

8.3.3　选择文本

选定文本是编辑文本的最基本操作，也是移动、复制、剪切、格式化等编辑操作的前提。选中的文本可以是一个字符、一个词、一段文本甚至整篇文档。

1．利用鼠标选择文本

首先打开一个要操作的文件，然后可以按如下方法来选择文本：

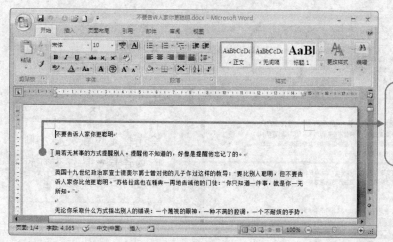

1

把"I"型的鼠标指针指向要选定的文本的开始位置。

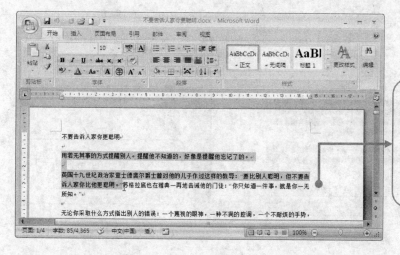

2

按住左键并拖过要选定的文本，当拖动到选定文本的末尾时，松开鼠标左键，选定的文本呈反白显示。

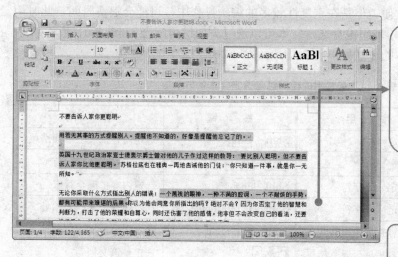

3

选定了一块文本之后，在按下 Ctrl 键的同时拖动鼠标来选择其他的文本，可以将不连续的多块文本选定。

4

在文档中单击鼠标，可以取消选定。

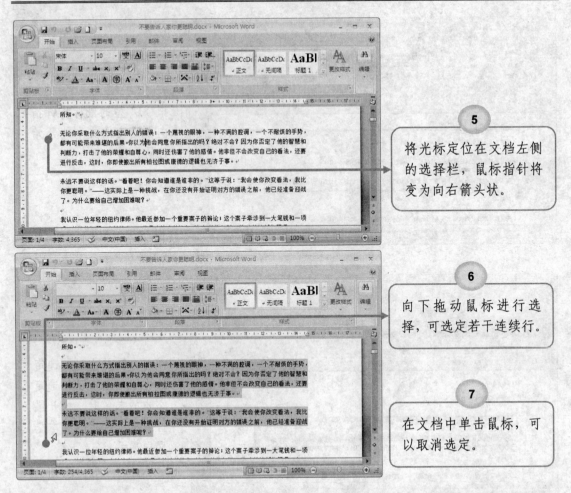

5 将光标定位在文档左侧的选择栏，鼠标指针将变为向右箭头状。

6 向下拖动鼠标进行选择，可选定若干连续行。

7 在文档中单击鼠标，可以取消选定。

2．利用键盘选择文本

用鼠标选定文本固然方便，但是在重复性较多的编辑操作中，可能会浪费时间，此时用户可以使用键盘来选定文本。使用键盘选定文本可以通过方向键再配合 Shift、Ctrl 键来实现，最常用的使用键盘选定文本的方法如下表 8-1 所示。

表 8-1　最常用的使用键盘选定文本的方法

按　键	作　用	按　键	作　用
Shift+ ↑	向上选定一行	Shift + Ctrl + →	选定内容扩展至单词结尾
Shift+ ↓	向下选定一行	Shift +Home	选定内容扩展至行首
Shift+ ←	向左选定一个字符	Shift +End	选定内容扩展至行末
Shift+ →	向右选定一个字符	Shift + Ctrl+Home	选定内容至文档开始处
Shift + Ctrl + ↑	选定内容扩展至段落开头	Shift + Ctrl+End	选定内容至文档结尾处
Shift + Ctrl + ↓	选定内容扩展至段落结尾	Ctrl+A	选定整篇文档
Shift + Ctrl + ←	选定内容扩展至单词开头		

8.3.4 修改文本

使用键盘上的 ↑、↓、←、→ 四个方向键，可在文档中移动插入点的位置。在文档中移动鼠标指针，然后单击鼠标，可以快速移动和定位插入点。

在编辑过程中，难免会出现输入错误，用户可以通过如下操作来删除错误的输入：

❖ 按 Backspace 键将删除插入点之前的字符。

❖ 按 Delete 键将删除插入点之后的字符。

❖ 如果要删除一句话、一行或一段、多行或多段，首先应选中要删除的文本，然后按 Delete 键或 Backspace 键。

在 Word 中，按键盘上的 Insert 键或单击状态栏中的"插入"（或"改写"）标记，即可实现改写或插入状态之间的切换。此外，如果首先选中要改写的文本，则输入新文本后原有内容将自动被替换。

8.3.5 移动与复制文本

文本的移动、复制和粘贴是编辑工作中最常用的编辑操作。例如，对于重复出现的文本，可以利用复制和粘贴功能来完成文本的输入工作。

操作步骤如下：

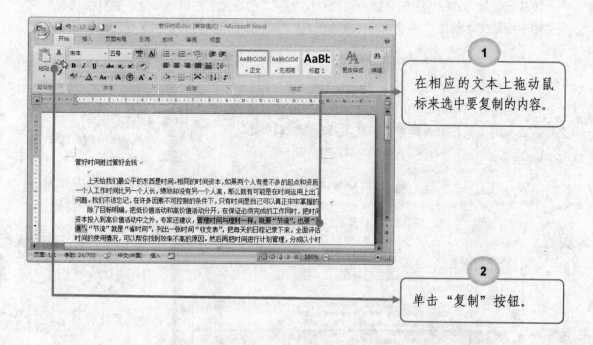

1 在相应的文本上拖动鼠标来选中要复制的内容。

2 单击"复制"按钮。

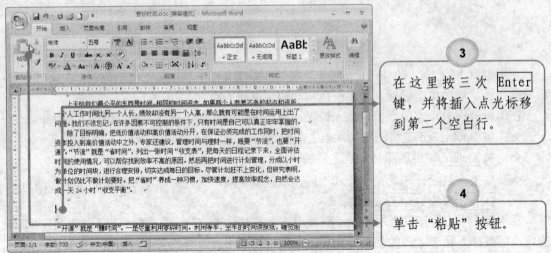

在这里按三次 Enter 键，并将插入点光标移到第二个空白行。

单击"粘贴"按钮。

移动文本与复制文本的操作步骤基本相同，如果要移动文本，只需将步骤 2 中的"复制"按钮变成"剪切"按钮即可。

8.4　设置字符与段落格式

在默认情况下，在新建的文档中输入文本时，文字以正文文本的格式输入，即宋体五号字。通过设置字符格式可以使文字的效果更加突出。

段落就是以 Enter（回车）键结束的一段文字，它是独立的信息单位。字符格式表示的是文档中局部文本的格式化效果，而段落格式的设置则将帮助用户布局文档的整体外观。

8.4.1　用工具栏设置字符格式

在 Word 文档中可以使用的字体，取决于打印机所提供的字体和计算机内所安装的字体文件。要利用工具栏来设置字符格式，其操作步骤如下。

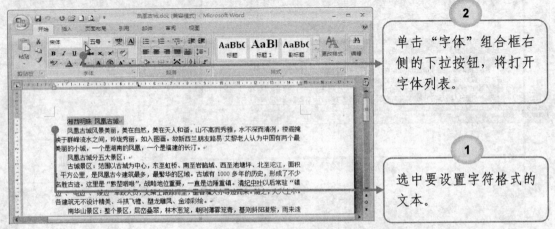

单击"字体"组合框右侧的下拉按钮，将打开字体列表。

选中要设置字符格式的文本。

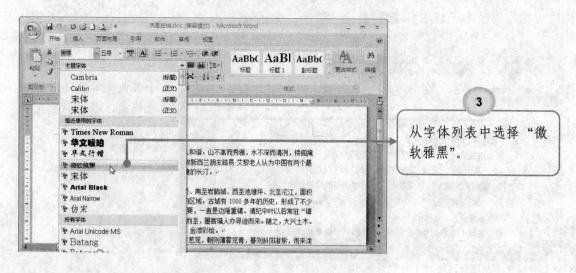

3 从字体列表中选择"微软雅黑"。

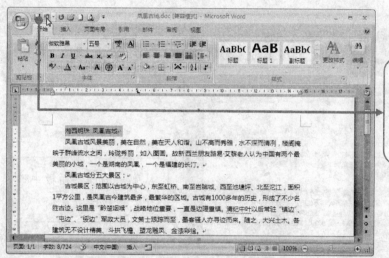

4 由于其他文本也应用了字体格式，但这不是我们想要的，所以单击一次"撤销"按钮。

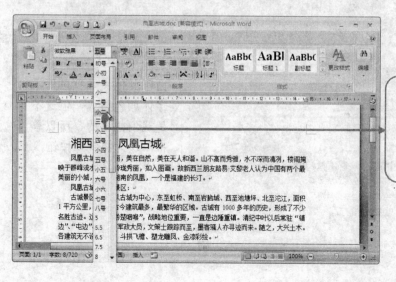

5 单击"字号"组合框右侧的下拉按钮，打开字号列表后，从中选择"小二号"。

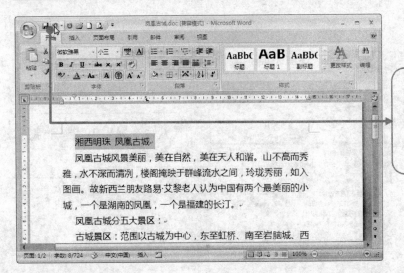

6 由于其他文本也应用了字号格式，但这不是我们想要的，所以单击一次"撤销"按钮。

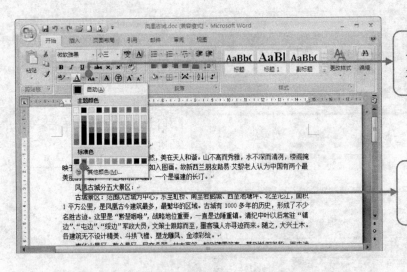

7 单击"字体颜色"按钮右侧的下拉按钮。

8 从弹出的颜色面板中选择一种颜色。

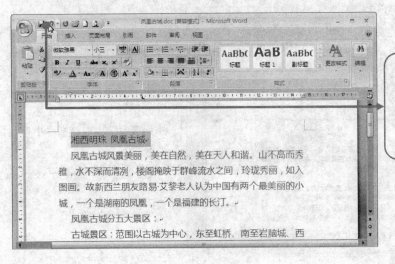

9 由于其他文本也应用了字体颜色格式，但这不是我们想要的，所以单击一次"撤销"按钮。

8.4.2 用"字体"对话框设置字符格式

如果要设置比较复杂的字符格式，可以在"字体"对话框中进行设置，操作步骤如下：

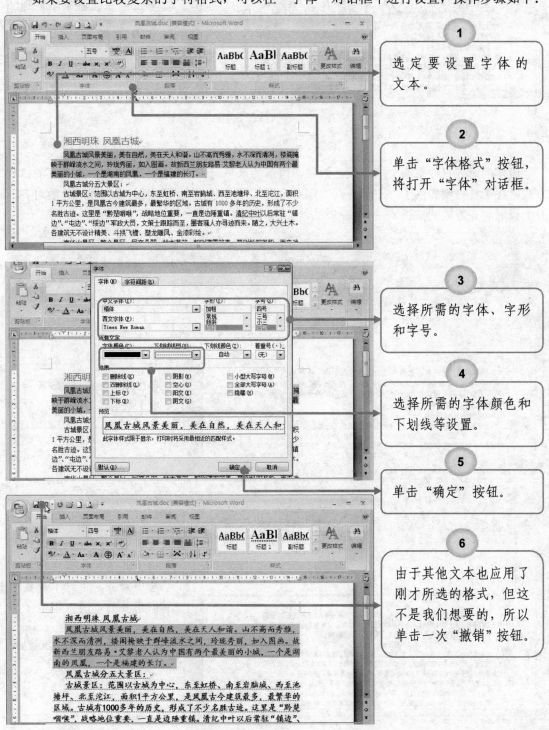

1 选定要设置字体的文本。

2 单击"字体格式"按钮，将打开"字体"对话框。

3 选择所需的字体、字形和字号。

4 选择所需的字体颜色和下划线等设置。

5 单击"确定"按钮。

6 由于其他文本也应用了刚才所选的格式，但这不是我们想要的，所以单击一次"撤销"按钮。

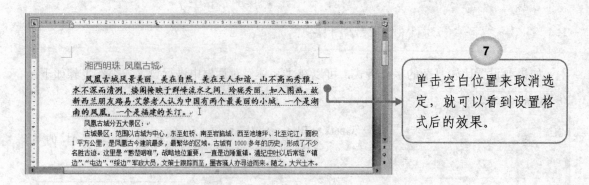

7 单击空白位置来取消选定，就可以看到设置格式后的效果。

8.4.3　设置段落对齐格式

段落的对齐直接影响文档的版面效果，段落的水平对齐方式控制了段落中文本行的排列方式，在工具栏中提供了"左对齐"、"居中对齐"、"右对齐"、"两端对齐"和"分散对齐"五个设置对齐方式的按钮。

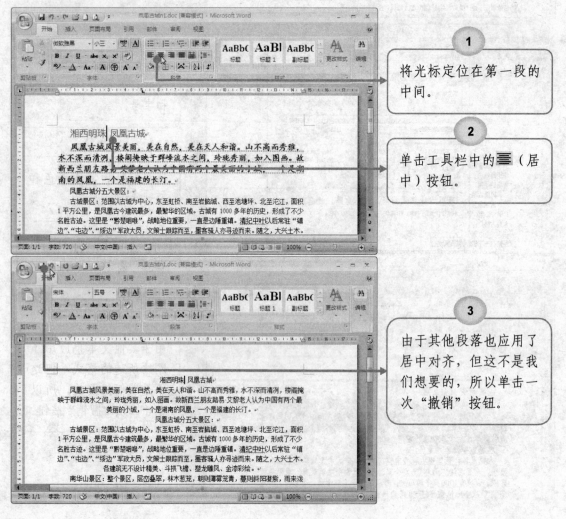

1 将光标定位在第一段的中间。

2 单击工具栏中的 ≡（居中）按钮。

3 由于其他段落也应用了居中对齐，但这不是我们想要的，所以单击一次"撤销"按钮。

下面简单介绍一下其他几个对齐方式按钮的作用：

❖　两端对齐：段落中除了最后一行文本外，其余行的文本的左右两端分别以文档的左右边界为基准向两端对齐。这种对齐方式是最常用的，也是系统默认的对齐方式。

❖　右对齐：文本在文档右边界被对齐，而左边界是不规则的，一般文章的落款多采用该对齐方式。

❖　分散对齐：段落的所有行的文本的左右两端分别沿文档的左右两边界对齐。

❖　左对齐：文本在文档左边界对齐，而右边界是不规则的。

8.4.4　设置段落缩进

段落缩进可以调整一个段落与页边距之间的距离。设置段落缩进可以将一个段落与其他段落分开，或显示出条理更加清晰的段落层次，以方便阅读。

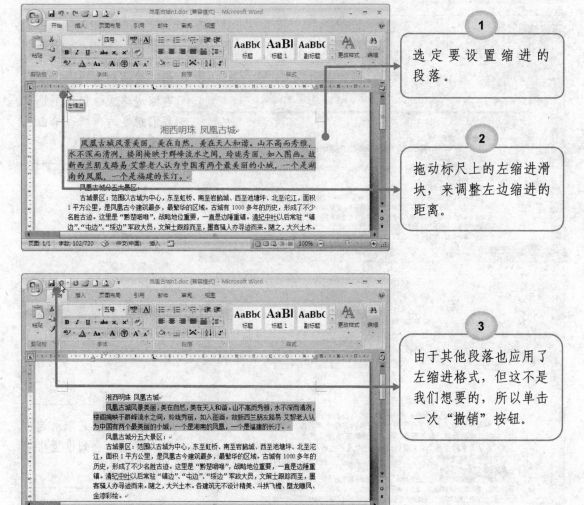

1　选定要设置缩进的段落。

2　拖动标尺上的左缩进滑块，来调整左边缩进的距离。

3　由于其他段落也应用了左缩进格式，但这不是我们想要的，所以单击一次"撤销"按钮。

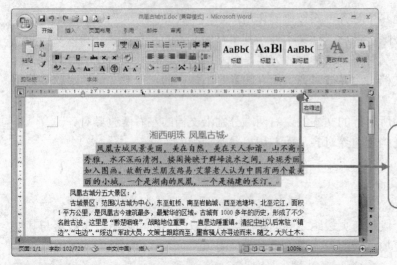

4 拖动标尺上的右缩进滑块，来调整右边缩进的距离。

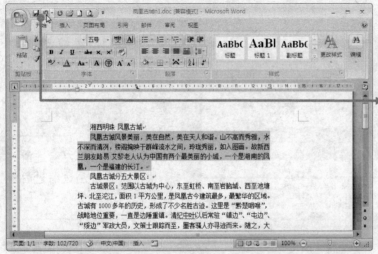

5 由于其他段落也应用了右缩进格式，但这不是我们想要的，所以单击一次"撤消"按钮。

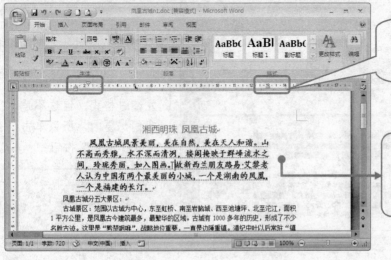

缩进滑块的位置也发生了相应的变化。

6 单击空白位置来取消选定，就可以看到设置格式后的效果。

　　用户还可以利用工具栏中的按钮快速设置段落的缩进。将鼠标定位在要设置段落缩进的段落中或选中该段落，在工具栏中单击 ▓（减少缩进量）按钮或 ▓（增加缩进量）按钮一次，选中段落的所有行都将减少或增加一个汉字的缩进量。

8.4.5　复制格式

　　对一个已经设置好格式的段落——我们称之为样本段落，Word 允许用户把样本段落的格式复制到其他段落（称之为目标段落）。操作步骤如下：

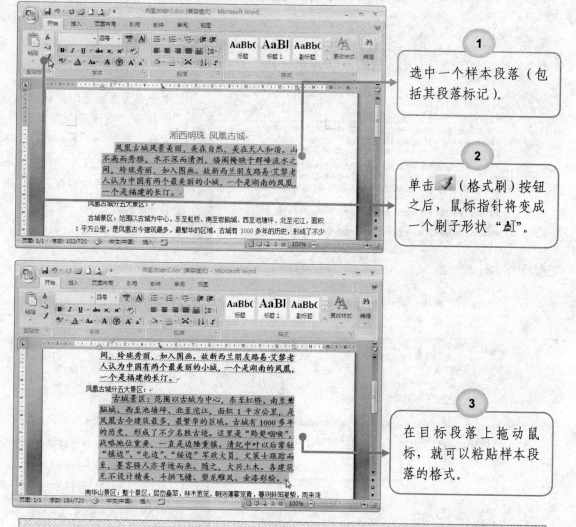

①　选中一个样本段落（包括其段落标记）。

②　单击 ▓（格式刷）按钮之后，鼠标指针将变成一个刷子形状"▓I"。

③　在目标段落上拖动鼠标，就可以粘贴样本段落的格式。

提示

　　如要将选中的样本格式复制到多个目标位置，可以把步骤 2 中的单击"格式刷"按钮换成双击"格式刷"按钮，再重复步骤 3 的操作即可。再次单击"格式刷"按钮可结束复制操作。

8.5　设置页面格式

页面设置包括对纸张大小、页边距、字符数、行数、纸张来源和版面等设置，这些设置是打印文档之前必须要做的准备工作。用户可以使用 Word 默认的页面设置，也可以根据需要重新设置或随时修改这些选项。

Word 提供了多种预定义的纸张，系统默认的是 A4 纸。用户可以根据需要选择纸张大小并设置适当的页边距，操作步骤如下：

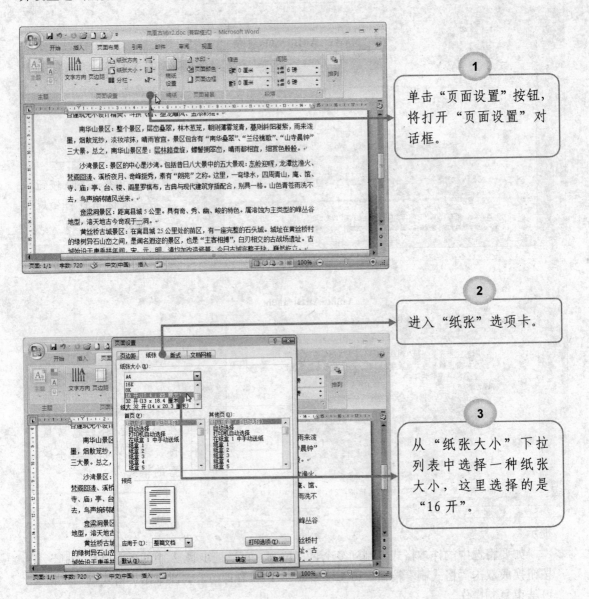

1 单击"页面设置"按钮，将打开"页面设置"对话框。

2 进入"纸张"选项卡。

3 从"纸张大小"下拉列表中选择一种纸张大小，这里选择的是"16 开"。

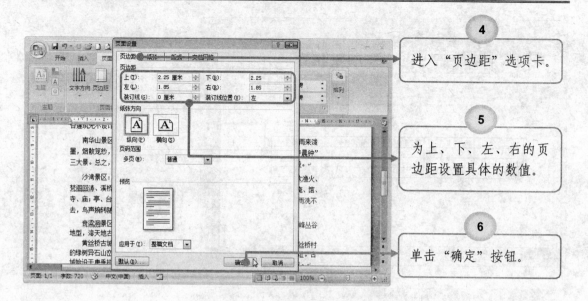

4　进入"页边距"选项卡。

5　为上、下、左、右的页边距设置具体的数值。

6　单击"确定"按钮。

8.6　使用表格

表格由水平的行和垂直的列组成，行与列交叉形成的方框称为单元格，下面就是一个典型的 Word 表格。

各地季度价格汇总表			
	第一季度	第二季度	第三季度	第四季度
广州	4500	5000	5500	6000
上海	5300	5900	6500	7200
北京	5500	6200	6900	7500

下面来看看如何创建上图中的表格，其操作步骤如下：

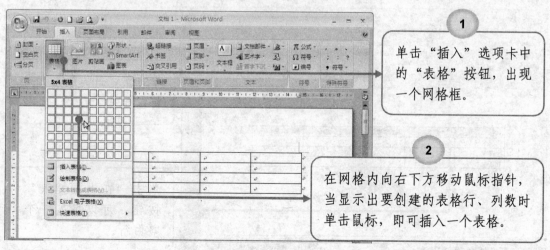

1　单击"插入"选项卡中的"表格"按钮，出现一个网格框。

2　在网格内向右下方移动鼠标指针，当显示出要创建的表格行、列数时单击鼠标，即可插入一个表格。

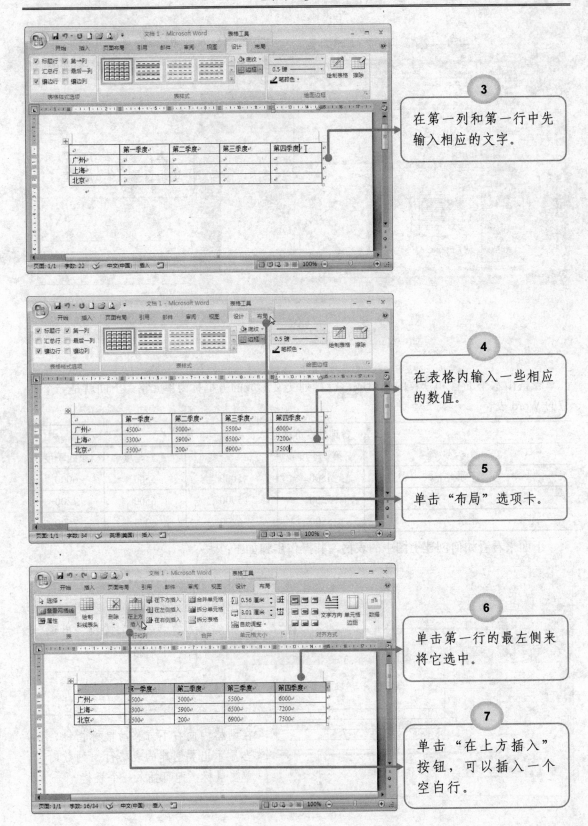

3 在第一列和第一行中先输入相应的文字。

4 在表格内输入一些相应的数值。

5 单击"布局"选项卡。

6 单击第一行的最左侧来将它选中。

7 单击"在上方插入"按钮,可以插入一个空白行。

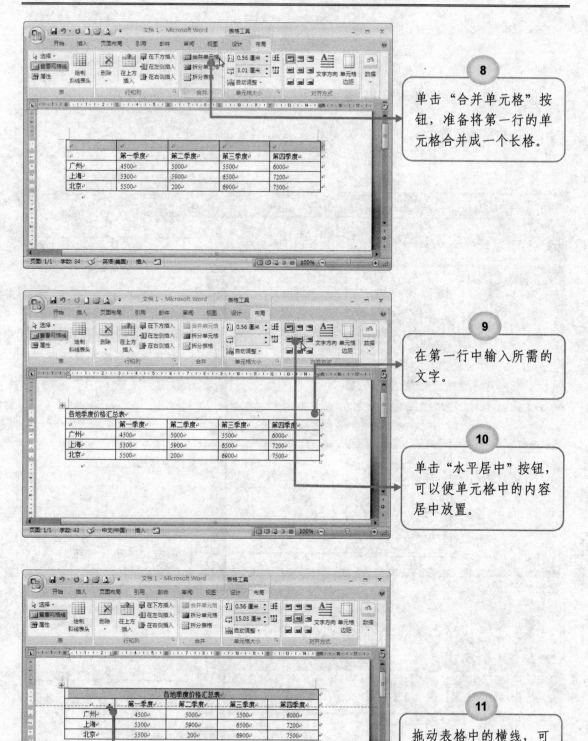

8

单击"合并单元格"按钮，准备将第一行的单元格合并成一个长格。

9

在第一行中输入所需的文字。

10

单击"水平居中"按钮，可以使单元格中的内容居中放置。

11

拖动表格中的横线，可以调整行的高度。

8.7 插入对象

在 Word 中，只需简单的操作，就可以插入图形、图片和艺术字等对象。

8.7.1 插入智能图形

操作步骤如下：

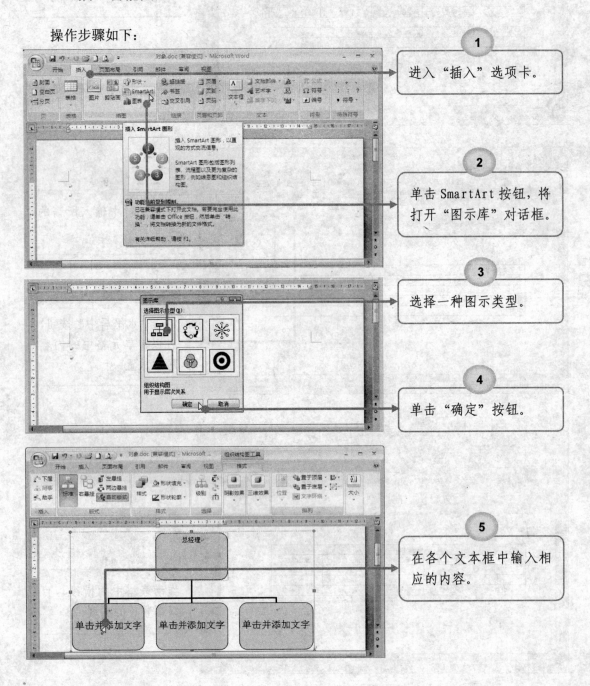

1 进入"插入"选项卡。

2 单击 SmartArt 按钮，将打开"图示库"对话框。

3 选择一种图示类型。

4 单击"确定"按钮。

5 在各个文本框中输入相应的内容。

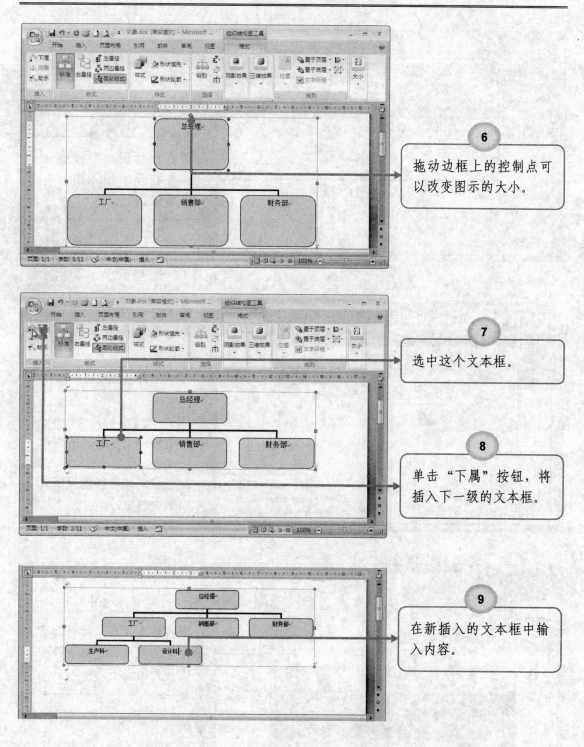

6　拖动边框上的控制点可以改变图示的大小。

7　选中这个文本框。

8　单击"下属"按钮，将插入下一级的文本框。

9　在新插入的文本框中输入内容。

8.7.2　插入图片

要插入一个"来自文件"的图片，其操作步骤如下：

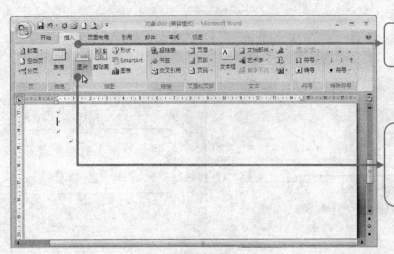

1 进入"插入"选项卡。

2 单击"图片"按钮，将打开"插入图片"对话框。

3 切换到图片所在的文件夹。

4 选择一个要插入的图片文件，然后单击"插入"按钮，即可将图片插入到文档中。

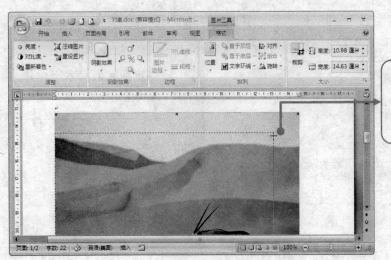

5 选中图片后，拖动边框上的控制点，可以改变图片的大小。

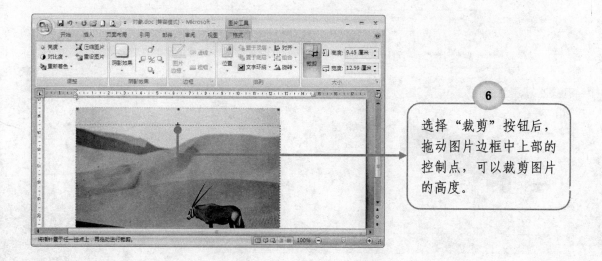

6

选择"裁剪"按钮后，拖动图片边框中上部的控制点，可以裁剪图片的高度。

8.7.3　插入艺术字

使用 Word 提供的艺术字工具，可以创建出各种文字的艺术效果，甚至可以把文本扭曲成各种各样的形状或设置为具有三维轮廓的形式。

要在文档中插入艺术字，其操作步骤如下：

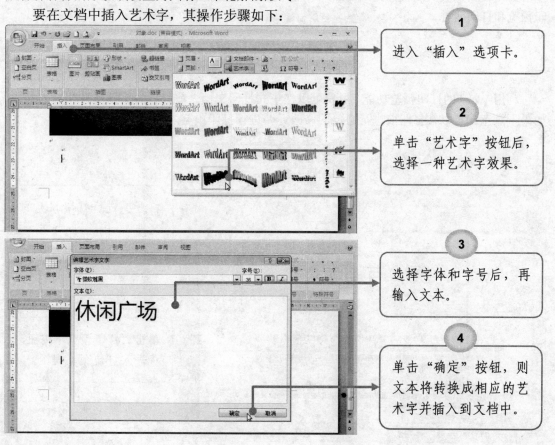

1

进入"插入"选项卡。

2

单击"艺术字"按钮后，选择一种艺术字效果。

3

选择字体和字号后，再输入文本。

4

单击"确定"按钮，则文本将转换成相应的艺术字并插入到文档中。

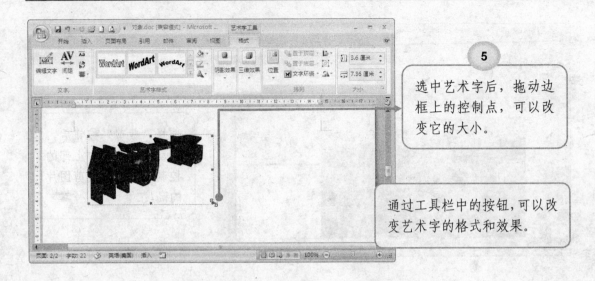

5

选中艺术字后，拖动边框上的控制点，可以改变它的大小。

通过工具栏中的按钮，可以改变艺术字的格式和效果。

8.8　打　印　文　档

文档编辑以及页面设置完成之后，可以对其进行打印输出。打印文档的常用操作包括打印预览和打印两种。

8.8.1　打印预览

利用 Word 的打印预览功能，用户可以在正式打印文档之前就看到文档被打印后的效果，如果不满意，可以在打印前进行必要的修改。要进行打印预览，其操作步骤如下：

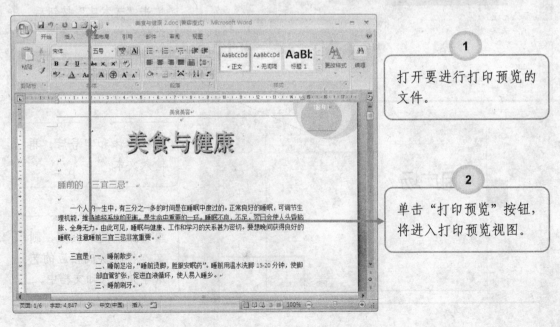

1

打开要进行打印预览的文件。

2

单击"打印预览"按钮，将进入打印预览视图。

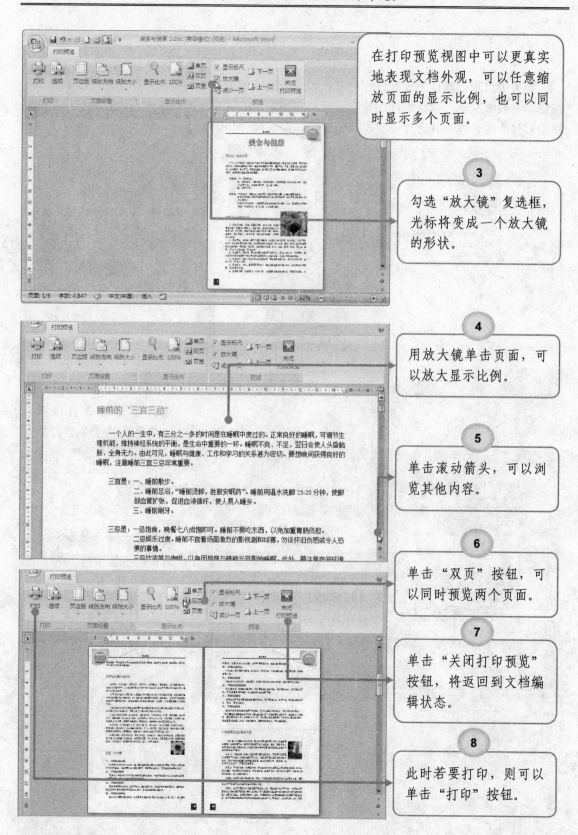

在打印预览视图中可以更真实地表现文档外观，可以任意缩放页面的显示比例，也可以同时显示多个页面。

3 勾选"放大镜"复选框，光标将变成一个放大镜的形状。

4 用放大镜单击页面，可以放大显示比例。

5 单击滚动箭头，可以浏览其他内容。

6 单击"双页"按钮，可以同时预览两个页面。

7 单击"关闭打印预览"按钮，将返回到文档编辑状态。

8 此时若要打印，则可以单击"打印"按钮。

211

8.8.2 开始打印

如果用户想以默认的设置进行快速打印，可直接单击快速访问工具栏中的"快速打印"按钮。一般情况下，默认的打印设置不能够满足用户的要求，此时用户可以在"打印"对话框中对打印的具体方式进行设置。要进行打印，其操作步骤如下：

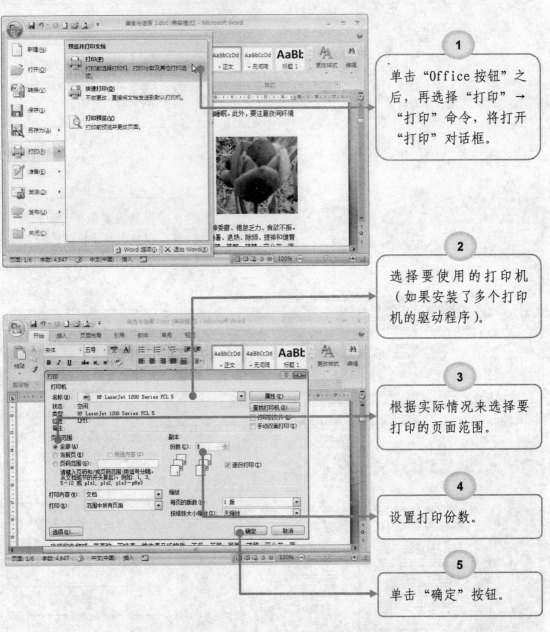

1 单击"Office 按钮"之后，再选择"打印"→"打印"命令，将打开"打印"对话框。

2 选择要使用的打印机（如果安装了多个打印机的驱动程序）。

3 根据实际情况来选择要打印的页面范围。

4 设置打印份数。

5 单击"确定"按钮。

第 9 章 创建与编辑 Excel 工作表

Excel 是 Microsoft（微软）公司出品的 Office 系列办公软件中的一个组件，它具有操作简单、易学易懂等特点，是目前应用最广泛的电子表格软件之一。

运用 Excel 可以制作成绩单、课程表、值日表、通信录、销售报表、库存报表、统计报表、财务报表等各种复杂的表格，完成繁琐的数值计算，得到各种数据统计图表以及打印出各种报表和统计图。

9.1　启 动 Excel

只要计算机中安装了 Excel，那么启动它就是一件非常简单的事。最常用的方法就是通过"开始"菜单来启动 Excel。其操作步骤如下。

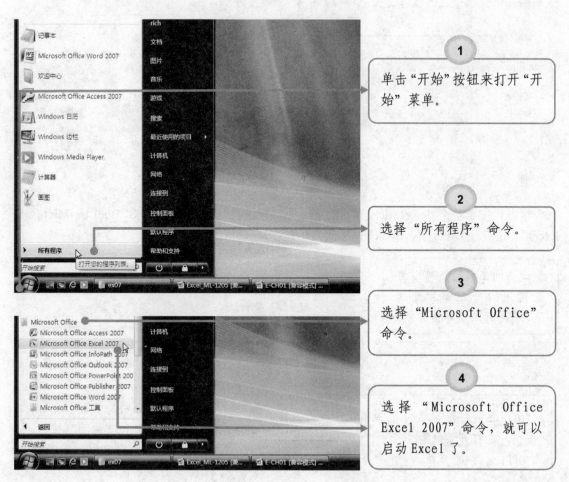

1 单击"开始"按钮来打开"开始"菜单。

2 选择"所有程序"命令。

3 选择"Microsoft Office"命令。

4 选择"Microsoft Office Excel 2007"命令，就可以启动 Excel 了。

9.2 Excel 界面介绍

启动 Excel 后，如果只是启动该应用程序而未打开任何 Excel 文件，系统将自动建立一个名为 Book1 的空白工作簿。在一个标准的 Excel 操作窗口中，包括快速访问工具栏、标题栏、功能区（由包含工具按钮的选项卡构成）、名称框、编辑栏、行标题栏、列标题栏、工作表区、工作表标签栏、状态栏和视图栏等组成部分，如下图所示。

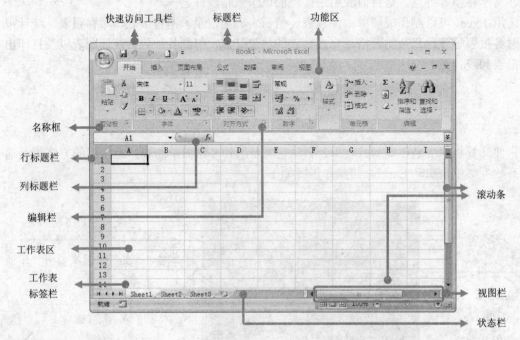

9.2.1 标题栏

标题栏位于整个 Excel 窗口界面的最上面，标题栏写有窗口的名称"Book1 - Microsoft Excel"。在启动 Excel 后，Book1 是系统给出的默认工作簿名称。

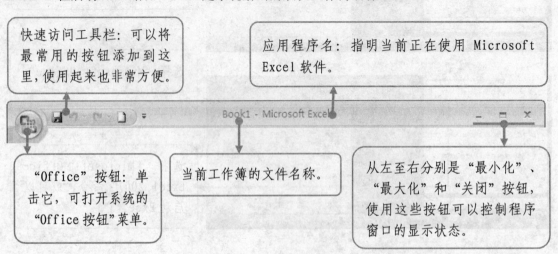

快速访问工具栏：可以将最常用的按钮添加到这里，使用起来也非常方便。

应用程序名：指明当前正在使用 Microsoft Excel 软件。

"Office"按钮：单击它，可打开系统的"Office 按钮"菜单。

当前工作簿的文件名称。

从左至右分别是"最小化"、"最大化"和"关闭"按钮，使用这些按钮可以控制程序窗口的显示状态。

窗口被最大化之后，"最大化"按钮变为"还原"按钮。再单击"还原"按钮，即可将窗口大小还原。

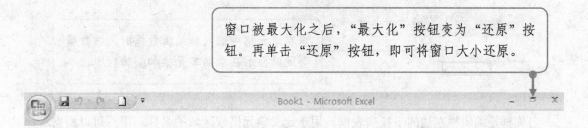

9.2.2 功能区

为了提高用户的工作效率，Excel 将所有常用的命令进行了分类，并将功能相近的按钮集中在一起形成选项卡，所有选项卡组合到一起便是功能区。如果要执行某个命令，只需单击相应的按钮即可。

默认状态下，在功能区显示的是"开始"选项卡。

单击一个选项卡，即可将其打开。若双击选项卡，则会将功能区最小化。

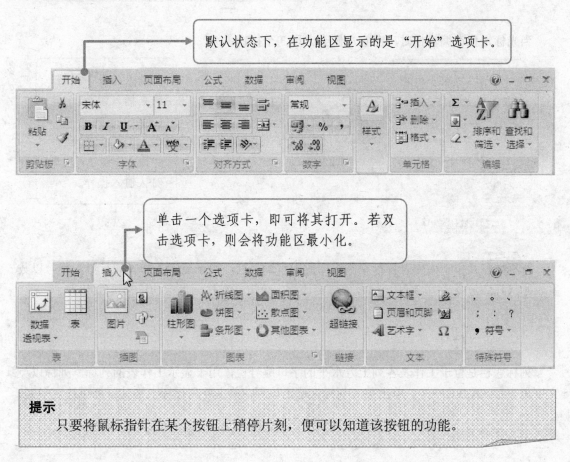

提示

只要将鼠标指针在某个按钮上稍停片刻，便可以知道该按钮的功能。

9.2.3 编辑栏和名称框

编辑栏位于功能区的下方，用于向单元格中插入函数、数据或显示活动单元格中的内容。

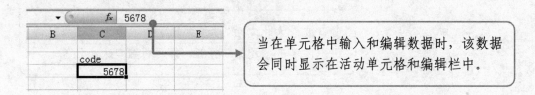

当在单元格中输入和编辑数据时，该数据会同时显示在活动单元格和编辑栏中。

名称框是编辑栏左边的下拉列表框，用于定义单元格或区域的名称，用户可以根据名称来查找单元格或区域。

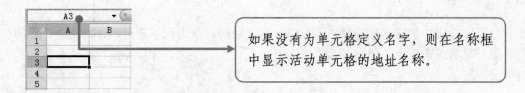

如果没有为单元格定义名字，则在名称框中显示活动单元格的地址名称。

当光标定位在编辑栏时，在它左侧会出现3个按钮：

"取消"按钮：用来取消输入操作。

"插入函数"按钮：用来插入函数。

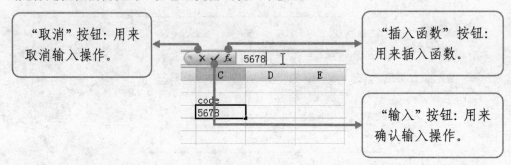

"输入"按钮：用来确认输入操作。

9.2.4 行标题栏

行标题栏是位于工作表各行左侧纵向的数字编号栏，用于显示工作表的行号。行号以数字表示（1,2,3,…）。单击某一行号可选定该行，单击并在行标上拖动鼠标可选定多行。

9.2.5 列标题栏

列标题栏是位于工作表各列上方水平的字母编号栏，用于显示工作表的列标。列标以英文字母表示（A,B,C,…）。单击某一列标可选定该列，单击并在行标上拖动鼠标可选定多列。

9.2.6 工作表区

工作表区即工作表的编辑区域，由一个个单元格组成。一行和一列相交的地方就是一个单元格，单元格的地址由相应的行号和列号标识。例如第8行和第3列相交的单元格的地址就是C8。工作表中只有一个单元格是被激活的，被激活的单元格带黑框，此单元格称为活动单元格，如下图所示。

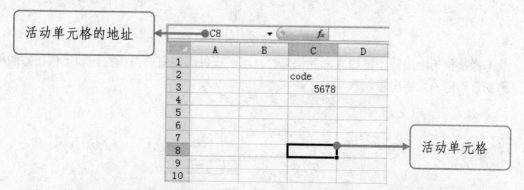

用户可以在单元格中输入数字、文本、日期和公式等数据，并对其进行格式化等操作。Excel 2007 支持每个工作表中最多有 1,048,576 行乘以 16,384 列。

9.2.7　工作表标签栏

工作表标签栏位于工作区的左下端，由工作表标签组成，用于显示当前工作簿中各个工作表标签名。单击某一标签，即可切换到该标签所对应的工作表，被激活的工作表标签以白色显示，而未被激活的则以灰色显示。

标签左侧的滚动条按钮用于管理标签。只有当工作表较多时，它们才起作用。

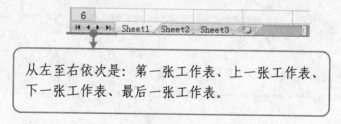

9.2.8　滚动条

滚动条位于工作表右侧和右下方，右侧的称为垂直滚动条，下侧的称为水平滚动条。当表格的高度或者宽度超过了 Excel 窗口大小的时候，使用滚动条可以显示其他的内容。

在水平滚动条右端和垂直滚动条的上端，各有一个细长的长方块——拆分框，拖动拆分框，可以拆分工作表窗口。

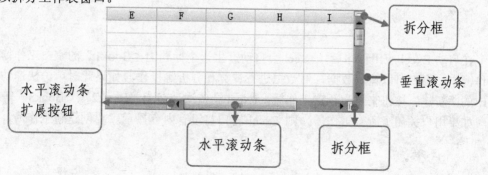

217

9.2.9 状态栏

状态栏是位于应用程序窗口底部的信息栏，用于提供当前窗口操作进程和工作状态的信息。例如，当向单元格中输入数据时，在状态栏的最左端会显示"输入"字样。

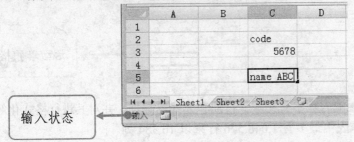

9.2.10 视图栏

视图栏位于 Excel 界面的右下角。

9.3 创建与保存工作簿

Excel 文档就是工作簿，它是 Excel 中的独立文件，主要用来存储和计算数据。一个工作簿可以包含一个或多个工作表，默认情况下，通常有 3 个工作表，即 Sheet1、Sheet2、Sheet3。

工作表就是工作簿中的分类文档，使用工作表的好处就是可以将数据分类存放，如果将工作簿比做账本的话，则工作表就是账本中的一张张账页。

9.3.1 创建默认的空白工作簿

在启动 Excel 应用程序后，Excel 会自动产生一个标题为"Book1"的空白工作簿，在该工作簿中，用户可以输入数据，对数据进行计算和分析等操作。如果此时单击快速访问工具栏中的"新建"按钮来再次新建工作簿，Excel 会依次命名为"Book2"、"Book3"等。

如果用户关闭了所有工作簿，则 Excel 窗口将没有内容显示。要创建新工作簿，操作步骤如下：

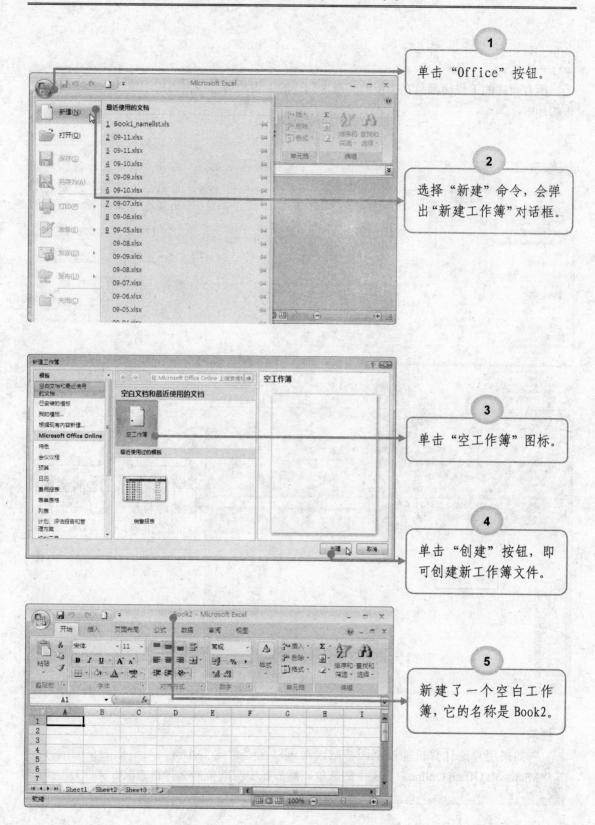

1 单击 "Office" 按钮。

2 选择 "新建" 命令，会弹出 "新建工作簿" 对话框。

3 单击 "空工作簿" 图标。

4 单击 "创建" 按钮，即可创建新工作簿文件。

5 新建了一个空白工作簿，它的名称是 Book2。

9.3.2 根据模板创建工作簿

所有新建的工作簿都是在模板的基础上创建的。用户可以根据模板创建工作簿，其操作步骤如下：

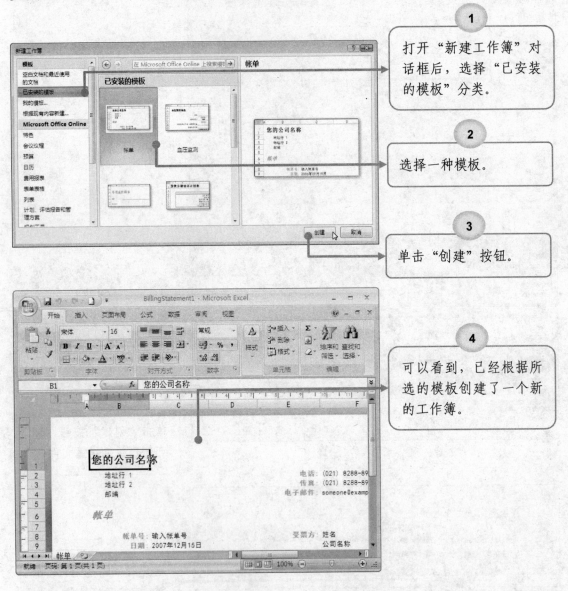

1 打开"新建工作簿"对话框后，选择"已安装的模板"分类。

2 选择一种模板。

3 单击"创建"按钮。

4 可以看到，已经根据所选的模板创建了一个新的工作簿。

提示

如果用户的计算机能连上因特网，则可以在"新建工作簿"对话框的左侧选择"Microsoft Office Online"分类下的选项，然后在中间的框内选择新的模板文件。

9.3.3　保存新建的工作簿

为了避免因为日常工作中出现的因断电、电脑死机等意外情况导致文件的丢失或损坏，要养成随时保存文件的习惯。

当保存一个未命名的工作簿时，因为是第一次保存，Excel 会自动弹出一个"另存为"对话框，默认保存工作簿的位置为"我的文档"文件夹，文件名为 Book1、Book2 等。但通常情况下，一般都是由用户对工作簿进行命名，并为其指定位置。其操作步骤如下。

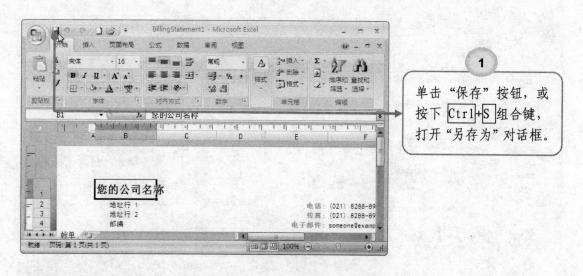

1 单击"保存"按钮，或按下 Ctrl+S 组合键，打开"另存为"对话框。

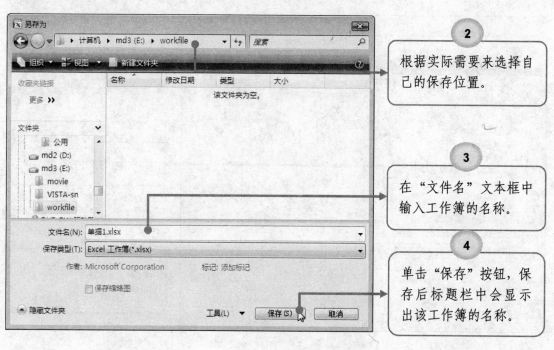

2 根据实际需要来选择自己的保存位置。

3 在"文件名"文本框中输入工作簿的名称。

4 单击"保存"按钮，保存后标题栏中会显示出该工作簿的名称。

9.3.4 保存已有的工作簿

如果要保存已有的正在编辑的工作簿，而且工作簿名称和保存位置不变，可直接单击快速访问工具栏中的"保存"按钮，或同时按下 Ctrl + S 组合键。

在"Office 按钮"菜单中还有一个"另存为"命令。对于不想破坏原工作簿，只是希望把修改后的工作簿做一个备份，或者不想改动当前的文件，而要把所做的修改保存在另外文件中的情况，就要应用到"另存为"命令了。其操作步骤如下。

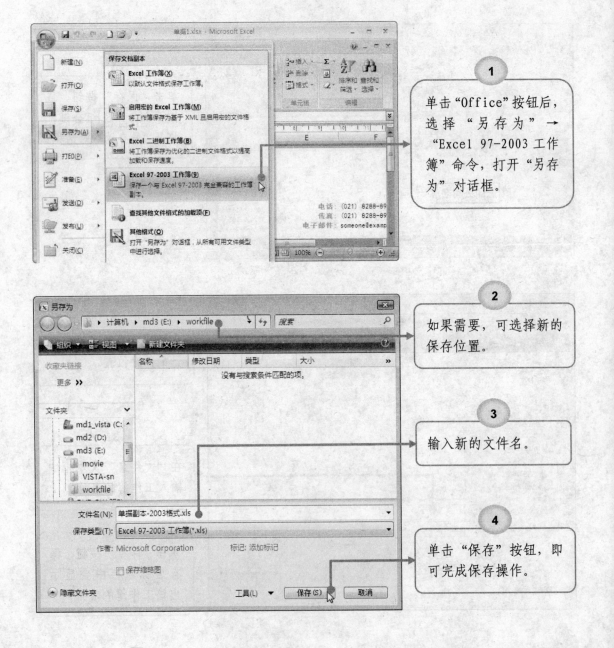

1 单击"Office"按钮后，选择"另存为"→"Excel 97-2003 工作簿"命令，打开"另存为"对话框。

2 如果需要，可选择新的保存位置。

3 输入新的文件名。

4 单击"保存"按钮，即可完成保存操作。

9.4 创建与编辑工作表

Excel 工作簿是由一个或多个工作表组成，而工作表又是由一个个单元格构成的。

9.4.1 移动单元格指针

在 Excel 中，用户所进行的各种操作都针对的是当前工作表内的活动单元格。

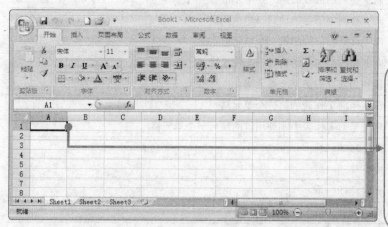

在一张新建的工作表中，默认的活动单元格为第 1 行和第 A 列的交点，其名称为 A1，且活动单元格被一个黑框框住，这个黑框称为单元格指针。

要在单元格中输入数据，或者对单元格中的数据进行编辑，就必须掌握移动单元格指针的操作技巧。一般说来，移动单元格指针的方法有如下两种。

1. 使用鼠标移动

将形状为 ✛ 的鼠标指针指向目标单元格，然后单击即可激活该单元格。

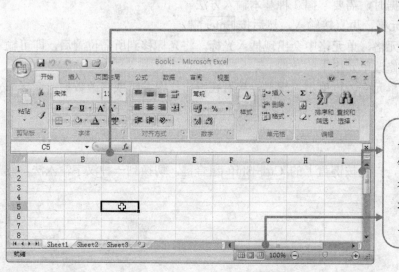

单击滚动条两边的按钮 ▲、▼、◀、▶，或者拖动滚动条上的滑块，可以将其他单元格显示出来。

2．使用键盘移动

使用键盘上的光标移动键、PageUp 键、PageDown 键、Home 键、End 键或其他组合键，可以迅速移动单元格指针。表 9-1 列出了用于移动单元格指针的按键及其功能。

表 9-1　用于移动单元格指针的按键及其功能

按　键	功　能
←、→、↑、↓	按箭头方向移动一个单元格
Ctrl+ ←	向左移到当前行的第一个单元格
Ctrl+ →	向右移到当前行的最后一个单元格
Ctrl+ ↑	向上移到当前列的第一个单元格
Ctrl+ ↓	向下移到当前列的最后一个单元格
Home	移到当前行的第一个单元格
Ctrl+Home	移到当前工作表的第一个单元格
Ctrl+End	移到当前工作表中刚使用过的最后一个单元格
PageUp	向上移动一屏
PageDown	向下移动一屏
Alt+PageUp	向左移动一屏
Alt+PageDown	向右移动一屏

9.4.2　输入数据

在工作表的单元格中，可以使用两种基本的数据，即常数和公式。常数是指文本、数字、日期和时间等数据；而公式则指包含"="号的函数、宏命令等。

在向单元格中输入数据时，需要掌握 3 种基本输入方法。

方法 1：单击目标单元格，再直接输入，然后按 Enter 键。

方法 2：双击目标单元格，单元格中会出现插入光标，将光标移到所需位置后，即可输入数据（这种方法多用于修改单元格中的数据）。

方法 3：先单击目标单元格，再单击编辑栏，接着在编辑栏中编辑或修改数据，完毕后按 Enter 键。

1．输入文本

在进行文本的输入时，首先按键盘上的 Ctrl+Shift 组合键，切换到一种汉字输入法，然后在单元格中输入文本。

操作步骤如下：

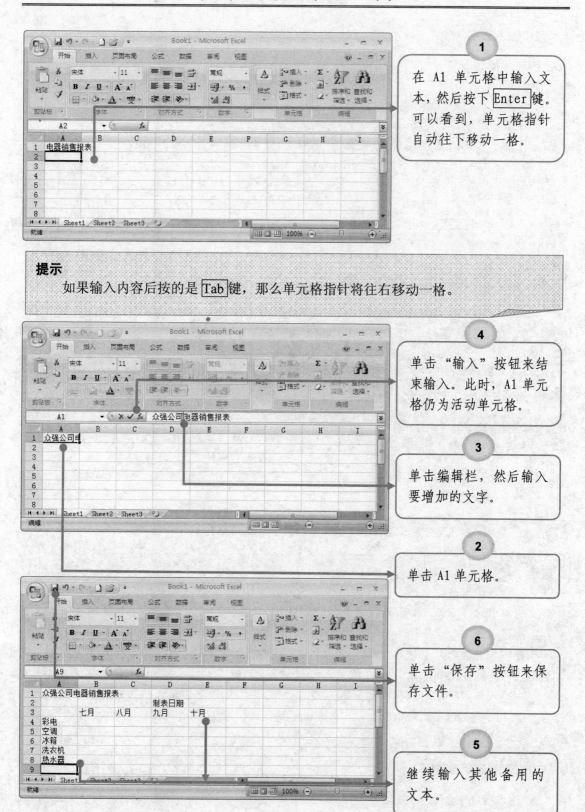

1 在 A1 单元格中输入文本，然后按下 Enter 键。可以看到，单元格指针自动往下移动一格。

提示

如果输入内容后按的是 Tab 键，那么单元格指针将往右移动一格。

4 单击"输入"按钮来结束输入。此时，A1 单元格仍为活动单元格。

3 单击编辑栏，然后输入要增加的文字。

2 单击 A1 单元格。

6 单击"保存"按钮来保存文件。

5 继续输入其他备用的文本。

2．输入数字

操作步骤如下：

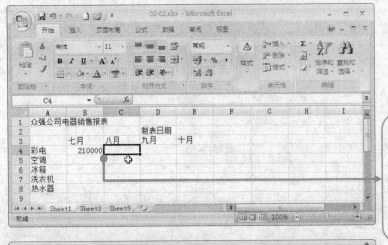

1 在 B4 单元格中输入一个数字，然后按 Tab 键。可以看到，单元格指针移到 C4 单元格中，等待输入内容。

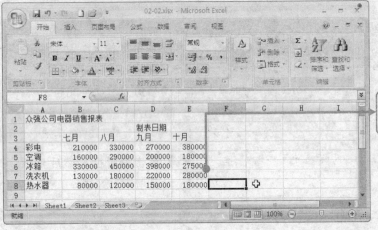

2 继续输入其他数字。

提示

　　在输入像身份证号、手机号码这样的长串数字和以 0 打头的代码时，先输入一个英文的单引号" ' "，再输入所需的号码或代码，然后按 Enter 键，即可让所输入的内容正常显示。

　　在输入分数时，必须在分数前输入"0"以区别于日期，并且"0"和分子之间用空格隔开。例如，要输入分数"4/5"，必须输入"0 4/5"，再按 Enter 键。

　　在输入负数时，可以在负数前输入减号"-"作为标识，也可以将数字置于半角括号"（）"中。例如，输入"(6)"，再按 Enter 键，即显示为"-6"。

3．输入日期和时间

操作步骤如下：

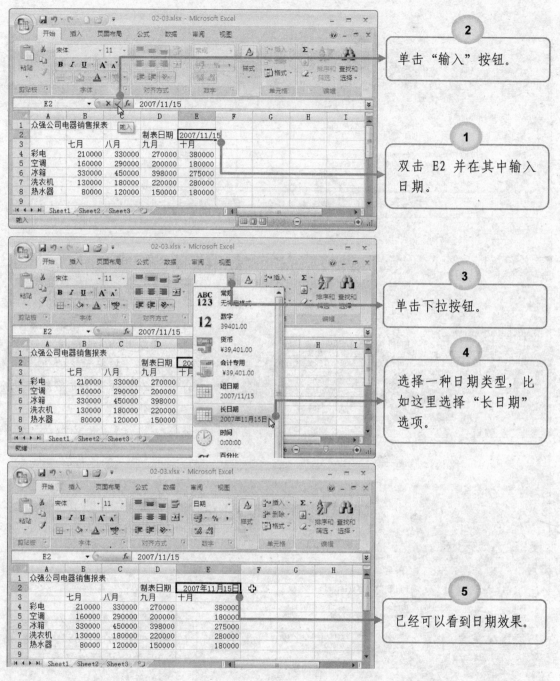

4. 输入公式

在 Excel 中，所有公式都以等号开始。等号标志着数学计算的开始，也告诉 Excel 将其后的等式作为一个公式存储。在公式中可以输入+、-、*、/、()等符号（这些符号都必须是半角的，即要在英文输入状态下输入）。

要输入公式，其操作步骤如下：

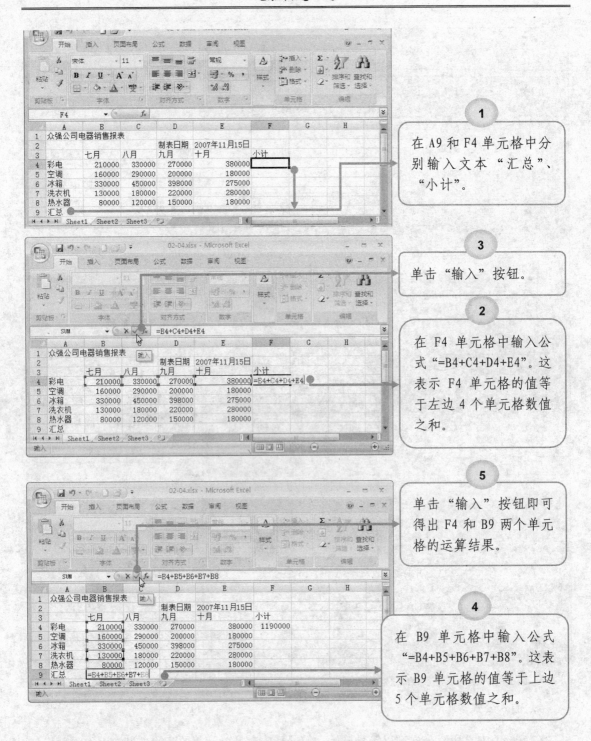

1 在 A9 和 F4 单元格中分别输入文本"汇总"、"小计"。

3 单击"输入"按钮。

2 在 F4 单元格中输入公式"=B4+C4+D4+E4"。这表示 F4 单元格的值等于左边 4 个单元格数值之和。

5 单击"输入"按钮即可得出 F4 和 B9 两个单元格的运算结果。

4 在 B9 单元格中输入公式"=B4+B5+B6+B7+B8"。这表示 B9 单元格的值等于上边 5 个单元格数值之和。

9.4.3 自动填充数据

为了提高数据输入的效率，Excel 提供了自动填充数据的功能。

1. 用填充柄填充数据

填充柄是指活动单元格或单元格区域右下角的一个黑色小方块。用鼠标拖动它就可以在单元格中填充数据。下面用填充柄来填充公式，操作步骤如下：

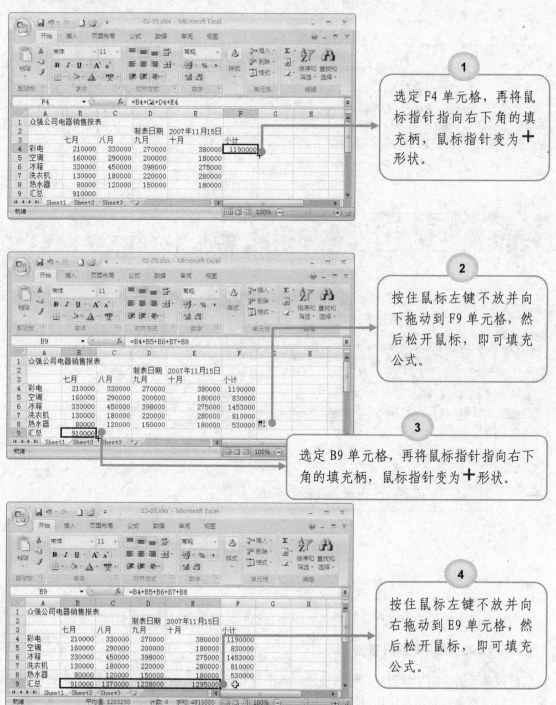

1　选定 F4 单元格，再将鼠标指针指向右下角的填充柄，鼠标指针变为 ✛ 形状。

2　按住鼠标左键不放并向下拖动到 F9 单元格，然后松开鼠标，即可填充公式。

3　选定 B9 单元格，再将鼠标指针指向右下角的填充柄，鼠标指针变为 ✛ 形状。

4　按住鼠标左键不放并向右拖动到 E9 单元格，然后松开鼠标，即可填充公式。

2. 序列填充类型

在 Excel 中内置了一些填充序列，我们可以非常方便地输入它们。例如，要在工作表中填充上半年的六个月份，其操作步骤如下：

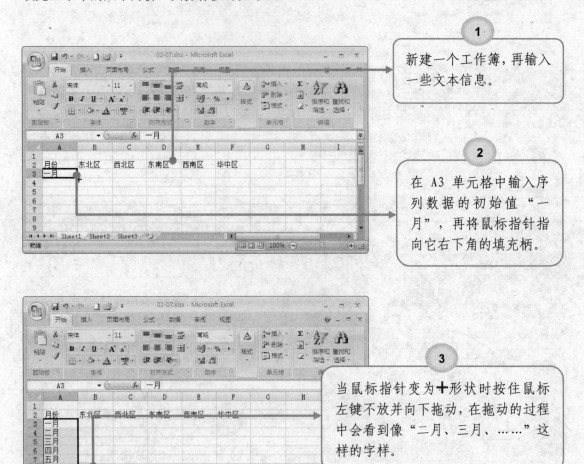

9.4.4 编辑单元格数据

当单元格中输入的内容有误需要变更或不完整时，就需要对其进行修改。

1. 修改单元格中的部分数据

修改单元格中的部分数据，可以使用编辑栏或直接在单元格中进行修改。如果要使用编辑栏来修改部分数据，其操作步骤如下：

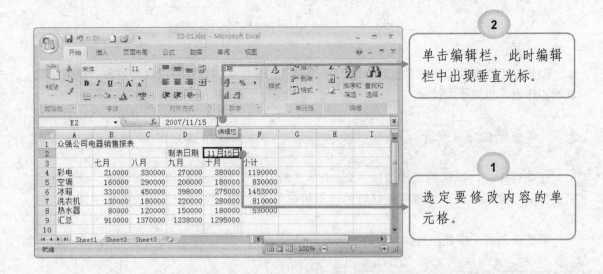

② 单击编辑栏，此时编辑栏中出现垂直光标。

① 选定要修改内容的单元格。

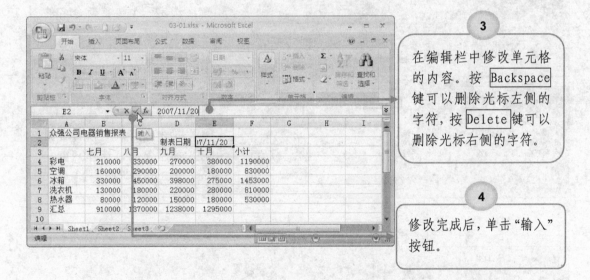

③ 在编辑栏中修改单元格的内容。按 Backspace 键可以删除光标左侧的字符，按 Delete 键可以删除光标右侧的字符。

④ 修改完成后，单击"输入"按钮。

2．清除单元格的内容

选定某个单元格或区域之后，按键盘上的 Delete 键或 Del 键，就可以快速清除所选的内容。

如果想删除某行或某列，可以先在对应的行号或列标上单击鼠标右键，然后从弹出的快捷菜单中选择"删除"命令。

3．以新数据覆盖旧数据

如果希望某个单元格中的内容由新数据替代，只需先单击要填入新数据的单元格，然后直接输入新数据并按 Enter 键即可。

9.5　格式化工作表

创建好工作表和编辑完数据后，还需要设置工作表格式，这样可以获得整齐、清晰、美观的工作表，也便于阅读。

9.5.1　重新命名工作表

在 Excel 中，默认的工作表以"Sheet1"、"Sheet2"、"Sheet3"等方式命名，让人感觉它们只是一个代号，不够直观。这时可以重新命名工作表，使每个工作表的名字都有一定的含义。

要重新命名工作表，其操作步骤如下：

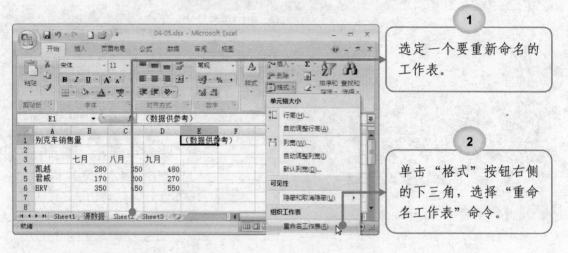

1 选定一个要重新命名的工作表。

2 单击"格式"按钮右侧的下三角，选择"重命名工作表"命令。

3 输入新的名字，然后按 Enter 键确定。

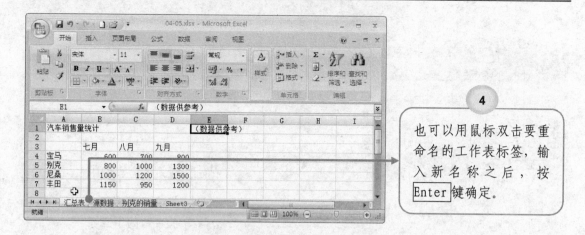

也可以用鼠标双击要重命名的工作表标签，输入新名称之后，按 Enter 键确定。

9.5.2　设置单元格数据的格式

用户可以设置单元格数据的格式，以增强其表现力。

1. 设置文本的格式

如果要设置文本的格式，其操作步骤如下：

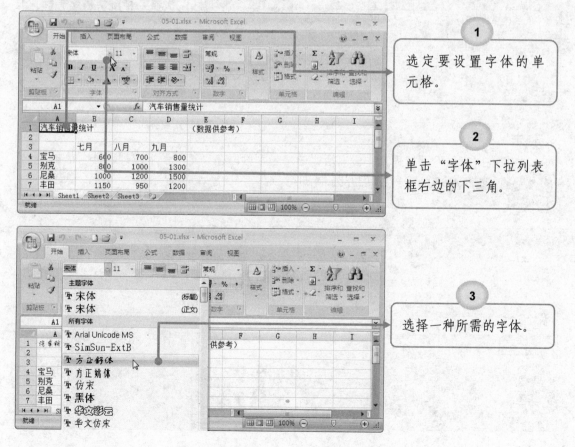

选定要设置字体的单元格。

单击"字体"下拉列表框右边的下三角。

选择一种所需的字体。

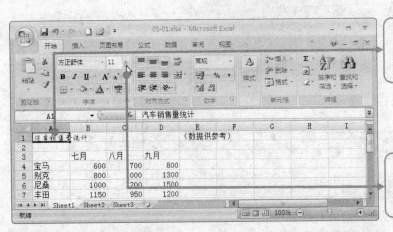

4 可以看到，字体已经发生了变化。

5 单击"字号"下拉列表框右边的下三角。

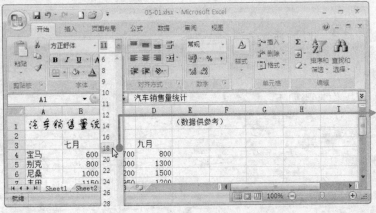

6 选择一种所需的字号。

提示

　　如果在"字号"下拉列表中没有所需的字号，可以在"字号"下拉列表框中单击，然后直接输入所需的字号并按 Enter 键即可。

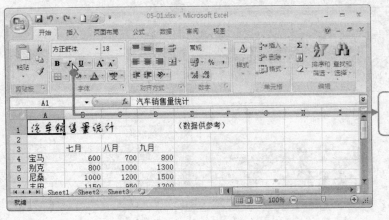

7 单击"倾斜"按钮。

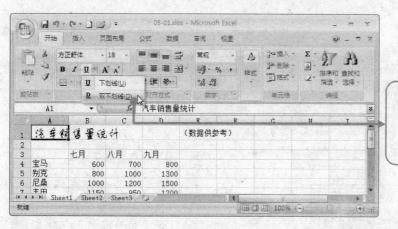

8

单击"下划线"按钮右边的下三角,选择"双下划线"。

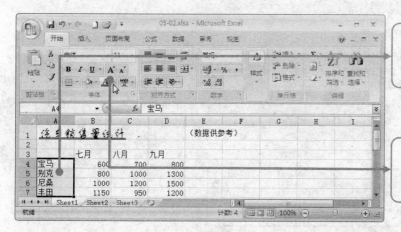

9

选定要设置颜色的单元格区域。

10

单击"字体颜色"按钮右边的下三角。

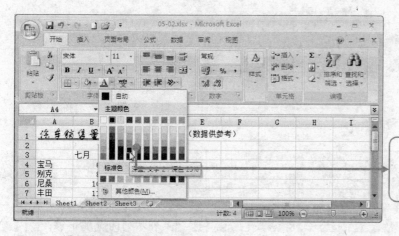

11

单击一个颜色块来选中它,即可设置字体颜色。

2. 设置数字的格式

要设置数字的格式,其操作步骤如下:

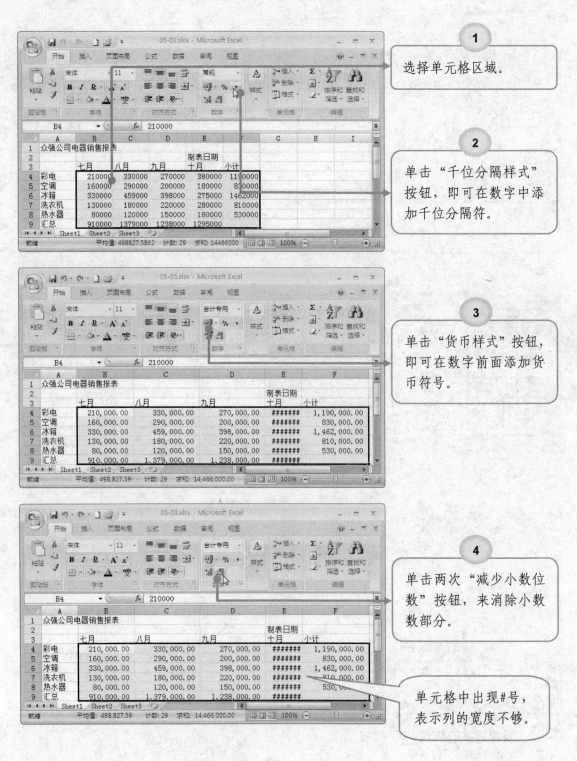

1 选择单元格区域。

2 单击"千位分隔样式"按钮，即可在数字中添加千位分隔符。

3 单击"货币样式"按钮，即可在数字前面添加货币符号。

4 单击两次"减少小数位数"按钮，来消除小数数部分。

单元格中出现#号，表示列的宽度不够。

还可以通过对话框来设置数字的格式。

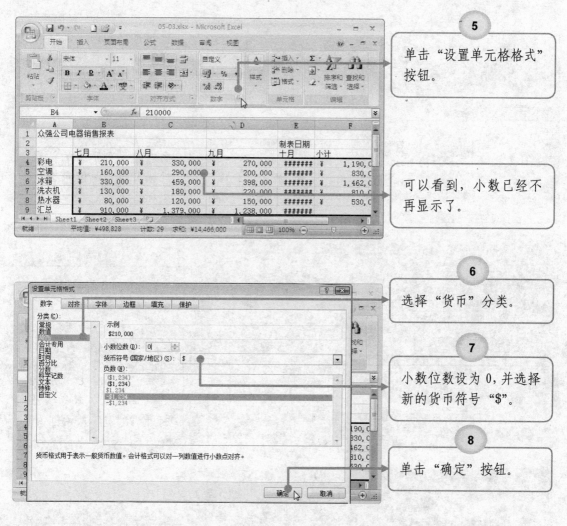

5　单击"设置单元格格式"按钮。

可以看到，小数已经不再显示了。

6　选择"货币"分类。

7　小数位数设为 0，并选择新的货币符号"$"。

8　单击"确定"按钮。

9.5.3　设置数据的对齐方式

Excel 的工具栏提供了 6 个对齐工具按钮：，依次为"顶端对齐"、"垂直居中"、"底端对齐"、"文本左对齐"、"居中"、"文本右对齐"。如果要设置单元格中数据的对齐方式，使用这些工具按钮最为快捷。

9.5.4　设置列宽和行高

为了能更好地显示单元格中的数据，用户可以设置单元格的列宽和行高。

1．设置列宽

对于较窄的列，可以改变其宽度，操作步骤如下：

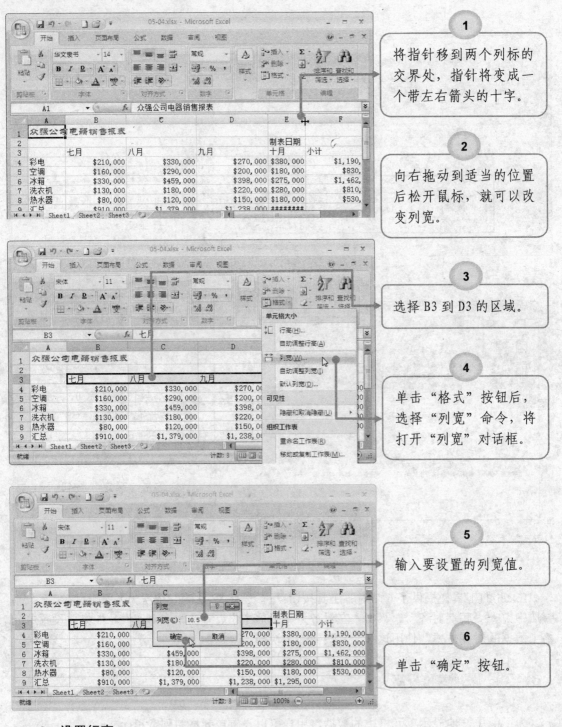

1 将指针移到两个列标的交界处，指针将变成一个带左右箭头的十字。

2 向右拖动到适当的位置后松开鼠标，就可以改变列宽。

3 选择 B3 到 D3 的区域。

4 单击"格式"按钮后，选择"列宽"命令，将打开"列宽"对话框。

5 输入要设置的列宽值。

6 单击"确定"按钮。

2．设置行高

对于较大的字符，更改数据表格第一行的列高，就可以使其完全显示，改变行高的操作步骤如下：

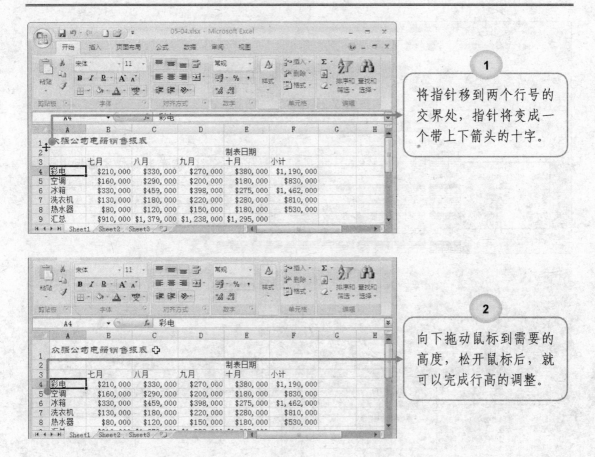

1

将指针移到两个行号的交界处，指针将变成一个带上下箭头的十字。

2

向下拖动鼠标到需要的高度，松开鼠标后，就可以完成行高的调整。

9.5.5 使用自动套用格式

在 Excel 中，提供了数十种专业表格样式，用户可以随时选择其中的一种，快速将整个表格自动套用为专业表格样式。

要对工作表自动套用样式，其操作步骤如下：

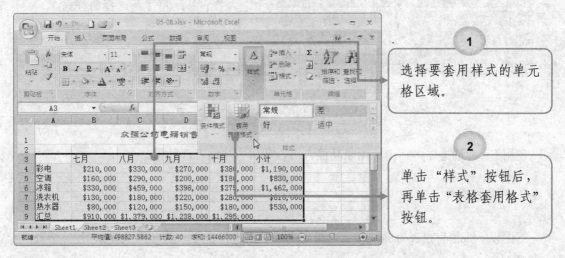

1

选择要套用样式的单元格区域。

2

单击"样式"按钮后，再单击"表格套用格式"按钮。

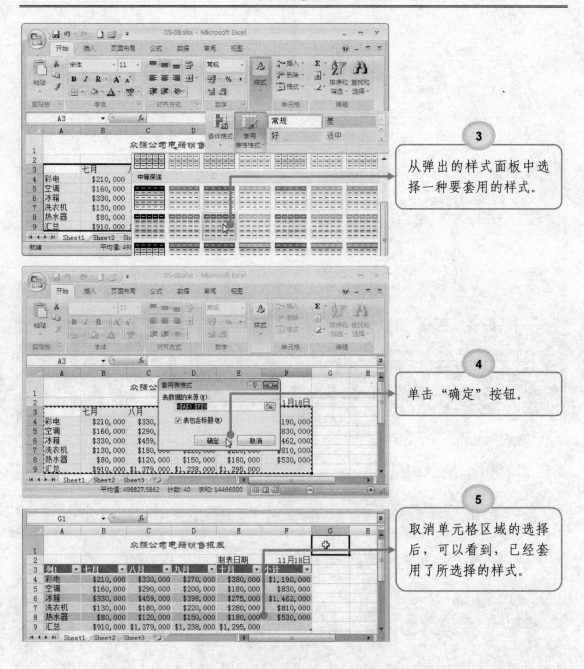

从弹出的样式面板中选择一种要套用的样式。

单击"确定"按钮。

取消单元格区域的选择后，可以看到，已经套用了所选择的样式。

9.6 管理工作表数据

使用 Excel 的排序、筛选、图表功能，可以非常方便地管理数据。

9.6.1 排序数据

下面以一张销售报表为例，按某一指定列的数据进行排序，其操作步骤如下：

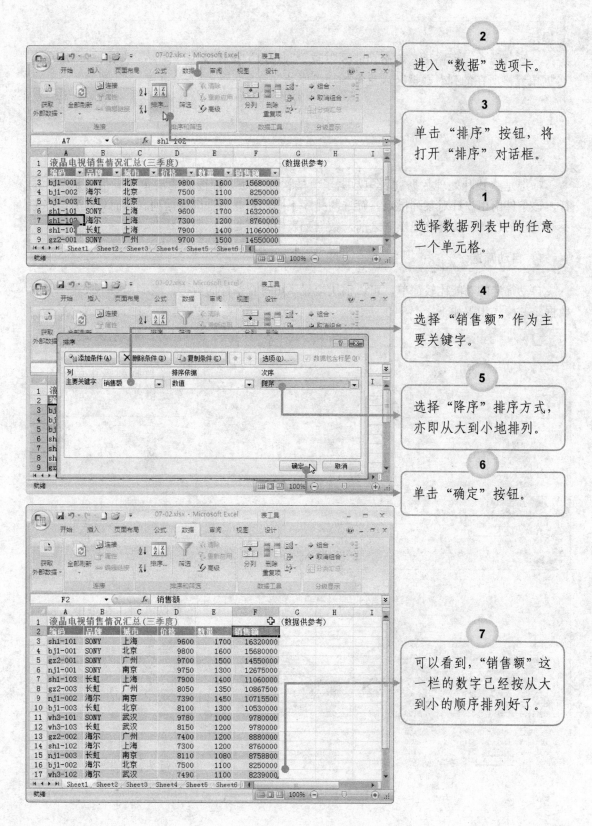

2 进入"数据"选项卡。

3 单击"排序"按钮，将打开"排序"对话框。

1 选择数据列表中的任意一个单元格。

4 选择"销售额"作为主要关键字。

5 选择"降序"排序方式，亦即从大到小地排列。

6 单击"确定"按钮。

7 可以看到，"销售额"这一栏的数字已经按从大到小的顺序排列好了。

> **提示**
>
> 选择一个单元格后，单击功能区中的 $\frac{A}{Z}\downarrow$（升序）按钮或 $\frac{Z}{A}\downarrow$（降序）按钮，可以根据单元格所在的列对数据区域进行快速排序。

9.6.2 筛选数据

筛选是查找和处理数据列表中数据子集的快捷方法。筛选后的清单仅显示满足条件的行，该条件由用户针对某列指定。筛选与排序不同，它并不重排数据列表，而只是暂时隐藏不必显示的行。在执行筛选操作之前，数据列表中必须要有标题行。

1. 自动筛选

自动筛选的功能比较简单，可以很快地显示出符合条件的数据，隐藏那些不满足条件的数据。其操作步骤如下：

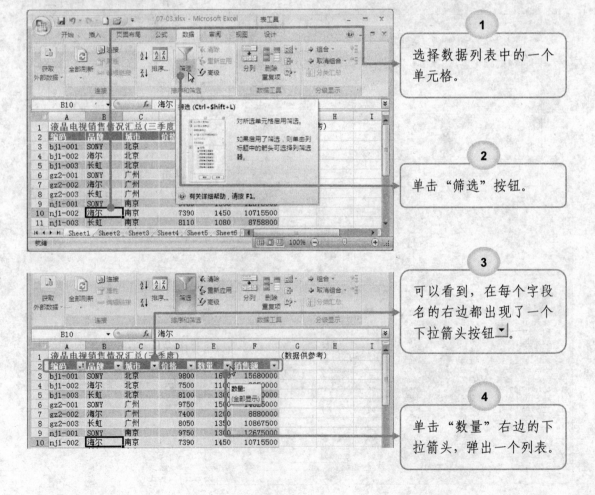

1 选择数据列表中的一个单元格。

2 单击"筛选"按钮。

3 可以看到，在每个字段名的右边都出现了一个下拉箭头按钮▼。

4 单击"数量"右边的下拉箭头，弹出一个列表。

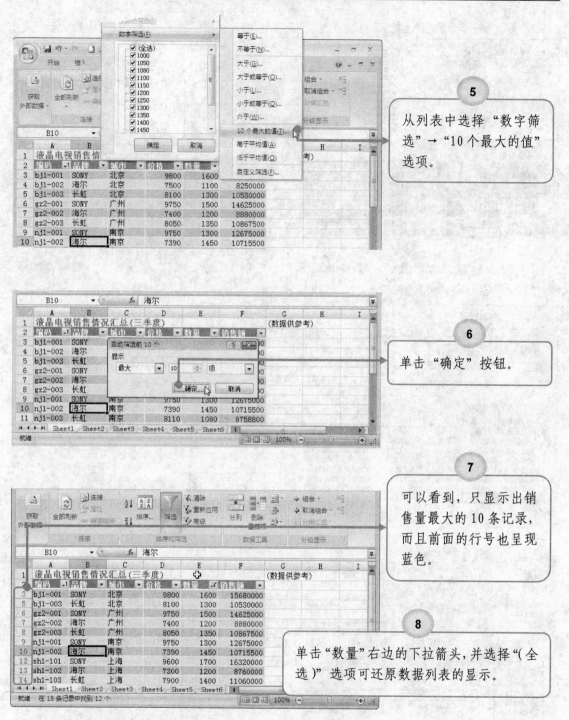

5　从列表中选择"数字筛选"→"10 个最大的值"选项。

6　单击"确定"按钮。

7　可以看到，只显示出销售量最大的 10 条记录，而且前面的行号也呈现蓝色。

8　单击"数量"右边的下拉箭头，并选择"（全选）"选项可还原数据列表的显示。

2．自定义筛选

如果想定义一些筛选条件，那么就可以进行自定义筛选。例如，下面将根据"销售额"来进行自定义筛选，其操作步骤如下：

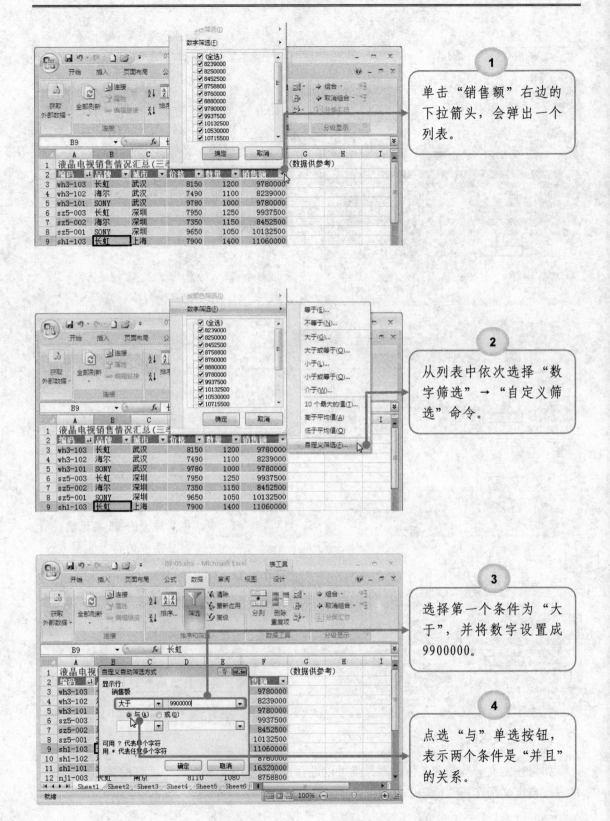

1 单击"销售额"右边的下拉箭头,会弹出一个列表。

2 从列表中依次选择"数字筛选"→"自定义筛选"命令。

3 选择第一个条件为"大于",并将数字设置成9900000。

4 点选"与"单选按钮,表示两个条件是"并且"的关系。

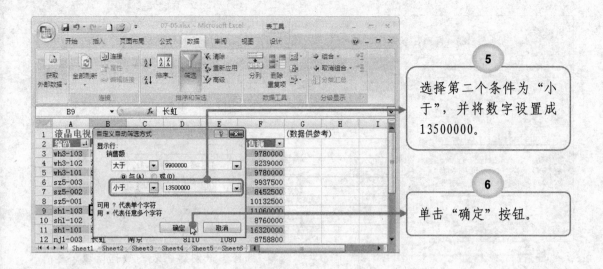

⑤ 选择第二个条件为"小于"，并将数字设置成 13500000。

⑥ 单击"确定"按钮。

⑦ 可以看到，只显示出满足条件的记录，也就是"销售额"在 9900000 到 13500000 之间的记录。

提示

　　如果要取消筛选，只需先单击筛选右侧的下拉箭头，再选择"（全选）"选项，然后单击"确定"按钮即可。

9.6.3　创建图表

　　图表具有较好的视觉效果，能够方便用户查看数据的差异、图案和预测趋势。使用图表，杂乱的数据阵列所体现的问题能很容易地表现出来。

　　如果要创建图表，必须先在工作表中为图表输入数据，然后使用以下方法来创建图表。

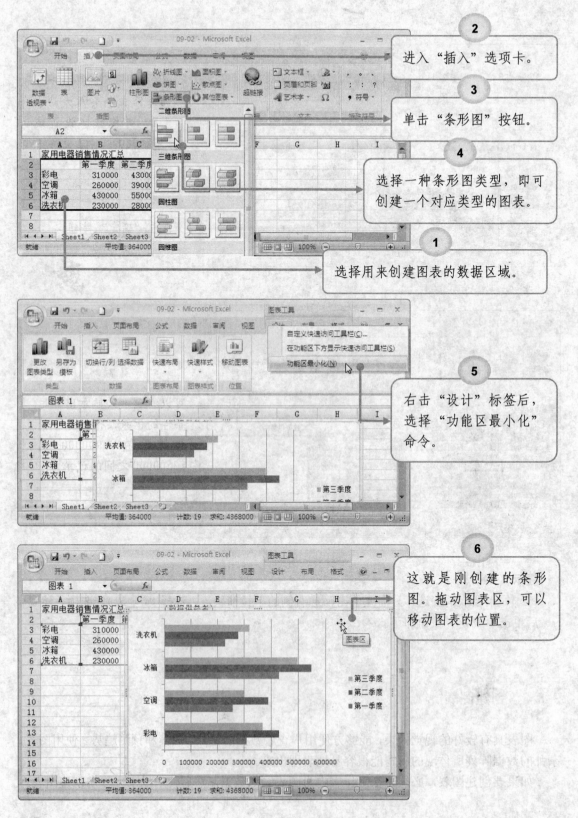

2 进入"插入"选项卡。

3 单击"条形图"按钮。

4 选择一种条形图类型，即可创建一个对应类型的图表。

1 选择用来创建图表的数据区域。

5 右击"设计"标签后，选择"功能区最小化"命令。

6 这就是刚创建的条形图。拖动图表区，可以移动图表的位置。

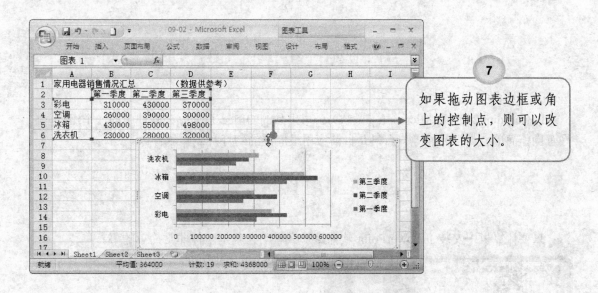

7

如果拖动图表边框或角上的控制点，则可以改变图表的大小。

第 10 章　使用 PowerPoint 2007 制作幻灯片

PowerPoint 2007 是 Microsoft（微软）公司出品的 Office 系列办公软件中的一个组件，它具有操作简单、易学易懂等特点，是目前应用最广泛的幻灯片制作软件。

10.1　启动 PowerPoint

只要计算机中安装了 PowerPoint 软件，那么启动它就是一件非常简单的事。

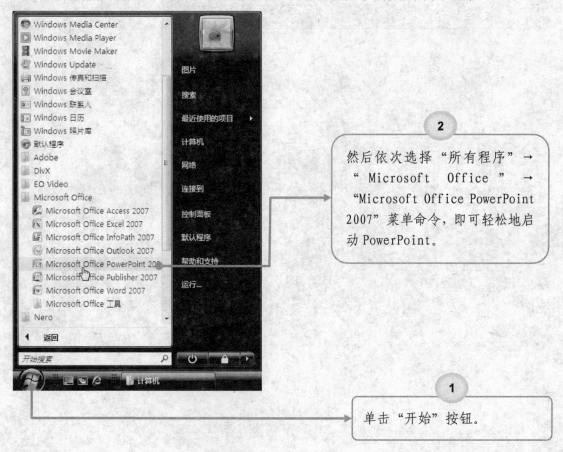

2

然后依次选择"所有程序"→"Microsoft Office"→"Microsoft Office PowerPoint 2007"菜单命令，即可轻松地启动 PowerPoint。

1

单击"开始"按钮。

10.2　PowerPoint 的工作界面

启动 PowerPoint 后，如果只是启动该应用程序而未打开任何 PowerPoint 文件，系统将自动建立一个名为"演示文稿 1"的空白幻灯片文件。PowerPoint 的工作界面包括标题栏、功能区、编辑区、滚动条、备注窗格、状态栏和视图栏等部分，如下图所示。

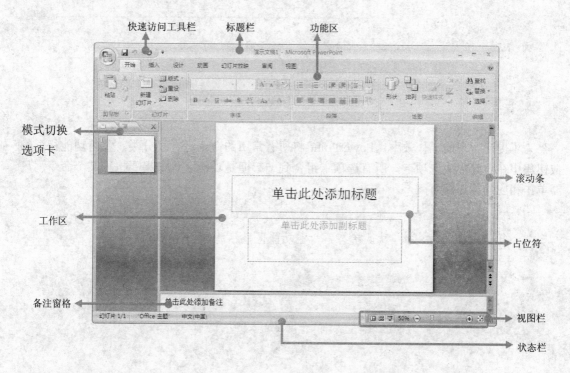

10.2.1　标题栏

标题栏位于整个 PowerPoint 窗口界面的最上面，标题栏写有窗口的名称"演示文稿 1 – Microsoft PowerPoint"。在启动 PowerPoint 后，"演示文稿 1"是系统给出的默认文件名称。

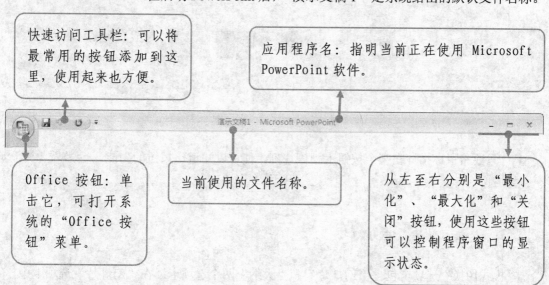

窗口被最大化之后，"最大化"按钮变为"还原"按钮。再单击"还原"按钮，即可将窗口大小还原。

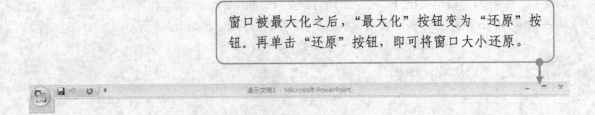

10.2.2 功能区

为了提高用户的工作效率，PowerPoint 将所有常用的命令进行了分类，并将功能相近的按钮集中在一起形成选项卡，所有选项卡组合到一起便是功能区。如果要执行某个命令，只需单击相应的按钮即可。

默认状态下，在功能区显示的是"开始"选项卡。

单击一个标签，即切换到对应的选项卡。若双击标签，则会将功能区最小化；若再次双击，可将功能区还原。

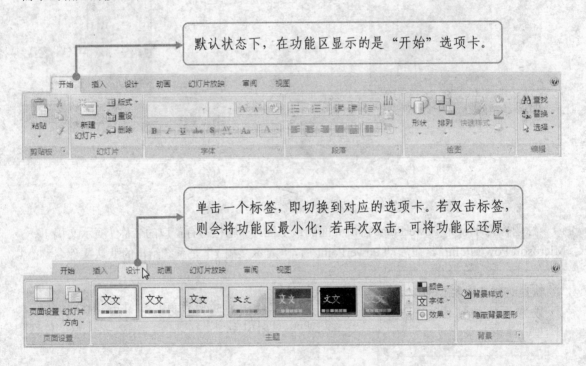

提示

只要将鼠标指针在某个按钮上稍停片刻，便可以知道该按钮的功能。

10.2.3 "模式切换"选项卡

"模式切换"选项卡包含"幻灯片"和"大纲"两个选项卡。在"幻灯片"选项卡中，会显示每张幻灯片的缩略图；当演示文稿内包含许多张幻灯片时，使用缩略图可以快速定位幻灯片。

在大纲视图中，PowerPoint 将演示文稿以大纲（由每张幻灯片中的标题和主要文本组成）形式显示。每个幻灯片的图标、标题以及幻灯片编号一起显示在包含"大纲"选项卡的窗格内。如果要进行全局编辑、更改项目符号或幻灯片的顺序，使用大纲视图尤为方便。

10.2.4　工作区

工作区即文件的有效编辑区域，它就像一张空白的纸。用户可以在工作区内插入文本框、图片、表格、声音等对象。只有放置在工作区内的对象，在放映幻灯片时才会显示出来。

10.2.5　占位符

占位符是指在新创建的幻灯片中出现的虚线方框，这些方框代表着一些待确定的对象，占位符是对待确定对象的说明。

10.2.6　滚动条

滚动条分为垂直滚动条和水平滚动条（右侧的称为垂直滚动条，下侧的称为水平滚动条），它由滚动框、浏览滑块和几个滚动箭头组成。用户用鼠标指针拖拉滚动条的浏览滑块或者单击滚动箭头，可以在幻灯片内上、下或左、右滚动。

10.2.7　备注窗格

用户可以在备注窗格中为幻灯片添加备注信息。在放映幻灯片时，不会显示备注信息。

10.2.8　状态栏

状态栏是位于应用程序窗口底部的信息栏，用于提供当前窗口操作进程和工作状态的信息。例如，显示幻灯片张数、幻灯片所应用的主题及文件语言等。

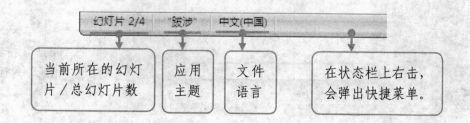

10.2.9 视图栏

视图栏位于 PowerPoint 界面的右下角，用于快速改变显示视图和显示比例。

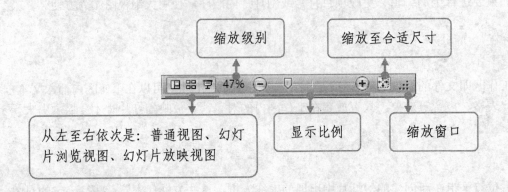

10.3 创建一个相册

在 PowerPoint 2007 中，只需要几步简单的操作，就可以创建一个幻灯片式的相册。

10.3.1 插入照片

下面先来往幻灯片中插入照片，操作步骤如下：

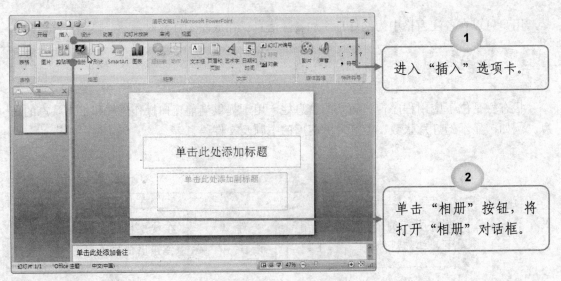

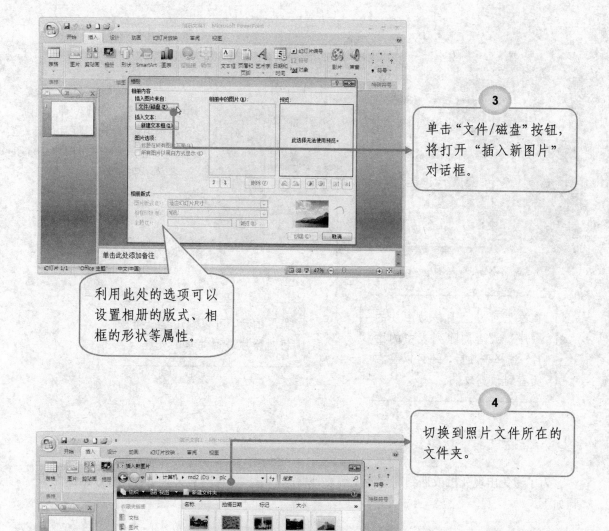

③ 单击"文件/磁盘"按钮，将打开"插入新图片"对话框。

利用此处的选项可以设置相册的版式、相框的形状等属性。

④ 切换到照片文件所在的文件夹。

⑤ 按住 Ctrl 键来选择要插入的多个文件。

⑥ 单击"插入"按钮，将返回上一级对话框。

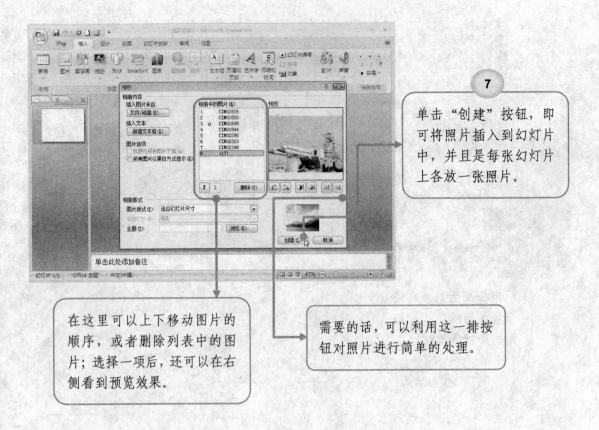

7

单击"创建"按钮，即可将照片插入到幻灯片中，并且是每张幻灯片上各放一张照片。

在这里可以上下移动图片的顺序，或者删除列表中的图片；选择一项后，还可以在右侧看到预览效果。

需要的话，可以利用这一排按钮对照片进行简单的处理。

10.3.2 保存文件

为了避免出现死机或遇到突然断电等意外情况，用户应及时对文件进行保存。其操作步骤如下：

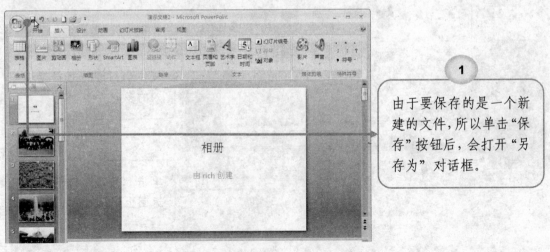

1

由于要保存的是一个新建的文件，所以单击"保存"按钮后，会打开"另存为"对话框。

254

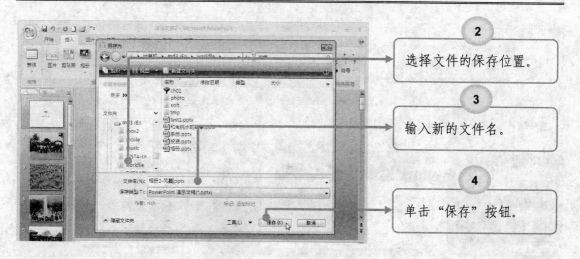

2

选择文件的保存位置。

3

输入新的文件名。

4

单击"保存"按钮。

10.3.3　格式化幻灯片

利用功能区中的各种工具，可以对幻灯片进行一些格式化操作。其操作步骤如下：

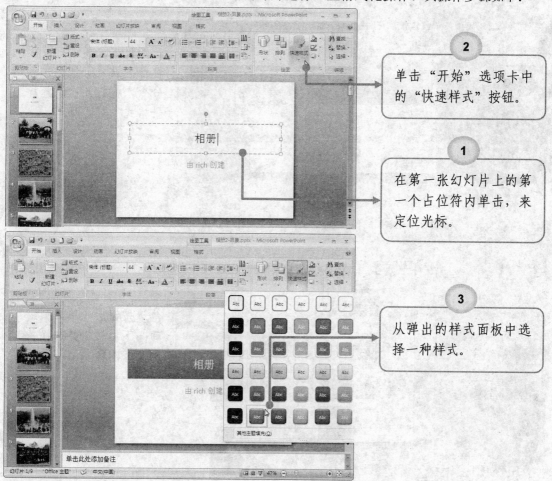

2

单击"开始"选项卡中的"快速样式"按钮。

1

在第一张幻灯片上的第一个占位符内单击，来定位光标。

3

从弹出的样式面板中选择一种样式。

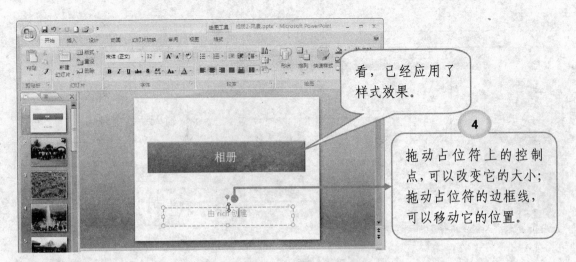

看，已经应用了样式效果。

4 拖动占位符上的控制点，可以改变它的大小；拖动占位符的边框线，可以移动它的位置。

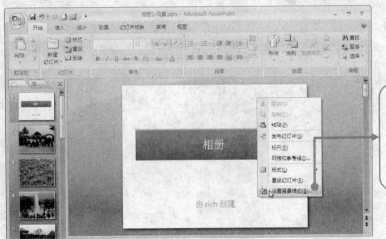

5 在幻灯片上单击右键并选择"设置背景格式"命令，将打开"设置背景格式"对话框。

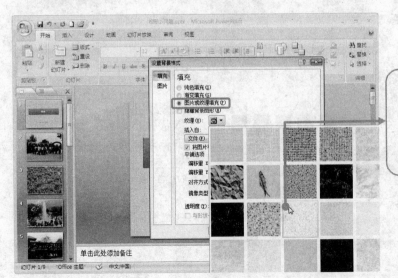

6 点选"图片或纹理填充"单选按钮后，单击"纹理"下拉按钮并选择一种纹理图案。

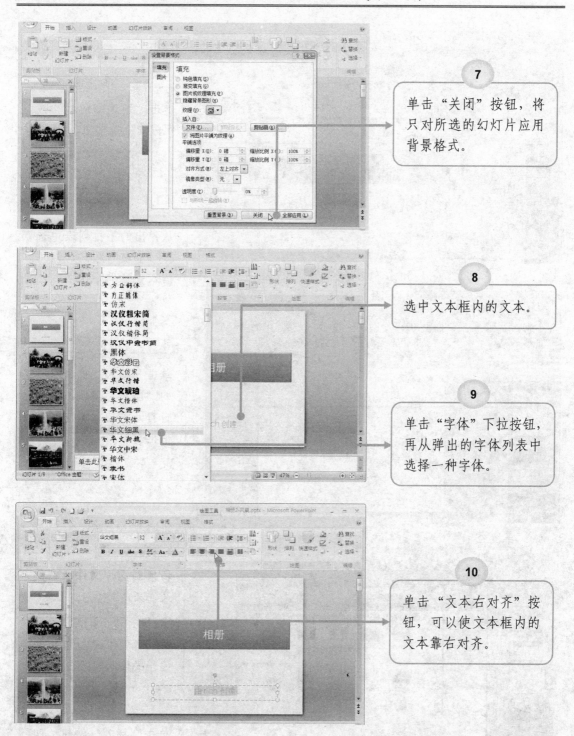

7

单击"关闭"按钮，将只对所选的幻灯片应用背景格式。

8

选中文本框内的文本。

9

单击"字体"下拉按钮，再从弹出的字体列表中选择一种字体。

10

单击"文本右对齐"按钮，可以使文本框内的文本靠右对齐。

10.3.4　添加幻灯片

要在文件中添加新幻灯片，其操作步骤如下：

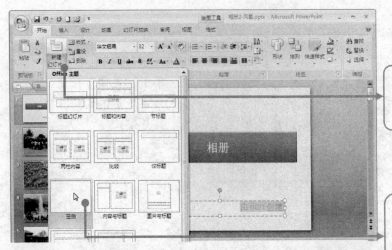

1 单击"新建幻灯片"按钮旁的下拉按钮。

2 从弹出的下拉列表中选择"空白"版式，即可插入一张新幻灯片。

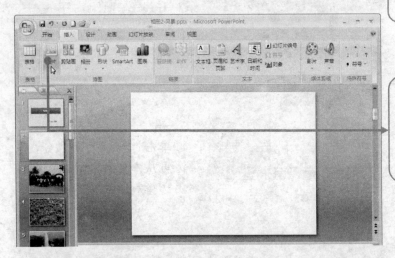

3 单击"插入"选项卡中的"图片"按钮，之后将打开"插入图片"对话框。

4 切换到图片文件所在的文件夹。

5 选择要插入的文件。

6 单击"插入"按钮，即可将图片插入到新幻灯片中。

7

向左拖拉图片右侧中间的控制点，来改变图片的宽度。

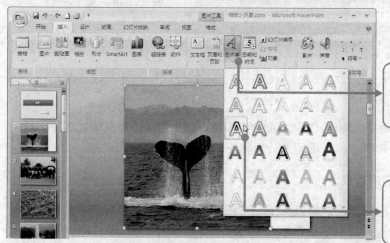

8

单击"插入"选项卡中的"艺术字"按钮。

9

从弹出的下拉列表中选择一种艺术字效果。

10

选中默认的艺术字文本，并输入自己所需的文本，就可以直接覆盖原来的文本。

11

拖动艺术字文本框角上的控制点来改变它的大小，再拖动文本框的边框线来将它放到幻灯片的右侧。

12

再次单击快速访问工具栏中的"保存"按钮，对文件进行保存。

10.4　设置幻灯片的切换效果

幻灯片切换效果即是加在连续的幻灯片之间的特殊效果。在幻灯片放映的过程中，由一张幻灯片切换到另一张幻灯片时，可用不同的效果将下一张幻灯片显示到屏幕上。

1．设置单张幻灯片的切换效果

在为幻灯片设置切换效果时，用户可以为演示文稿中的每一张幻灯片设置不同的切换效果，或者为所有的幻灯片设置同样的切换效果。

例如，要为演示文稿中的第 1 张幻灯片设置切换效果，其操作步骤如下：

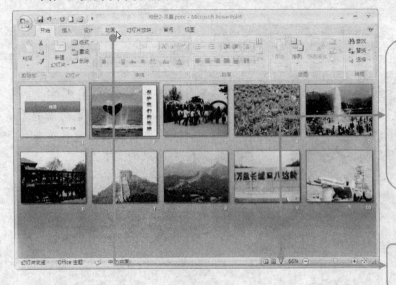

1

单击"幻灯片浏览"按钮，切换到幻灯片浏览视图。在浏览视图中可以看到演示文稿内所有的幻灯片，并且可以方便地选择幻灯片。

2

单击"动画"标签。

3 选中第一张幻灯片后，选择一种切换效果。

4 在"声音"下拉列表中选择"激光"。

5 设置完毕后，在幻灯片的左下角添加了一个动画图标 ☆ 。

2．设置多张幻灯片的切换效果

要为演示文稿中的多张幻灯片设置相同的切换效果，其操作步骤如下：

1 先按下 Ctrl 键，然后分别单击第 2～5 张幻灯片将其选中。

2 单击"其他"按钮，将弹出切换效果列表框。

3 选择一种切换效果。

4 在"速度"下拉列表中选择"中速"。

5 按类似的操作，为第 6 到 10 张幻灯片设置"盒状收缩"切换效果。

6 设置完毕后，在所有幻灯片的左下角都添加了动画图标☆。单击此动画图标，可以预览切换效果。

10.5　放映幻灯片

在 PowerPoint 中，默认的放映方式是"演讲者放映"，在该方式下演讲者可以对幻灯片进行自由控制，例如可以在放映幻灯片时定位幻灯片，可以使用画笔等。

要放映幻灯片，其操作步骤如下：

1 进入"幻灯片放映"选项卡。

2 单击"从头开始"按钮，幻灯片文件将从第一张开始放映。

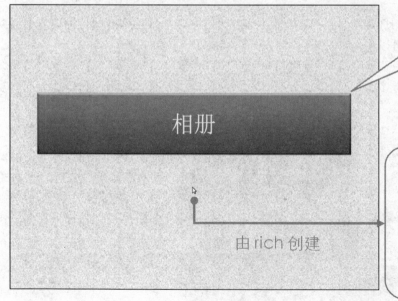

现在看到的是第一张幻灯片。

3 单击一次鼠标，或者按一下键盘上的空格键，即可切换到下一张幻灯片。在切换过程中，可以看到幻灯片的切换效果。

将鼠标指针移到这里时，可看到几个按钮：
↩ （上一张幻灯片）　→ （下一张幻灯片）
／ （指针选项）　　□ （定位及屏幕选）

4 在放映幻灯片时单击鼠标右键，会打开一个快捷菜单，利用其中的"定位至幻灯片"命令，可以在幻灯片之间跳转。

5 从快捷菜单中选择"结束放映"命令，或者按键盘上的 Esc 键，可以结束幻灯片的放映。

10.6　打包幻灯片

如果想将自己制作的幻灯片随身携带，或者准备在没有安装 PowerPoint 软件的电脑上播放自己制作的幻灯片，则可以将幻灯片进行"打包"。其操作步骤如下：

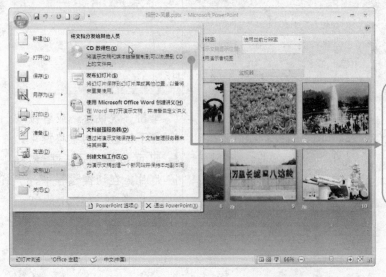

1 单击"Office 按钮"后，再依次选择"发布"→"CD 数据包"命令，将打开"打包成 CD"对话框。

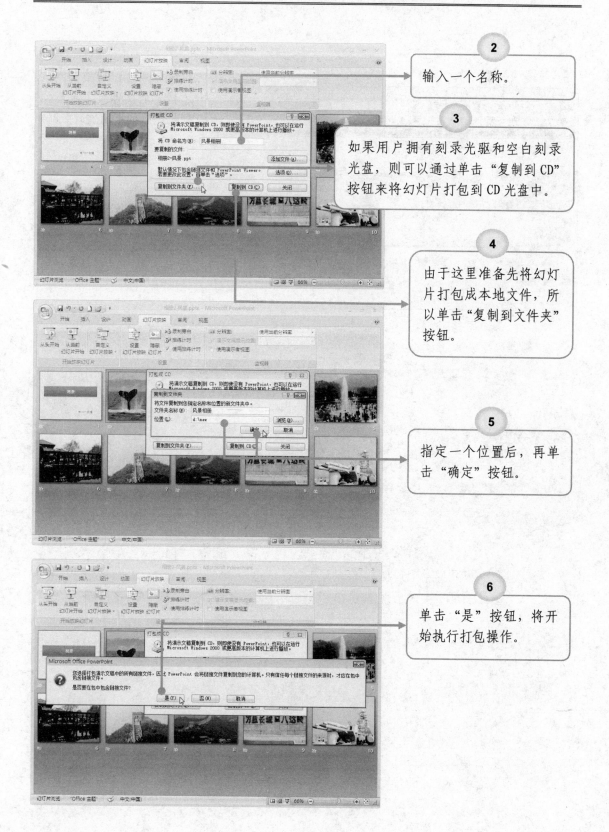

2
输入一个名称。

3
如果用户拥有刻录光驱和空白刻录光盘，则可以通过单击"复制到 CD"按钮来将幻灯片打包到 CD 光盘中。

4
由于这里准备先将幻灯片打包成本地文件，所以单击"复制到文件夹"按钮。

5
指定一个位置后，再单击"确定"按钮。

6
单击"是"按钮，将开始执行打包操作。

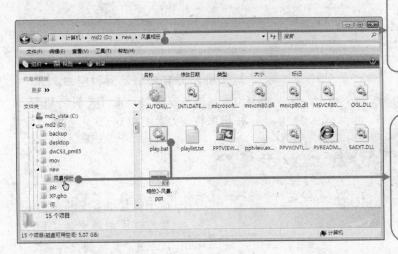

7

打包完成后, 切换到刚才指定的文件夹, 可看到打包后的所有文件。

8

将这个文件夹复制到 U 盘或其他电脑中, 只要再双击这个 play.bat 文件, 就可以自动播放幻灯片。

第11章 轻松上网

本章介绍电脑上网的相关知识，希望读者能很好地掌握。

11.1 使用局域网

如果家庭或小型企业有两台或多台装有 Windows 操作系统的计算机，则可以通过网卡、电缆线（网线）和集线器将它们建成一个局域网，然后相互之间传递文件或共享打印机，以及多人联网玩计算机游戏等。

11.1.1 开启文件共享

其操作步骤如下：

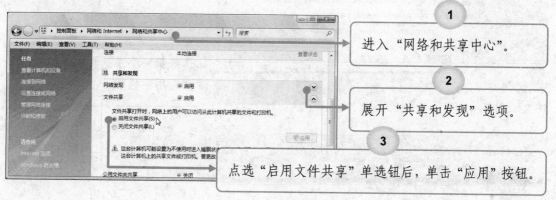

1 进入"网络和共享中心"。

2 展开"共享和发现"选项。

3 点选"启用文件共享"单选钮后，单击"应用"按钮。

11.1.2 设置公用文件共享

在 Windows Vista 中，"公用"文件夹是一个特殊的文件夹，采用如下方法可以访问它。

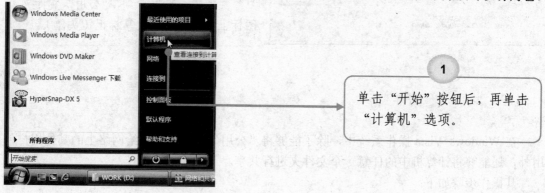

1 单击"开始"按钮后，再单击"计算机"选项。

267

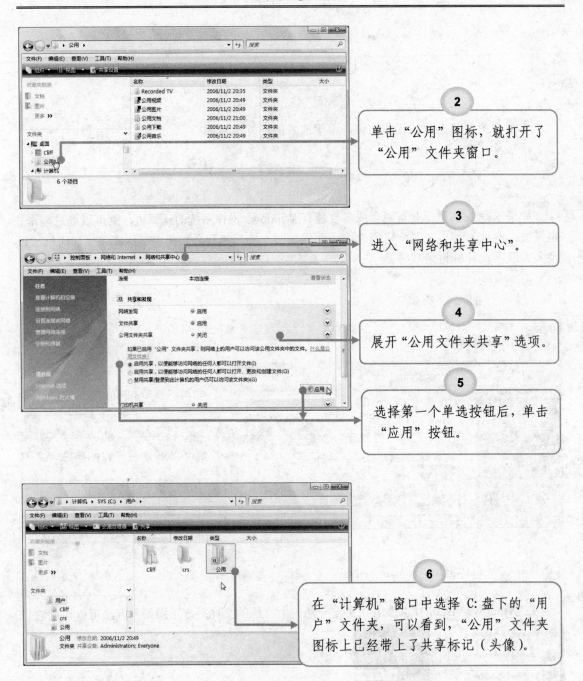

11.1.3 共享特定文件夹

在 Windows Vista 操作系统中，除了能够将"公用"文件夹共享给网络上的其他用户使用外，还能够将计算机中的任意一个文件夹进行共享。

其操作步骤如下：

1 进入文件夹所在的位置。

2 右击要共享的文件夹，然后从弹出的菜单中选择"共享"命令，打开"文件共享"对话框。

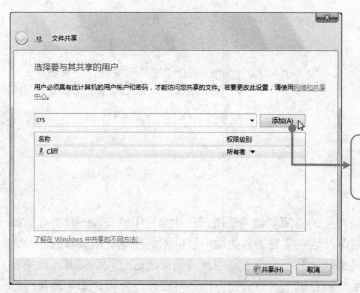

3 输入用户账户，然后单击"添加"按钮。

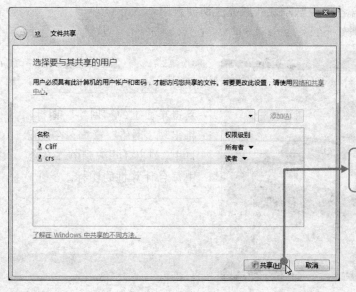

4 单击"共享"按钮。

269

在上图中，可以指定所添加用户的权限级别。

♦ 读者：指定用户对该共享文件夹的内容只具有只读权限。

♦ 参与者：指定用户对该共享文件夹的内容具有只读和修改权限。

♦ 所有者：指定用户对该共享文件夹的内容具有完全控制权限。

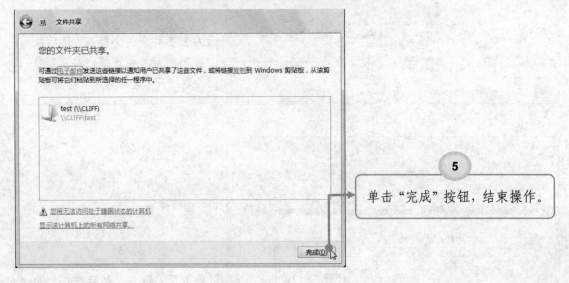

5

单击"完成"按钮，结束操作。

11.1.4 使用共享资源

在Windows Vista中，使用局域网上的资源就如同使用自己计算机中的资源一样方便。如果某些资源被设置为完全共享，则访问这些资源的其他用户可以无条件地使用及修改。

如果某些资源被所有者设置成了只读共享，则其他用户只能读取这些共享资源。如果要编辑这些只读文件，可以将文件复制到本机中，然后在本机上对它进行编辑。如果要在网络上保存文件，必须与该资源的所有者取得联系，获取完全访问权限。

要使用共享资源，其操作步骤如下：

1

双击桌面上的"网络"图标，将出现"网络"窗口。在该窗口中，列出了用户所在工作组中每台计算机的图标。

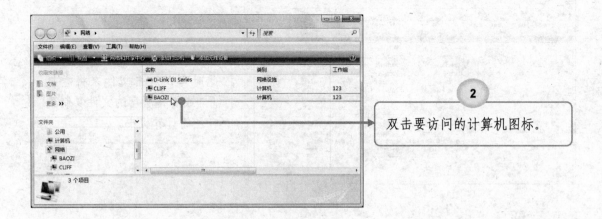

2

双击要访问的计算机图标。

如果该计算机的访问是受限制的，访问这些资源时，会要求输入网络密码。只有输入正确的密码后，访问者才可以使用该共享资源。

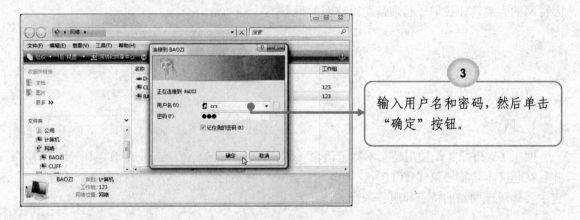

3

输入用户名和密码，然后单击"确定"按钮。

连接到刚才双击的计算机后，即可在窗口中显示该计算机中的共享资源，包括文件夹和打印机。

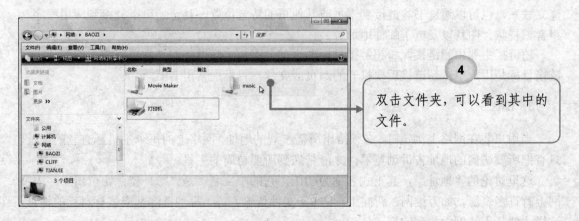

4

双击文件夹，可以看到其中的文件。

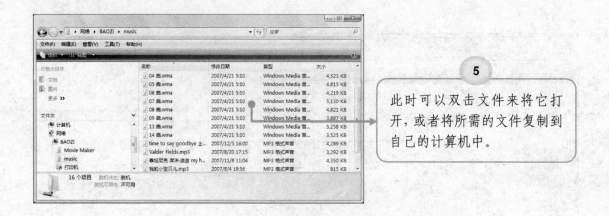

5

此时可以双击文件来将它打开，或者将所需的文件复制到自己的计算机中。

11.2　畅游因特网

因特网是一个巨大的信息来源，只要计算机连接上因特网，也就连上了整个世界。面对因特网的大潮，让我们一起来畅游因特网的世界。

11.2.1　基础知识

下面先来了解几个简单的术语。

1．网页

网页（Web 页）是使用超文本标记语言（Hyper Text Markup Language，HTML）编写的，并且在超文本传输协议（HTTP）支持下运行。一个网站的第一个 Web 页称为主页或首页，它主要体现该网站的特点和服务项目。

2．超链接

为了使许多相互关联的网页组成一个网站，超链接是关键所在。超链接可以在网页之间建立联系，也可以通过书签链接到本页或其他页的特定位置，甚至还可以链接到应用程序、声音、视频、图片以及电子邮件地址等。

超链接主要由超链接源和超链接目标两个部分组成。超链接源通常采用文本或图片。超链接目标是用户单击超链接后要打开的网页或文件，目标通常用 URL 定义。

3．URL

当用户要在网络上浏览时，必须给出所需参观的地址。网络上的每个主机都有它的地址，只有把所要访问的地址告诉浏览器，才能带您到所要访问的主机。

这里讨论的"地址"，其正式名称为URL，它的中文名字是"统一资源定位器"。因特网上有许多资源，如万维网、新闻组、FTP（文件传输）等。每种资源都应该有自己的地址，这样才能从因特网中找到它们。

下面是一个URL的格式举例：

　　http://news.sohu.com/literature/0608/page100.html

4．浏览器

　　要浏览因特网，就必须使用浏览器。浏览器安装在客户的机器上，是一种客户端软件。浏览器有很多种，目前最常用的 Web 浏览器是 Microsoft（微软）公司的 Internet Explorer（简称 IE）和 Netscape 公司的 Navigator。本章涉及的浏览器是以 IE 为例讲解的。

11.2.2　认识 Internet Explorer

　　用户在使用 Internet Explorer 浏览器之前，首先需要启动它，其操作步骤如下：

单击快速启动工具栏中的"启动 Internet Explorer 浏览器"按钮，就可以看到类似如下图所示的界面。

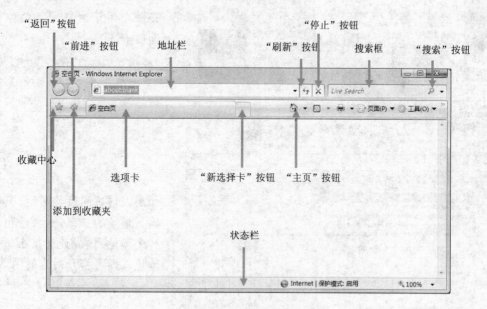

Internet Explorer 浏览器的界面

11.2.3 打开与浏览网页

如果想要进入到相应的网页中，可以在地址栏中输入网址，然后按 Enter 键，即可进入到相应的网页中。

1．浏览网页

其操作步骤如下：

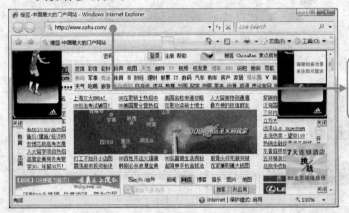

1 在地址栏中输入网址后按 Enter 键，即可进入要访问的网页。

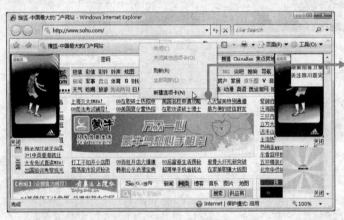

2 在选项卡上单击右键并选择"新建选项卡"命令，即可打开一个用于浏览网页的空白选项卡。

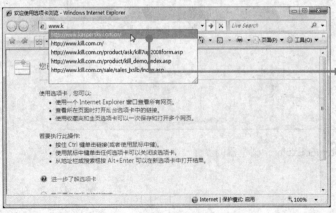

3 如果以前访问过某网站，只要输入地址的一部分，便会出现一个地址列表，此时单击一个地址，即可打开对应的网站。

可以看到，已经打开了刚才选择的网站。

4

2. 使用收藏夹

在浏览网页时，会遇到一些有价值的网页，这时可以使用收藏夹功能，来保存相关的地址作为标签。当以后单击收藏夹内曾经收藏的网页标签时，就能进入相应的页面。

其操作步骤如下：

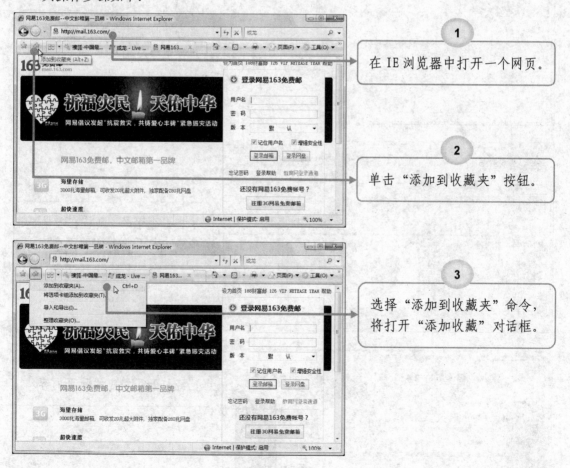

1

在 IE 浏览器中打开一个网页。

2

单击"添加到收藏夹"按钮。

3

选择"添加到收藏夹"命令，将打开"添加收藏"对话框。

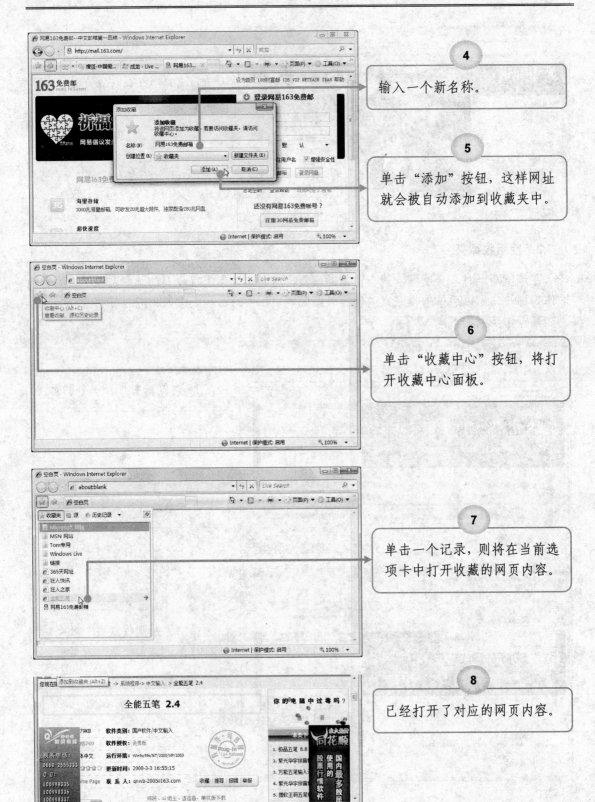

4 输入一个新名称。

5 单击"添加"按钮,这样网址就会被自动添加到收藏夹中。

6 单击"收藏中心"按钮,将打开收藏中心面板。

7 单击一个记录,则将在当前选项卡中打开收藏的网页内容。

8 已经打开了对应的网页内容。

提示

如果希望收藏夹中的网址能在新的 IE 窗口中被打开，可在按住 Shift 键的同时单击网址；如果希望收藏夹中的网址能在新选项卡中被打开，可以在按住 Ctrl 键的同时单击网址。

11.2.4 保存网页中有用的资料

对于网页中一些有用的信息，如果想把它保存下来，以方便今后查看，可以将整个网页保存下来或者单独保存网页中的图片和文字。

1．保存网页中的图片

其操作步骤如下：

1 打开一个带图片的网站。

2 单击小图片来打开大图片。

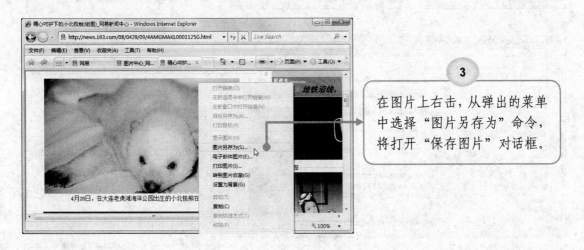

3 在图片上右击，从弹出的菜单中选择"图片另存为"命令，将打开"保存图片"对话框。

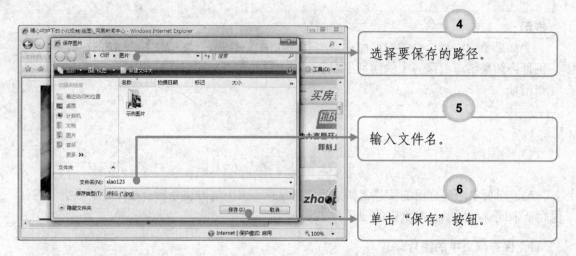

4 选择要保存的路径。

5 输入文件名。

6 单击"保存"按钮。

2．保存网页中的文字

其操作步骤如下：

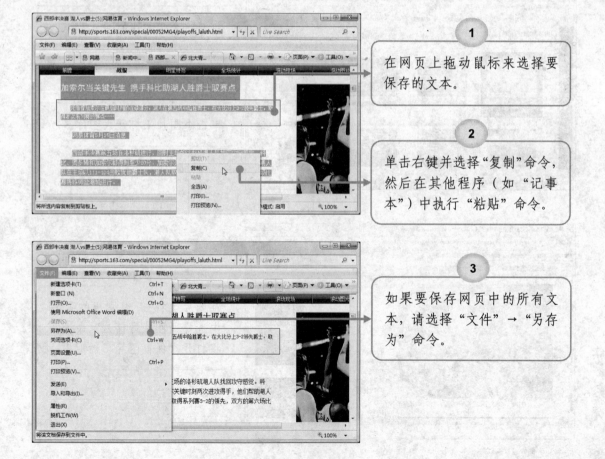

1 在网页上拖动鼠标来选择要保存的文本。

2 单击右键并选择"复制"命令，然后在其他程序（如"记事本"）中执行"粘贴"命令。

3 如果要保存网页中的所有文本，请选择"文件"→"另存为"命令。

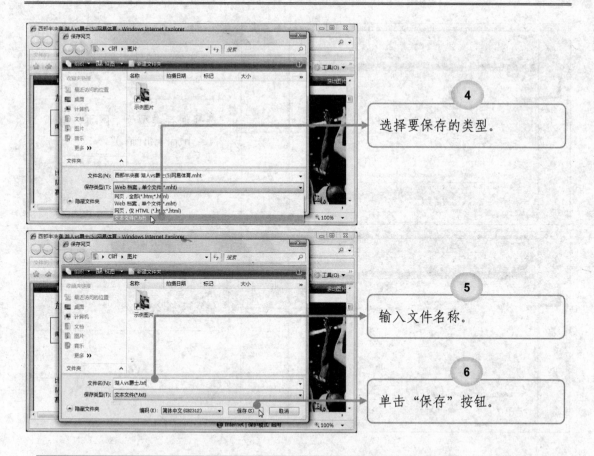

选择要保存的类型。

4

5

输入文件名称。

6

单击"保存"按钮。

提示

如果要打印网页中的内容，请从"文件"菜单中选择"打印"命令。

---

3. 保存整个网页

用户可以将网页的内容全部保存下来，以供脱机时查看。其操作步骤如下：

1

选择"文件"→"另存为"命令，将打开"保存网页"对话框。

2 选择保存类型为"网页，全部（*.htm; *.html）"。

3 输入文件名称。

4 单击"保存"按钮。

11.3 使用搜索引擎查找资料

因特网是信息的海洋，其中包含了生活、科学、政治、经济、文化、娱乐等各方面的信息。面对如此巨大的信息库，如果没有合理的方法进行搜索，那么上网获取信息简直就如大海捞针。为了解决这个问题，网上出现了许多被称为"搜索引擎"的站点，能够帮助用户找到所需的信息。

网上的搜索引擎已经比较多，下面以谷歌（Google）为例，介绍搜索引擎的使用方法。

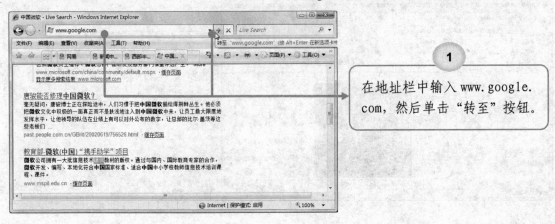

1 在地址栏中输入 www.google.com，然后单击"转至"按钮。

2

输入要查找的关键字。

3

单击 "Google 搜索" 按钮。

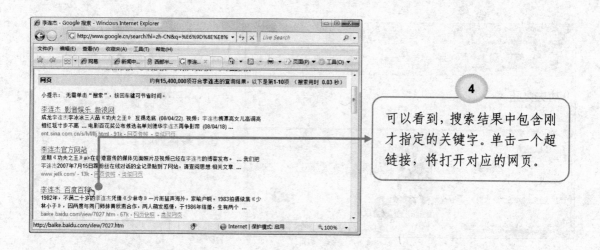

4

可以看到，搜索结果中包含刚才指定的关键字。单击一个超链接，将打开对应的网页。

5

单击要查看的超链接。

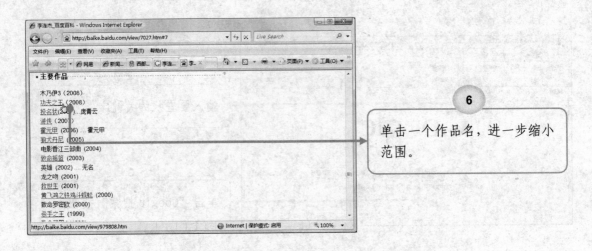

6

单击一个作品名，进一步缩小范围。

7

单击"剧情介绍"超链接，可查看具体的内容。

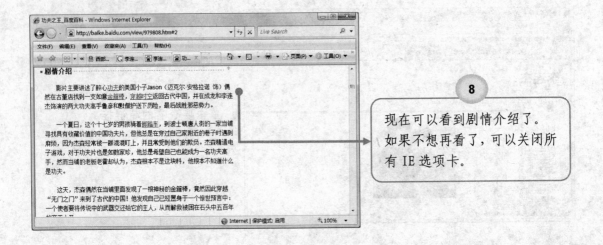

8

现在可以看到剧情介绍了。如果不想再看了，可以关闭所有 IE 选项卡。

11.4 下 载 资 料

下面介绍常见的下载软件和音乐的方法。

11.4.1 下载软件

要从网络上下载软件，其操作步骤如下：

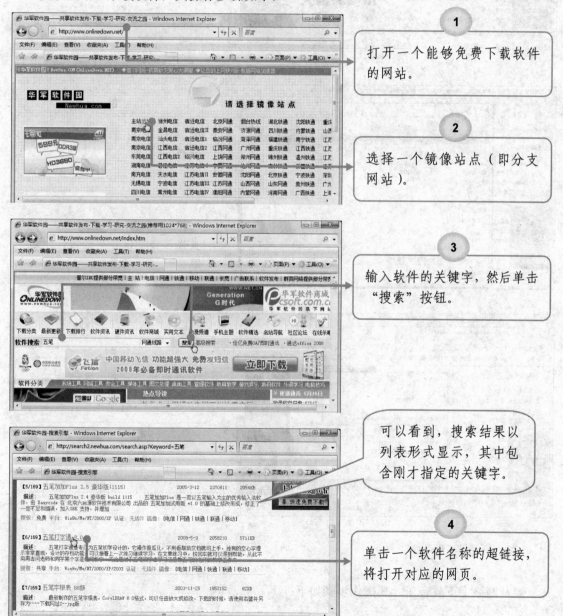

1 打开一个能够免费下载软件的网站。

2 选择一个镜像站点（即分支网站）。

3 输入软件的关键字，然后单击"搜索"按钮。

可以看到，搜索结果以列表形式显示，其中包含刚才指定的关键字。

4 单击一个软件名称的超链接，将打开对应的网页。

5 在一个合适的下载超链接上单击右键并选择"目标另存为"命令，将打开"另存为"对话框。

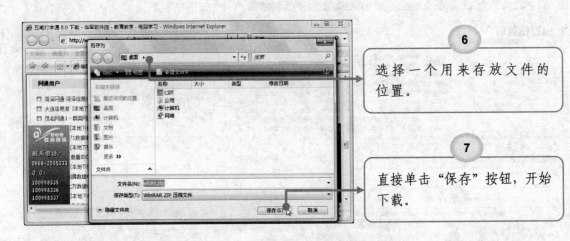

6 选择一个用来存放文件的位置。

7 直接单击"保存"按钮，开始下载。

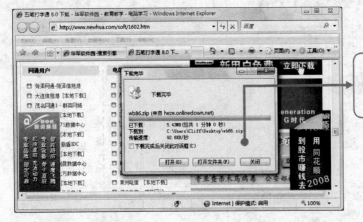

8 下载完毕后，可以选择打开文件或者关闭对话框。

11.4.2 下载音乐

要从网络上下载音乐，其操作步骤如下：

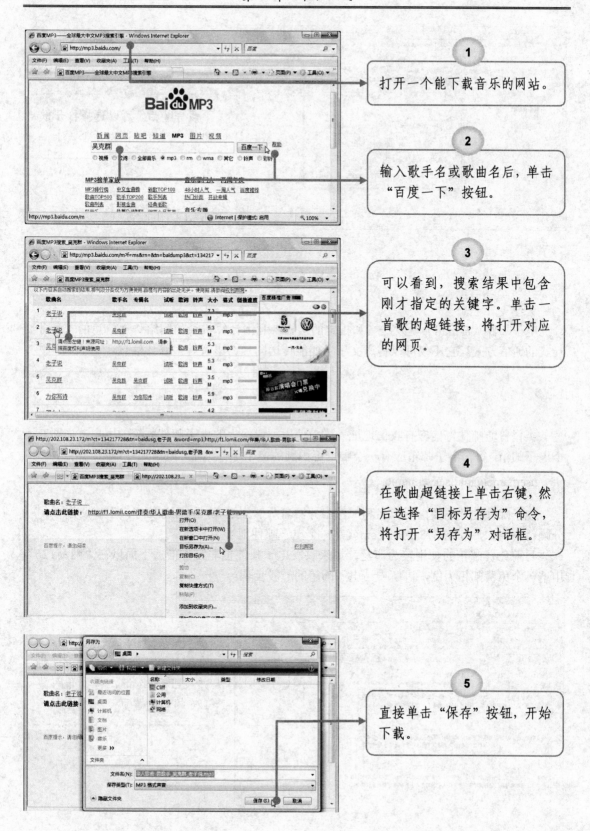

1 打开一个能下载音乐的网站。

2 输入歌手名或歌曲名后，单击"百度一下"按钮。

3 可以看到，搜索结果中包含刚才指定的关键字。单击一首歌的超链接，将打开对应的网页。

4 在歌曲超链接上单击右键，然后选择"目标另存为"命令，将打开"另存为"对话框。

5 直接单击"保存"按钮，开始下载。

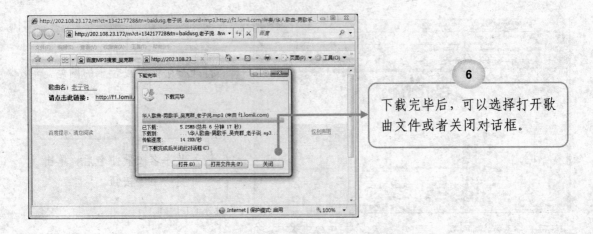

下载完毕后，可以选择打开歌曲文件或者关闭对话框。

6

11.5　收发电子邮件

电子邮件（E-mail）是发送者和指定的接收者利用计算机通信网络传递信息的一种非交互式的通信方式。它不仅可以传送文字，还能传送图片、语音等多媒体信息。

11.5.1　申请电子邮箱

类似普通邮件寄信应有收信地址一样，使用因特网上的电子邮件系统的用户首先要有一个电子邮箱，每个电子邮箱应有一个唯一可识别的电子邮件地址。电子邮件地址的格式如下：

username@mailserver.name

电子邮件地址主要由用户名和邮件服务器名两部分组成，中间加上"@"（读作"at"）分隔符。例如，tony5678@163.com就是一个电子邮件地址。

目前免费邮箱的使用较为广泛，用来收发电子邮件也非常方便。下面以在"网易126"申请一个免费邮箱为例，讲解申请电子邮箱的一般步骤：

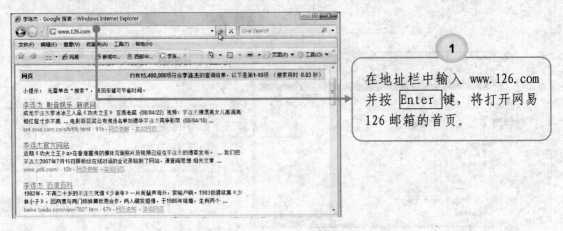

1

在地址栏中输入 www.126.com 并按 Enter 键，将打开网易126 邮箱的首页。

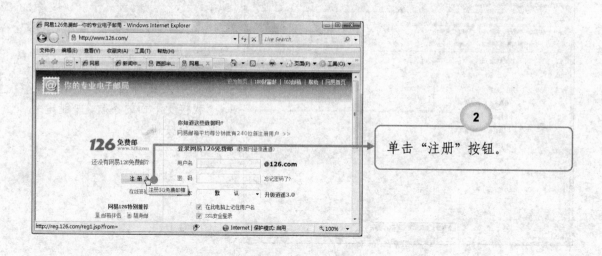

2

单击"注册"按钮。

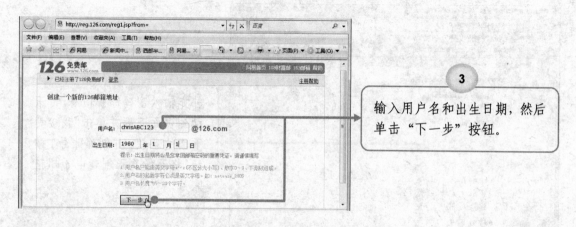

3

输入用户名和出生日期，然后
单击"下一步"按钮。

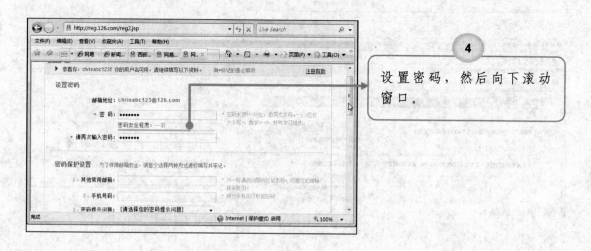

4

设置密码，然后向下滚动
窗口。

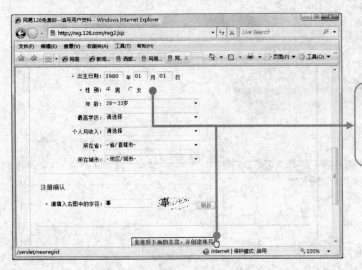

5

设置个人资料信息后，单击"我接受下面的条款，并创建账号"按钮。

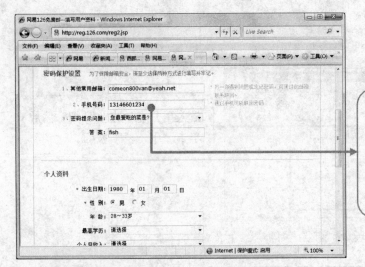

6

补充输入密码保护信息，再滚动到页面底部并单击"我接受下面的条款，并创建账号"按钮，将开始真正创建电子邮箱账号。

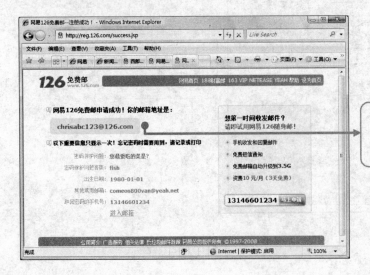

7

可以看到，已经成功申请了一个免费邮箱。

有了免费邮箱后，就可以进入邮箱收发电子邮件了。

11.5.2 撰写并发送新邮件

其操作步骤如下：

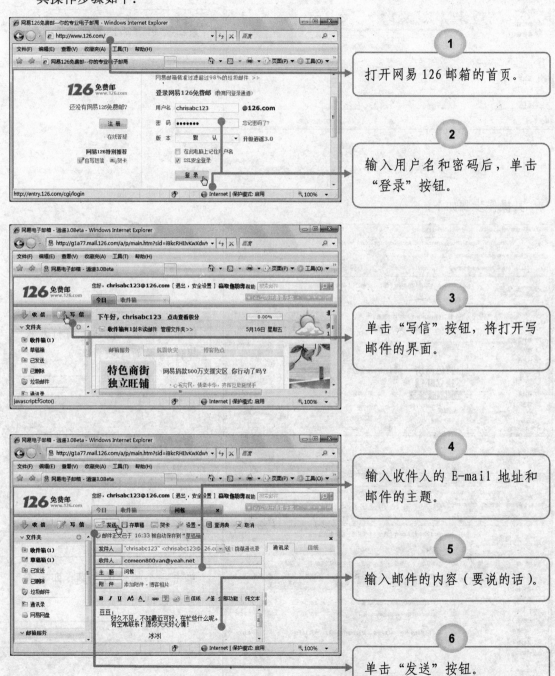

1 打开网易 126 邮箱的首页。

2 输入用户名和密码后，单击"登录"按钮。

3 单击"写信"按钮，将打开写邮件的界面。

4 输入收件人的 E-mail 地址和邮件的主题。

5 输入邮件的内容（要说的话）。

6 单击"发送"按钮。

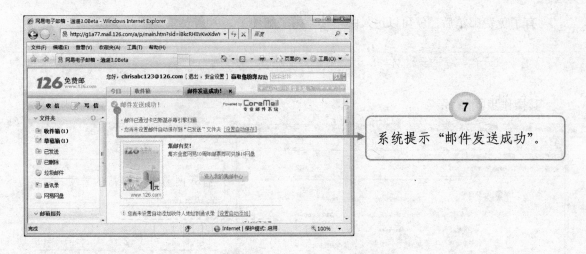

7

系统提示"邮件发送成功"。

11.5.3 接收和阅读邮件

其操作步骤如下：

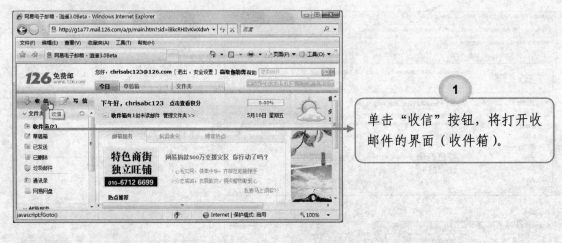

1

单击"收信"按钮，将打开收邮件的界面（收件箱）。

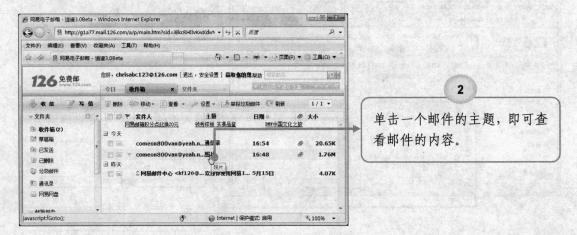

2

单击一个邮件的主题，即可查看邮件的内容。

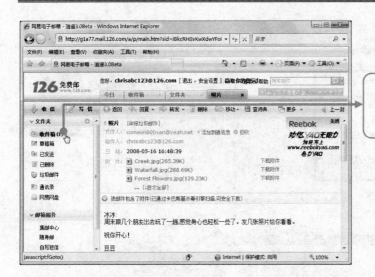

3

单击"收件箱"超链接，回到"收件箱"的首页。

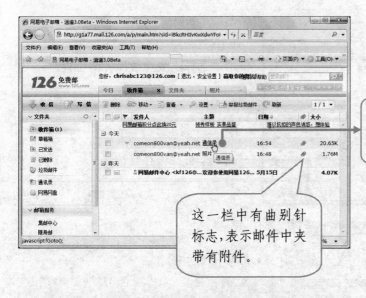

4

单击另一个邮件的主题，来查看该邮件。

这一栏中有曲别针标志，表示邮件中夹带有附件。

5

单击"下载附件"超链接，将打开"文件下载"对话框。

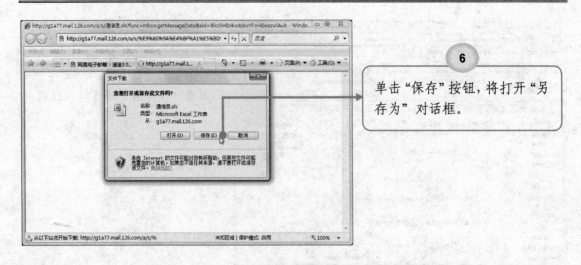

6

单击"保存"按钮，将打开"另存为"对话框。

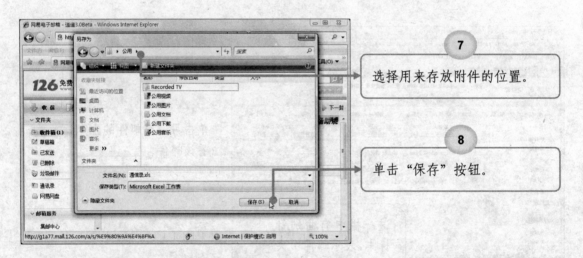

7

选择用来存放附件的位置。

8

单击"保存"按钮。

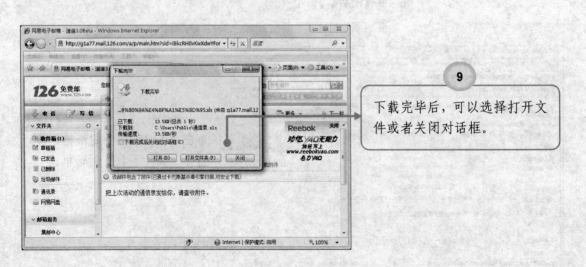

9

下载完毕后，可以选择打开文件或者关闭对话框。

11.5.4 回复邮件

回复邮件（即回信）和寄发新邮件的方法差不多，只不过回信时，主题和收件人都会自动显示信件标题和收件人的电子邮件地址。回复来信的操作步骤如下：

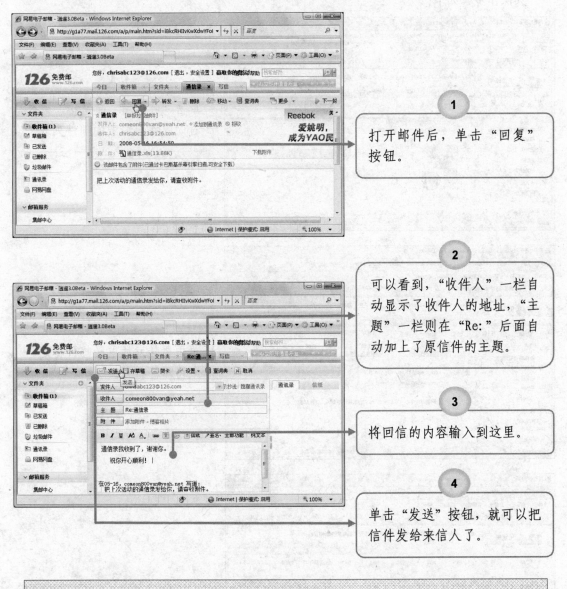

1 打开邮件后，单击"回复"按钮。

2 可以看到，"收件人"一栏自动显示了收件人的地址，"主题"一栏则在"Re:"后面自动加上了原信件的主题。

3 将回信的内容输入到这里。

4 单击"发送"按钮，就可以把信件发给来信人了。

提示

回信时，系统会自动把来信原文引入回复的信件中。如果有必要，可以将不需要的文字删掉或在相关设置中选择"不引用原文"。

11.5.5 转发邮件

转发邮件是和回复邮件相似的任务，二者之间的区别是：回复是给发件人发邮件，而转发邮件则是指将收到的邮件再发给除发件人外的别人。

其操作步骤如下：

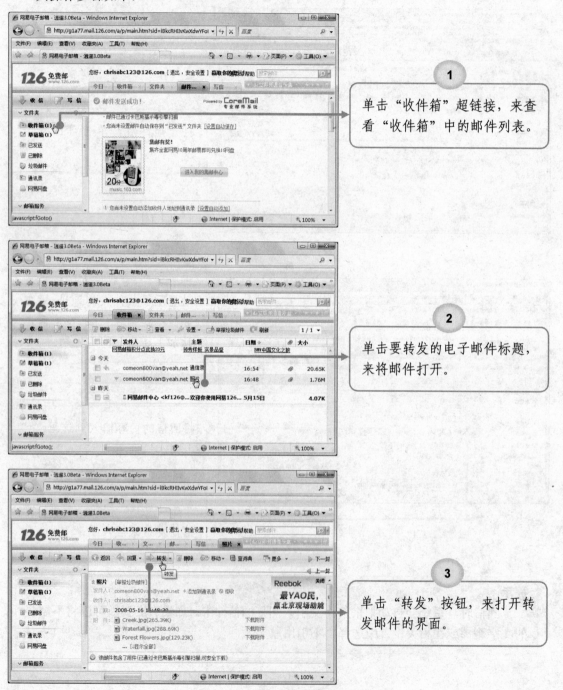

1 单击"收件箱"超链接，来查看"收件箱"中的邮件列表。

2 单击要转发的电子邮件标题，来将邮件打开。

3 单击"转发"按钮，来打开转发邮件的界面。

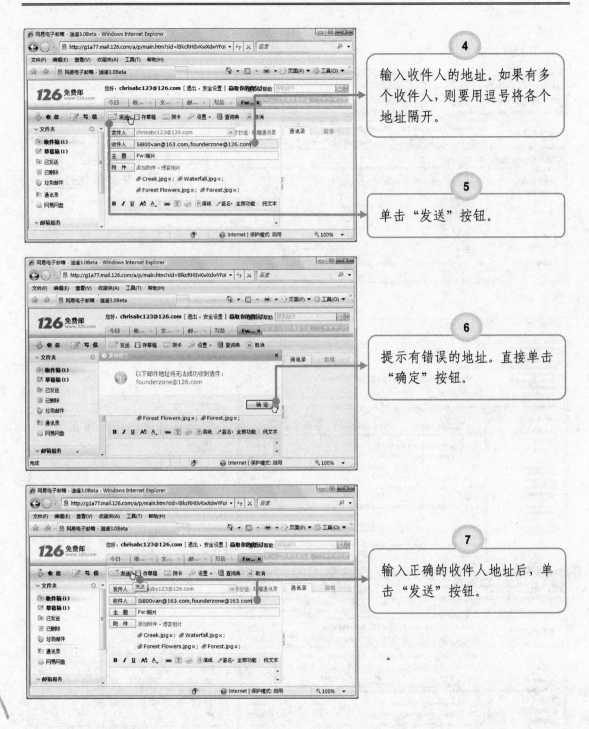

4 输入收件人的地址。如果有多个收件人，则要用逗号将各个地址隔开。

5 单击"发送"按钮。

6 提示有错误的地址。直接单击"确定"按钮。

7 输入正确的收件人地址后，单击"发送"按钮。

11.5.6　删除邮件

默认情况下，删除邮件时，邮件并未被真正删除掉，而是被移到垃圾箱中了。如果想永远删除这封邮件，还得把它从垃圾箱中删除一次。下面介绍永远删除邮件的方法。

其操作步骤如下：

1 单击"收件箱"超链接，来查看"收件箱"中的邮件列表。

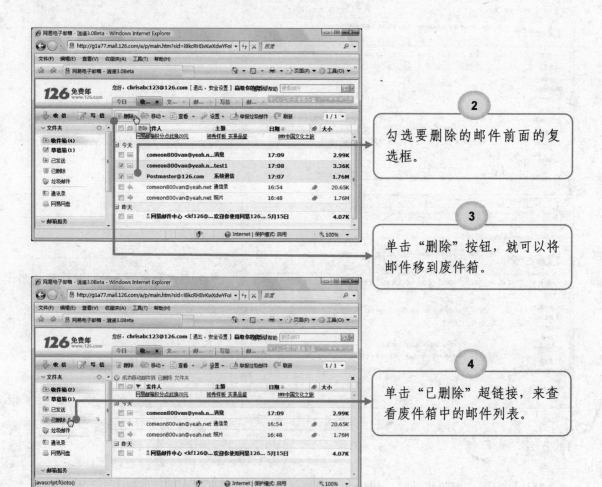

2 勾选要删除的邮件前面的复选框。

3 单击"删除"按钮，就可以将邮件移到废件箱。

4 单击"已删除"超链接，来查看废件箱中的邮件列表。

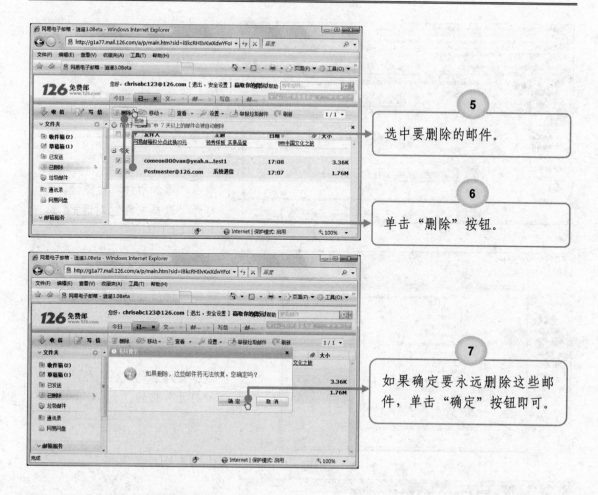

5 选中要删除的邮件。

6 单击"删除"按钮。

7 如果确定要永远删除这些邮件，单击"确定"按钮即可。

11.5.7 在写信时添加附件

E-mail 除了传送一般文字式的内容外，也可以在信件中附加声音或程序等各类文件。下面介绍在信件中附加文件的操作方法。

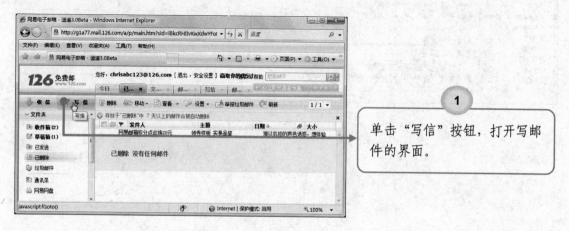

1 单击"写信"按钮，打开写邮件的界面。

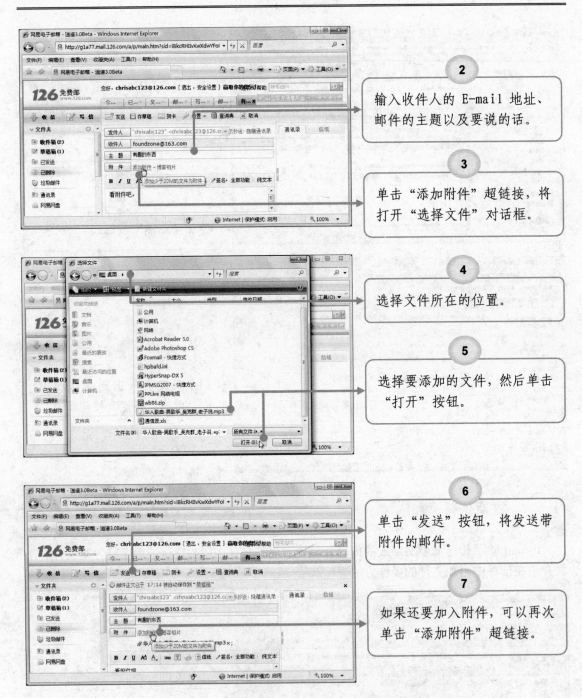

2 输入收件人的 E-mail 地址、邮件的主题以及要说的话。

3 单击"添加附件"超链接，将打开"选择文件"对话框。

4 选择文件所在的位置。

5 选择要添加的文件，然后单击"打开"按钮。

6 单击"发送"按钮，将发送带附件的邮件。

7 如果还要加入附件，可以再次单击"添加附件"超链接。

第12章 电脑娱乐

电脑和网络不仅可以带给我们许多新知识，还能带给我们很多娱乐项目，例如，在电脑上欣赏数码照片；用电脑听音乐、看电影；通过网络与朋友聊天；与电脑对弈，或者与世界各地的人玩网络游戏等。

12.1 欣赏图片

如果用户要浏览位于某个文件夹内的图片，其操作步骤如下：

> **1** 打开图片所在的文件夹窗口。

> **2** 通过选择"查看"菜单中的"超大图标"、"大图标"、"中等图标"等方式浏览图片。

> **3** 双击一个图片，即可启动"Windows 照片库"程序并显示相应的大图片。

注意

如果双击图片后启动的不是"Windows 照片库"程序，则可以先右击图片，再从弹出的快捷菜单中选择"打开方式"→"Windows 照片库"命令。

4

在"Windows 照片库"窗口中，图片以较大的尺寸显示。

这一行是控制栏。

控制栏中各按钮的作用如表 12-1 所示。

表 12-1　控制栏中各按钮的作用

按钮图标	名　称	说　明
	更改显示大小	单击该按钮后将弹出一个滑杆，拖动其中的滑块可以调节图片的大小。向上拖动滑块则放大图片，向下拖动则缩小图片。通过用鼠标拖动图片的方式，可查看放大后的图片
	实际大小	单击这个按钮可以将图片显示为实际大小
	上一个	单击该按钮可以切换选中上一张图片
	放映幻灯片	单击该按钮可以用全屏幕的形式放映当前文件夹中的所有图片。要退出全屏播放方式，可以按 Esc 键
	下一个	单击该按钮可以切换选中下一张图片
	逆时针旋转	单击该按钮可以将选中的图片逆时针旋转
	顺时针旋转	单击该按钮可以将选中的图片顺时针旋转
	删除	单击该按钮可以删除选中的图片

12.2 听 音 乐

Windows Vista 提供了一个通用的多媒体播放器——Windows Media Player，利用它可以播放 CD 唱盘，以及 WAV、MP3、WMA、MIDI 等音频文件。

12.2.1　播放 CD 唱盘

只要用户把 CD 唱盘放入电脑的光盘驱动器，Windows 就会自动启动 Windows Media Player 来播放音乐。如果放入 CD 唱盘后，Windows Media Player 没有自动启动，则可以按如下步骤进行操作：

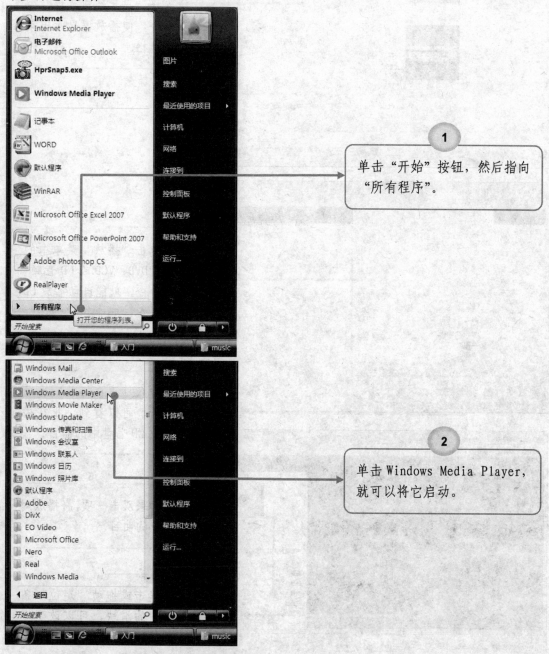

1 单击"开始"按钮，然后指向"所有程序"。

2 单击 Windows Media Player，就可以将它启动。

3 单击"布局选项"按钮,在出现的下拉菜单中选择"显示经典菜单"命令,使播放器显示出菜单栏。

4 单击"播放"菜单中的"DVD、VCD 或 CD 音频"命令,就能自动播放 CD 唱盘。

5 进入"正在播放"选项卡,可以看到,正在播放 CD 唱盘中的曲目。

6 如果双击一项,将播放对应的曲目。

7 单击或拖动"定位"条中的滑块,可以改变播放进度。

播放器最下面的一行是控制栏，其中各按钮的作用如表 12-2 所示。

表 12 - 2 播放器控制栏中各按钮的作用

按钮图标	名 称	说 明
	无序播放	单击该按钮，可以打开或关闭无序播放功能
	重复	单击该按钮，可以打开或关闭重复播放功能
	停止	单击该按钮，可以完全停止播放
	上一个	单击该按钮，可以切换到上一曲目
	暂停 / 播放	单击"暂停"按钮将暂停媒体播放，此时"暂停"按钮变为"播放"按钮；再次单击该按钮可以恢复播放状态
	下一个	单击该按钮，可以切换到下一曲目
	静音	单击该按钮，可以在静音与非静音之间切换
	音量	拖动该滑杆，可以调节音量

12.2.2 播放 MP3 或 WMA 文件

MP3 和 WMA 是两种常见的音乐文件格式，在 MP3 随身听和电脑上都可以播放。要在电脑上播放声音文件，其操作步骤如下：

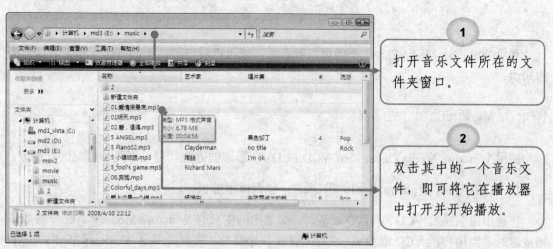

1 打开音乐文件所在的文件夹窗口。

2 双击其中的一个音乐文件，即可将它在播放器中打开并开始播放。

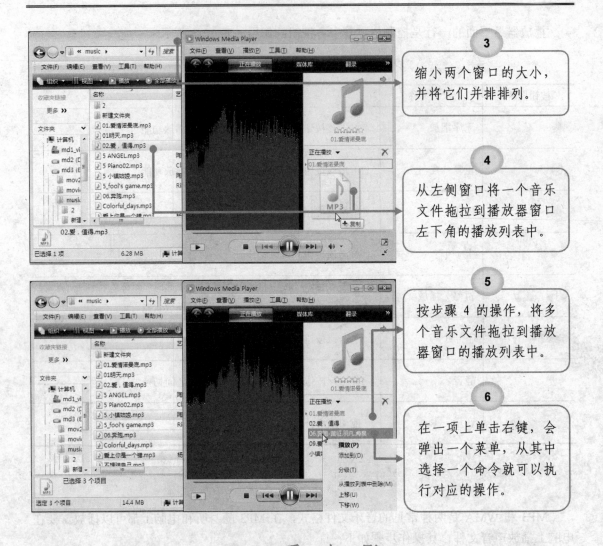

3 缩小两个窗口的大小，并将它们并排排列。

4 从左侧窗口将一个音乐文件拖拉到播放器窗口左下角的播放列表中。

5 按步骤 4 的操作，将多个音乐文件拖拉到播放器窗口的播放列表中。

6 在一项上单击右键，会弹出一个菜单，从其中选择一个命令就可以执行对应的操作。

12.3 看 电 影

利用 Windows Media Player 不但可以听音乐，还可以看电影。下面就来一起学习这方面的知识。

12.3.1 播放 VCD 或 DVD 影碟

使用 Windows Media Player 播放 VCD 或 DVD 影碟的方法，分以下几种情况进行讲解。

1. 电脑中只有 Windows Media Player 一种媒体播放器

在使用电脑播放 VCD 或 DVD 影碟时，如果电脑中只有 Windows Media Player 一种媒体播放器时，当用户把 VCD 或 DVD 影碟光盘放入光驱后，将自动弹出 Windows Media Player 媒体播放器窗口并开始播放。

2．电脑中有多种媒体播放器存在

当电脑中有多种媒体播放器存在时，如果要使用 Windows Media Player 媒体播放器来播放 VCD 或 DVD 影片，其操作步骤如下：

1 将影碟光盘放入光驱后，再启动 Windows Media Player。

2 单击"播放"菜单中的"DVD、VCD 或 CD 音频"命令，就能自动播放影碟光盘。

12.3.2　播放视频文件

如果要播放存放在本地电脑硬盘或 U 盘中的文件，其操作步骤如下：

1 从"文件"菜单中选择"打开"命令，将会弹出"打开"对话框。

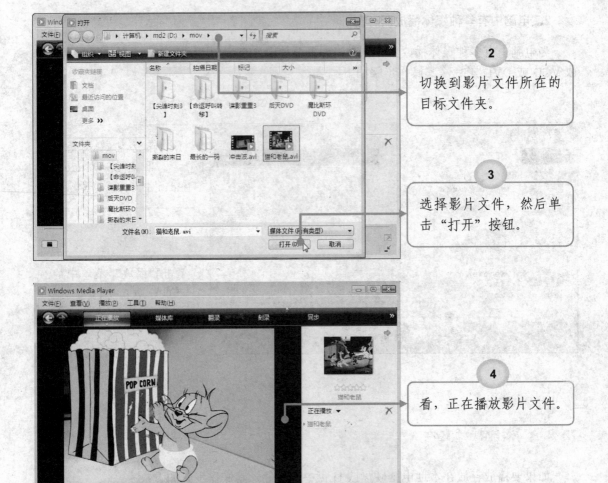

2
切换到影片文件所在的目标文件夹。

3
选择影片文件，然后单击"打开"按钮。

4
看，正在播放影片文件。

在利用 Windows Media Player 播放影片时，只要按住 Alt 键再按 Enter 键，就可以在窗口播放与全屏幕播放之间快速切换。此时，按 F10 键可以增大音量；按 F9 键可以减小音量。选择"查看"菜单中的"外观模式"命令，就可以切换到"外观模式"窗口。

常见的音乐／电影播放软件还有"暴风影音"、"超级解霸"等，它们不但可以播放 VCD、DVD 影片，还可以播放 RM（或 RMVB）、ASF、WMA、WMV、MP3、AVI 等格式的文件。这两款软件可以从相关网站上免费下载。

12.4 QQ 聊 天

腾讯 QQ 是由深圳腾讯公司开发的一款即时通讯工具软件，使用 QQ 可以和好友通过网络实现聊天、传输文件、发送手机短信等功能。

12.4.1　下载 QQ 软件与申请 QQ 号码

在使用 QQ 进行网上聊天之前，用户要先下载并安装这个软件，还要申请一个 QQ 号码。其大致操作步骤如下：

1 打开腾讯官方软件中心的网页。

3 单击 "申请 QQ 账号" 超链接，将打开申请 QQ 账号的网页。

2 单击 "立即下载" 按钮，然后按照提示进行操作，就可以下载 QQ 软件。下载完之后，双击下载下来的安装文件，即可进行安装。

4 单击 "网页免费申请" 超链接，然后按照提示进行操作，就可以通过网络申请免费的 QQ 号码。

提示

　　申请到的号码以及申请时输入的密码需要牢牢记住，否则就无法使用该号码正常登录 QQ。

12.4.2　登录 QQ

安装了 QQ 软件，也申请到 QQ 号码之后，就可以登录 QQ 了，其操作步骤如下：

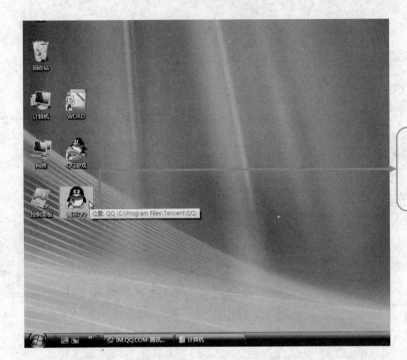

1

双击桌面上的"腾讯QQ"图标，将打开"QQ 用户登录"对话框。

2

对于还没有QQ号码的用户，可以单击"申请账号"超链接。

3

输入 QQ 号码和密码后，单击"登录"按钮。

4

登录成功后，则会打开 QQ 操作面板，在任务栏的右下角也会出现 QQ 的图标。

5

如果是第一次使用 QQ，则展开"我的好友"分类后只能看到自己的头像。

12.4.3 添加好友

要想和朋友在 QQ 上聊天，还有一个前提就是要需要知道他的 QQ 号码，并将他加为 QQ 好友。其操作步骤如下：

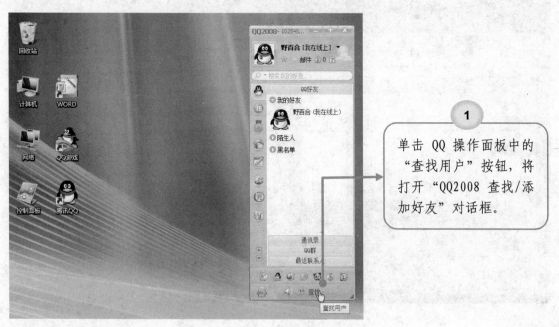

1

单击 QQ 操作面板中的"查找用户"按钮，将打开"QQ2008 查找/添加好友"对话框。

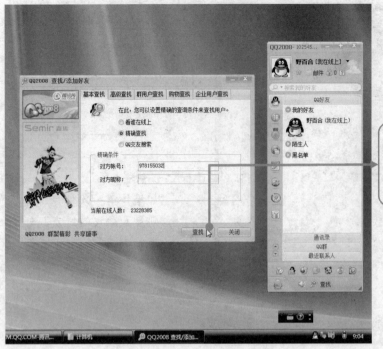

2

输入网友的QQ号码，单击"查找"按钮就开始查找。

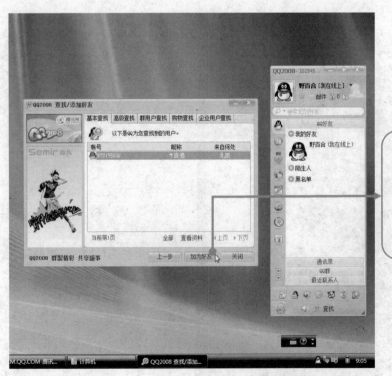

3

选择找到的用户后，单击"加为好友"按钮。如果要添加的 QQ 用户需要进行身份验证，则会出现验证窗口。

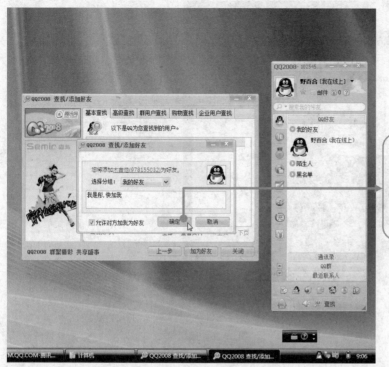

4

输入验证信息后，再单击"确定"按钮，系统将验证信息发送给该QQ用户。

5

如果该用户通过了验证信息，并同意了请求，则操作面板底端的小喇叭会闪动，双击该喇叭按钮可以打开对方同意验证的消息。

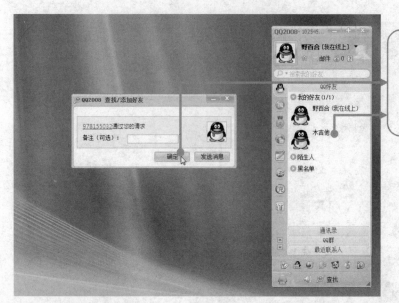

6

单击"确定"按钮完成好友的添加,同时在"我的好友"分类中也会出现该好友的名字。

12.4.4 开始聊天

做好了一切准备工作,就可以开始聊天了。其操作步骤如下:

1

双击一个要与之聊天的对象,将打开消息窗口。

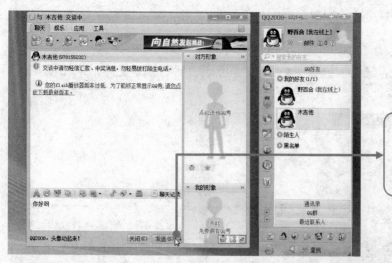

2

输入要说的话后，单击"发送"按钮来发送消息。

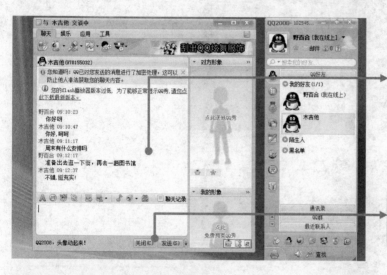

3

在消息窗口中会出现已经发送的消息，对方发送的消息也会显示在这个消息窗口内。

4

单击"关闭"按钮，可以暂时结束聊天。

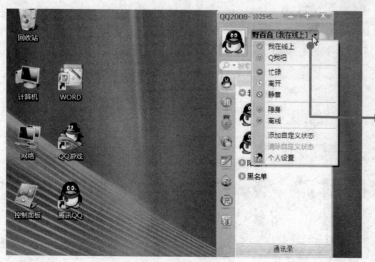

5

单击昵称旁的下拉按钮后，从弹出的菜单中选择一项，即可改变QQ工作状态，比如中午要出去吃饭时，就可以选择"离开"状态。

12.4.5 传送文件

通过 QQ 不仅可以聊天，还可以把各种文件（例如照片文件、音乐文件、Word 文档等）传送给远方的朋友。

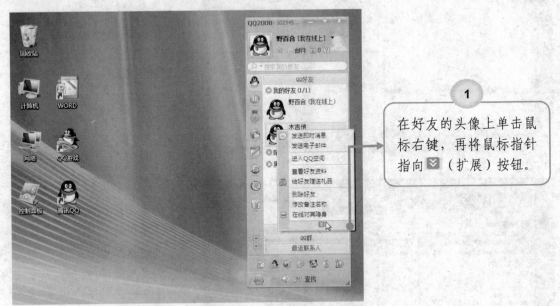

1 在好友的头像上单击鼠标右键，再将鼠标指针指向 ⊗（扩展）按钮。

2 从弹出的菜单中选择"发送文件"命令，将打开一个文件浏览窗口。

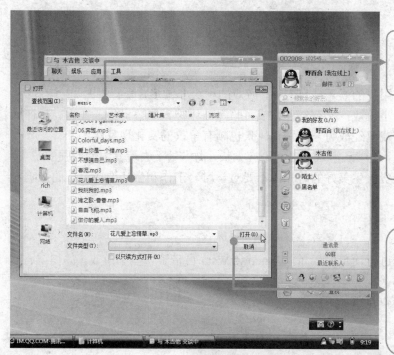

3

切换到文件所在的位置。

4

选择要传送的文件。

5

单击"打开"按钮后，将会给对方发送一条消息。如果对方接受了文件，则会看到发送的进度。

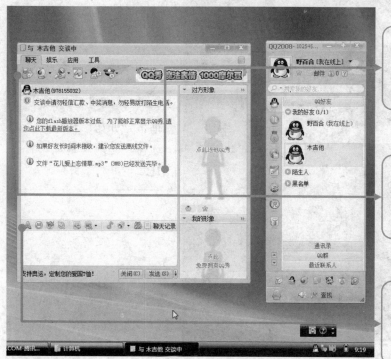

6

当文件传送成功之后，会显示出发送完毕的提示。

7

通过这一排按钮，可以选择发送短信、语音聊天、视频聊天等功能。

8

这一排按钮有更多功能，感兴趣的用户可以自己去尝试。

12.5 玩 游 戏

游戏早已成为广大电脑用户的娱乐项目之一，游戏的种类非常多，既有拼图类、棋牌类、赛车类、推理类等益智型的小游戏，又有红色警戒、暗黑破坏神、魔兽世界、征途、封神榜等网络游戏。如今，网络游戏已经成为一种别具风景也颇有争议的文化现象。

在此顺便提醒一下各位，连续玩游戏的时间不应太长，也尽量不去玩暴力性太强的游戏，更不可沉溺于游戏，以免浪费人生美好的时光，不要对学习、工作和生活造成消极的影响。

12.5.1 Windows Vista 自带的游戏

为了使用户在工作之余进行简单的娱乐，Windows Vista 自带了一些小游戏，如扫雷、纸牌、空当接龙、红心大战等。

要启动一个游戏，其操作步骤如下：

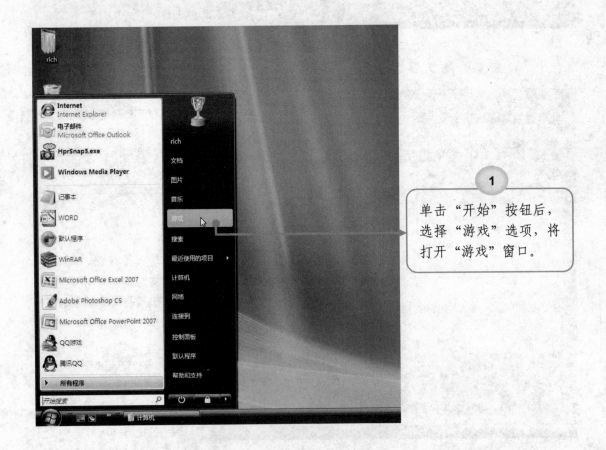

1

单击"开始"按钮后，选择"游戏"选项，将打开"游戏"窗口。

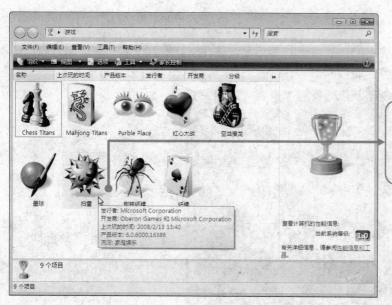

2

双击一个自己想玩的游戏，将打开对应的游戏界面。

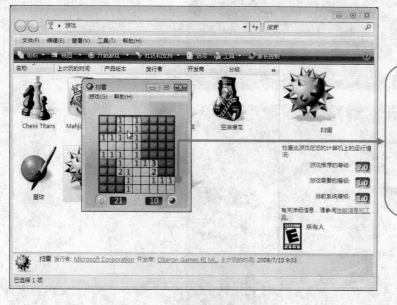

3

扫雷游戏是一款很不错的益智游戏，玩家的任务是以最快的速度将"地雷"全部找出来，如果不小心"踩"到了地雷，任务就失败了。

提示

　　关于 Windows Vista 自带的各种游戏的玩法，可以从各自的"帮助"菜单中获取帮助信息。

12.5.2 QQ 游戏

对于第一次玩 QQ 游戏的用户，需要下载客户端软件并进行安装（客户端即用户自己的计算机，它是相对于游戏服务器而言的）。下面简要介绍玩 QQ 游戏的方法。

1 双击桌面上的"QQ 游戏"图标，将显示登录窗口。

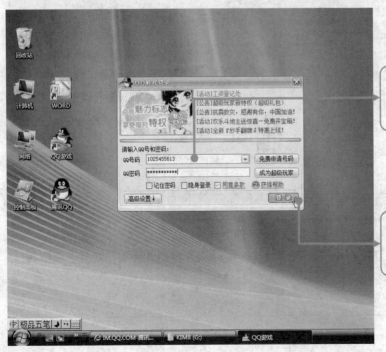

2 输入自己的 QQ 号码和密码。

3 单击"登录"按钮，就可以进入游戏大厅。

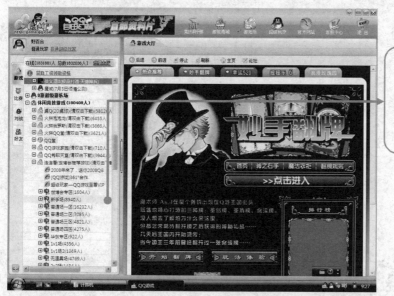

4

左侧是所有游戏的列表，用户可以从中选择自己喜欢玩的游戏进行下载与安装。

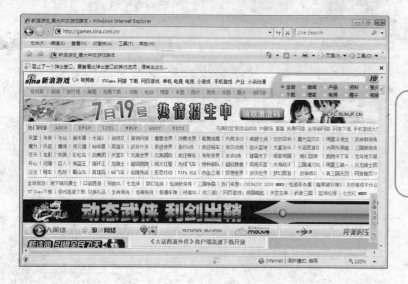

5

用户可以从新浪游戏网或者 www.17173.com 网上找到许多更好玩、更有意思的游戏。